사람의

의

향기

사람의 향기

초판 1쇄 발행/2003년 4월 25일
초판 2쇄 발행/2003년 5월 10일

지은이/송기원
펴낸이/고세현
편집/강일우 김정혜 문경미 김명재
펴낸곳/(주)창작과비평사
등록/1986년 8월 5일 제10-145호
주소/서울 마포구 용강동 50-1 우편번호 121-875
전화/영업 718-0541,0542 · 701-7876
        편집 718-0543,0544 · 기획 703-3843
        독자사업 716-7876, 7877
팩시밀리/영업 713-2403 · 편집 703-9806
홈페이지/www.changbi.com
전자우편/literat@changbi.com
지로번호/3002568

ⓒ 송기원 2003
ISBN 89-364-3671-6 03810

사람의 향기

송기원 연작소설

창작과비평사

차 례

끝순이 누님

끝순이 누님은 흔히 청맹과니라고 부르는 당달봉사였다.
내가 아직 그녀하고 친하게 지내기 전에는 유난히도 커다란 눈에
가득한 흰자위를 희번덕이는 모습이 여간만 무서운 게 아니었다.
하필이면 가메뚝 외가에 가는 길목이라서 그녀가 사는
오두막을 지날 수밖에 없었는데, 오두막이 저만큼 보이기
시작하면서부터 나는 벌써 오금이 저리는 기분이어서,
걸음아 나 살려라 하고 아예 달음박질을 치거나 아니면
발뒤꿈치를 들고 살금살금 지나치고는 하였다.

끝순이 누님

끝순이 누님은 흔히 청맹과니라고 부르는 당달봉사였다. 내가 아직
그녀하고 친하게 지내기 전에는 유난히도 커다란 눈에 가득한 흰자위
를 회번덕이는 모습이 여간만 무서운 게 아니었다. 하필이면 가메뚝
외가에 가는 길목이라서 그녀가 사는 오두막을 지날 수밖에 없었는
데, 오두막이 저만큼 보이기 시작하면서부터 나는 벌써 오금이 저리
는 기분이어서, 걸음아 나 살려라 하고 아예 달음박질을 치거나 아니
면 발뒤꿈치를 들고 살금살금 지나치고는 하였다.

그러나 내가 무슨 식으로 지나치든 간에 결코 끝순이 누님의 흰자
위가 회번덕이는 눈길을 피할 수는 없었다. 앞이 보이지 않는다면서
도, 그녀는 어떻게 된 영문인지 영락없이 나를 알아보는 것이었다. 울
타리도 없이 달랑 방 한칸에 부엌 한칸인 오두막의 손바닥만한 툇마
루에 나앉아 있던 그녀는 기다렸다는 듯이,

"양순이 동상이구나아. 그래, 양순이 언니는 잘 있다냐?"

어느 때는,

"대운아, 넘어져 다칠라, 찬찬히 가그라."

당달봉사라는 말이 숫제 거짓말인 것처럼 용케도 나를 알아보았다.

나는 끝순이 누님의 희번덕이는 흰자위도 무서웠지만, 매번 족집게처럼 나를 알아맞히는 그녀의 또다른 어떤 눈도 무서웠다. 아니, 무서운 것은 그녀만이 아니었다. 툇마루에 나앉아 있는 그녀말고도, 그녀의 뒤로 활짝 열려 있는 방문 안에는 더 무서운 것이 있었다. 좁은 방안을 가득 채운 울긋불긋한 색동옷이며 종이꽃들 사이로는, 긴 창을 꼬나쥔 누군가가 왕방울만한 두 눈을 부릅뜬 채, 그림이 아니라 실제로 살아서 금방이라도 밖으로 튀어나올 것처럼 생생하게 나를 노려보는 것이었다. 외가의 외사촌 형제들은 바로 그것들이 모두 그녀의 어머니가 굿을 할 때 사용하는 것으로, 저마다 무시무시한 귀신들과 관련이 있다는 것이었다. 그녀의 어머니는 다름아닌 당골레라 불리는 무당이었다. 어쩌면 그녀가 보지도 않고 나를 알아맞힐 수 있는 것은 바로 당골레의 귀신들과 무관하지 않을지도 몰랐다.

나중에 끝순이 누님하고 친하게 되어서 흰자위만 가득한 두 눈을 희번덕이는 것도 그다지 무섭지 않게 되고, 또 방안에 있는 귀신들도 그럭저럭 견딜 만하게 되었을 때, 나는 곧잘 그녀와 함께 시늉뿐인 좁은 툇마루에 앉아서 그녀가 건네주는 떡이며 과일 따위를 받아먹고는 하였다. 그녀의 집에는 나로서는 좀체 맛보기 힘든 떡이며 전이며 과일들이 비교적 흔했는데, 모두 당골레가 귀신을 쫓는 굿을 할 때 사용한 것들이라고 했다. 어떻게 생각하면 내가 그녀에게 좀더 가까워질 수 있었던 것은 바로 그렇듯 흔한 떡이며 전이며 과일 때문이었는지도 몰랐다.

내가 처음으로 끝순이 누님의 오두막 툇마루에 앉게 된 것은 바로 그녀가 양순이 언니라고 부르는 나의 친누이 때문이었다. 어쩌다 나와 함께 외가에 오게 되면 누이는 아무런 스스럼도 없이 곧잘 그녀와 어울려드는 것이었다. 나하고 열한살 차이가 나는 누이는 아직 내가 태어나기 전인 네살부터 아홉살까지의 다섯 해를 외가에서 지낸 적이 있는데, 그때부터 그녀와 서로 동무 사이가 된 모양이었다. 누이가 외가에 있던 시절이란, 누이의 생부와 이혼한 어머니가 홀홀단신 만주로 가서 양복점을 차렸다가 나중에 해방이 되어 다시 돌아올 때까지의 기간이기도 했다. 훗날 다 늙어서도 누이는 어쩌다 외가시절 이야기가 나오면, 주먹으로 가슴을 치고는 하였다.

"아이고, 천덕꾸러기라니 그런 천덕꾸러기가 없었어야. 다 떨어진 미영저고리에다 몽당치마 차림으로 허구헌 날 삽짝 밖에 나와서 엄니를 기다림서 우는디, 폴쎄 해가 저불고 깜깜한 밤이 될 때까장 막무가내로 울곤 했어야. 오죽했으면 곰보 외숙모가, 울보 저년 땜시 나가 명대로 다 못 살고 말제, 함시롱 체머리를 흔들었겄냐. 근디, 그 와중에도 끝순이가 유일한 동무가 되어줬다잉. 나보다 두살인가 시살인가 어렸는디, 그때는 안죽 봉사가 되기 전이었제. 그 어린 것이 나가 외갓집 삽짝 밖에서 울고 있으면 지 엄니가 굿하고 남은 떡이랑 전 나부랭이를 갖고 와서, 언니, 그만 울고 이것 잠 묵소, 허드란 말이다. 외가에서 살 때 나를 챙게준 딱 한사람을 친다면 그거이사 두말할 것도 없이 끝순이제. 끝순이가 아니었으면, 아무리 에린 나이라제만, 나가 우찌께 그처럼 서럽고 막막한 세월을 겐데냈을까 모르겠다."

누이가 살갑게 구는 바람에 결국 나 또한 누이의 치마끈을 잡고 끝순이 누님의 오두막에까지 발걸음을 하게 된 것이었다. 그렇게 차츰 그녀와 친하게 되자, 나는 어쩔 수 없이 맨 먼저 궁금한 것부터 물어보았다.

"끝순이 누님, 참말로 눈이 안 보이는 거여?"

"하문, 참말로 눈이 안 보이고말고."

"근디, 눈이 안 보인담서 우찌께 난 중 아는 거여?"

끝순이 누님은 살짝 입꼬리를 말아올려 웃으며 보이지 않는 눈으로 나를 흘겼다.

"보지 않아도 다 아는 수가 있어야."

끝순이 누님의 말에 나는 더이상 참지 못한 채 내가 알고 있는 한가지 사실을 털어놓고 말았다.

"그라면 쩌그 방안에 있는 귀신들이 갈체주는 거여?"

끝순이 누님은 두 눈의 흰자위를 더욱 크게 희번덕거려 보였다.

"오매애, 망측하게시리, 누가 그런 소리를 다 하데?"

"저그 꺼꾸리랑 유생이도 그라고, 또 상냄이도 그라고……"

꺼꾸리나 유생이, 상냄이는 모두 외사촌들이었다. 내가 그들을 주워섬기자, 끝순이 누님이 미처 내 말이 끝나기도 전에 고개를 살랑살랑 저었다.

"그런 애먼 소리를 하면 벌받어야."

"그라면 거짓말이란 말이여?"

"하믄, 거짓말이고말고. 두고 봐라잉. 울 엄니가 당골레라고 나까장 귀신이 씌었담시롱 없는 소리를 맹근 사람들은 이 담에 됩데 급살 맞을 거이다. 후제라도 다른 아그들이 뭐이라고 애먼 소리를 떠들어도 대운이 니만은 절대로 따라하면 안된다잉."

끝순이 누님의 다짐에도 불구하고 나의 마음속에 있는 어떤 의문이 죄다 말끔하게 사라진 것은 아니었다.

"그라면 보도 못함서 우찌께 난 중 안단 말이여?"

내가 기어코 큰소리를 내자, 끝순이 누님이 다시 살짝 입꼬리를 말아올려 웃었다.

"참말로 알고 잪냐?"

"잉."

"뭐이냐. 대운이 니 발자국 소리 땜시 아는 거여."

"나 발자국 소리 땜시 안다고? 아니, 나 발자국 소리가 우짠디?"

내가 눈이 휘둥그레져서 반문을 하자, 끝순이 누님은 보이지 않는 눈으로 나를 흘겼다.

"남들하고는 달리 니는 걸을 때마둥 발끝으로 땅을 툭툭 참시롱 걸어야. 그 소리를 듣고 닌 중 알제."

끝순이 누님의 말끝에 얼핏 다른 의문 하나가 저 의심암귀 깊은 데에서 빠끔히 고개를 내밀고 올라왔다.

"그라면 나가 소리도 안 내고 깨끔발로 살금살금 걸을 때는 우찌께 알었당가?"

"응, 그때는 냄새로 알았제."

"냄새로도 난 중 안다고? 나 냄새는 우짠디?"

나의 질문에 끝순이 누님이 설핏 이마를 찡그렸다.

"냄새는…… 한마디로 끊어서 말허기가 에레운디…… 대운아, 사람한테는 누구나 저저금 특벨한 냄새가 한나썩 있어야. 마치 얼굴이 저저금 다르댁기 냄새도 그르코롬 달른 거이여. 근디 대운이 니처럼 두 눈이 멀쩡한 사람들은 저저금 다른 그 냄새를 모르고 넘어가뿔제만 나처럼 눈이 멀게 되먼 귀하고 코가 남보다 더 발달하는 거이다. 대운이 니한테서도 뭐이라고 딱 잘라서 말은 못하제만 나만이 알 수 있는 특벨한 냄새가 있어서, 니 발자국 소리나 목소리를 듣지 않고도 닌 중 아는 거여. 나 말 알아듣겄냐?"

"잉, 그라먼 접때 외갓집 샘가에서 나가 누님 또아리를 감췄을 때는 바로 나 냄새로 알았던 거여?"

"하문, 그라고말고. 인자 봉께 대운이가 참말로 나 말을 알아들은 모양이구만잉."

끝순이 누님이 머리에 물항아리를 이고 외갓집 울안에 있는 샘으로 물을 길러 왔을 때였다. 외갓집까지 오십 미터 남짓 되는 거리를 언제나 지팡이도 없이 물항아리를 이고 다니는 그녀의 모습을 지켜보면 온몸에 간지럼증이라도 들린 것처럼 아슬아슬한 한편으로는 다분히 악동적인 장난기마저 솟구치고는 하는 것이었다. 마침 그녀가 또아리를 샘 가의 돌멩이 위에 올려놓은 채 이제 막 바가지로 물을 퍼서 항아리에 담고 있을 때, 나는 더이상 솟구치는 장난기를 참아내지 못하고 살금살금 걸어가 또아리를 움켜잡았다. 그러자 그녀는 짐짓 내가 그러기를 기다리기나 했다는 듯 심상한 목소리로 말하는 것이었다.

"대운아, 누님한테 그런 짓 하면 못쓴다잉."

또아리를 움켜쥐고 미처 두 발자국도 떼기 전에, 나는 너무 놀란 나머지 자칫 그 자리에서 철버덕 주저앉을 뻔했다. 불현듯 끝순이 누님이 그렇게 무서울 수가 없었다. 나는 얼결에 그녀에게 또아리를 내던지고는 후닥닥, 사립문 밖으로 도망쳤다. 그리고 그날 밤 꺼꾸리며 유생이, 상냄이 같은 외사촌들로부터 그녀가 보지도 못하면서 사람들을 알아보는 것은 바로 그녀의 집에 있는 귀신들이 가르쳐주기 때문이라는 이야기를 들었던 것이다.

당시 아직 초등학교에 들어가기 전인 어린 내가 보기에도 외가가 있는 가메뚝은 참으로 쓸쓸한 풍경이었다. 가메뚝을 마지막으로 인가가 끊기는가 하면 갈대밭만 아득히 펼쳐진 하구가 이어지고 하구의 방파제 너머로 길게 바다가 누워 있는 풍경이란 비단 어린 나만이 아니라 누가 보아도 쓸쓸할 수밖에 없었다. 그런 가메뚝은 일찍이 식민지 시절에 간척지가 마련되기 전에는 사람의 흔적마저 찾아볼 수 없이 아예 버려지다시피 황량한 바닷가였을 터이다.

가메뚝은 풍경만이 쓸쓸한 게 아니라 거기에 모여사는 사람들 또한 마찬가지로 쓸쓸하였다. 세상에서 영락(零落)한 사람들만 모여사는 곳이랄까, 모두 대여섯 채 남짓 되는 집들이 가메뚝이라 불리는 냇가의 둑을 따라 띄엄띄엄 떨어져 있었는데, 당달봉사인 끝순이 누님을 위시해서, 자기가 낳은 아이를 스스로 죽인 미친년이며, 문둥이, 폐병쟁이가 집집마다 한명 꼴로 끼여 있었다. 외갓집도 서당 훈장 출신인 외할아버지며 여장부로 호가 난 외할머니가 아직 살아 있던 때에는 그런대로 풍족했다지만, 워낙 노름을 좋아하여 전답 같은 가산을 모두 날려버리고 달랑 집 한채만 남긴 큰외삼촌 대에 이르러서는 열 명 가까운 식구가 하루 세 끼 걱정하기에 바쁠 만큼 궁상으로 변해 있었다. 큰외삼촌은 이렇다할 직업도 없이 그렇다고 무슨 식량을 거둘 땅 한뙈기도 없이 애오라지 노름꾼들 뒤꽁무니나 따라다니며 집안일에 대해서는 나 몰라라 하는 반거충이였는데, 모르기는 해도, 면소재지에서 의부와 함께 해산물 도매상을 하는 내 어머니가 유일한 목숨줄이었던 것이 틀림없었다.

언제인지 기억이 자세하지는 않지만, 내가 외가에 와서 처음으로 외사촌 형제들과 함께 밥을 먹을 때였다. 아무리 눈여겨보아도 쌀 한 톨 보이지 않는 꽁보리밥에다가 쓴 김치 쪼가리 한 보시기, 그리고 냇가에서 건져올린 송사리 새끼들을 배도 따지 않고 통째로 된장을 풀어 삶아 냄비째 올려놓은 게 전부인 밥상인데도 불구하고, 외사촌 형제들은 밥상을 마주하자마자 숫제 무슨 악머구리라도 풀어놓은 것처럼 와글대며 삽시간에 밥과 반찬을 말끔히 비워 없애는 것이었다. 너무 짧은 순간에 일어난 일이라 나로서는 아직도 정신이 어리벙벙한 상태였는데, 그런 나를 본 외숙모가 한마디 하였다.

"흐응, 니는 맨날 하얀 이밥에 육괴기만 묵다봉께 꽁보리밥에는 숟갈도 못 대겄지야?"

외숙모의 핀잔 섞인 말끝에, 나는 밥사발 위로 수북이 올라오도록 고봉으로 담긴 꽁보리밥을 이렇다할 반찬도 없이 꾸역꾸역 다 먹어치웠다.

이런저런 불편에도 불구하고 장터에서 어린아이의 걸음걸이로 삼십분 남짓 걸리는 외가를 틈만 났다 하면 뻔질나게 찾아다닌 것은 무엇보다도 열 명 가까운 외갓집 식구들 때문이었다. 어머니와 누님과 나 이렇게 달랑 세 식구가 살다가, 나와 나이가 위아래로 고만고만한 연년생의 외사촌 형제들과 어울려들면, 그 번잡함 자체가 나에게는 더이상 천국이 따로 없었다. 외갓집 삽짝을 나서자마자 바로 나오는 냇물에 뛰어들어 풍덩풍덩 개헤엄을 치거나 모래밭에서 씨름을 하고 쪽대로 물고기를 잡다보면 하루해가 너무 짧았다. 더군다나 밤이 되어 고만고만한 일고여덟 명이 좁은 골방에서 득시글 뒹구는 기쁨이라니! 외사촌 형제들과 밤낮없이 어울려 나뒹구는 것만으로도 나는 외숙모의 핀잔이나 끝순이 누님이며 문둥이, 미친년, 폐병쟁이에 대한 무서움과 두려움은 얼마든지 감내할 수 있었다.

아직 어린 내 혼마저 빼앗길 듯 가없는 기쁨으로 가득하던 가메뚝도, 그러나 내가 초등학교에 들어가면서부터는 어쩐지 발걸음이 뜸해졌다. 학교에 들어가서 우선 시골 동네에서 나온 소위 촌놈들을 괴롭히며 장돌뱅이답게 소악패 노릇을 하는 데 더욱 재미를 붙이다보니, 외사촌 형제들과 어울려 나뒹구는 번잡함도 그만 시들해져버린 것이었다. 그리하여 내가 가메뚝에 가는 것은 여름방학이나 겨울방학이 아니면 외할아버지나 외할머니의 제사나 큰외삼촌의 생일 같은 때에 불과하게 되었다. 그러다보니 자연 끝순이 누님과 만나는 일도 드물게 되었다.

내가 초등학교 5학년이 된 무렵이었다. 마침 외가 가는 길에 영락없이 끝순이 누님과 마주쳤더니, 그녀는 우선 한숨부터 쉬는 것이었다.

"양순이 언니는 시집갔담서야? 참말로 좋겄다아."

나는 당장 끝순이 누님의 말부터 반박하고 들었다.

"피잇, 몰르는 소리 말어. 누님은 겁나게 먼 섬으로 시집간담서 시집가기 메칠 전부터 눈이 뚱뚱 붓도록 울었단 말이여. 매부란 사람 따라서 장생이에서 배 타고 간시롬도 얼매나 울었는 중 알기나 해?"

그러자 끝순이 누님은 고개를 절레절레 저어대는 것이었다.

"그건 대운이 니가 한나만 알고 둘은 몰라서 허는 소리여야. 사랑하는 사람과 함께 간다믄사 지옥길도 마냥 좋은 벱이다잉."

끝순이 누님은 말끝에 이번에도 땅이 꺼져라 한숨을 쉬었다. 그러자 나는 뭔가 그녀의 마음을 어렴풋이 알 것도 같았다. 사랑 운운하는 그녀 또한 이른바 시집을 갈 나이가 된 것이었다. 나는 다시 한번 그녀의 말을 반박했다.

"그르코롬 부러우면 끝순이 누님도 시집가먼 될 거 아녀?"

여기에 이르러 나는 흡사 양볼이라도 부은 것처럼 퉁명맞은 목소리였을 것이다. 누이가 소위 시집이라는 명목으로 나와 어머니를 도외시한 채 전혀 낯선 남자를 따라갔다는 사실만으로도, 나로서는 어쩐지 그녀에게 버림이라도 받은 것 같은 일말의 배신감마저 없지 않았던 것이다. 나의 말에 끝순이 누님은 이번에는 마치 목에 뼈라도 부러진 것처럼 힘이 하나도 없이 고개를 저어 보였다.

"나는…… 시집을 갈 수가 없는 몸이여야."

"왜, 누님이 앞을 못 보는 당달봉사라서?"

"그것도 그거제만…… 인자 나는…… 천지개벽을 한다고 해도 시집을 못 가야."

끝순이 누님은 말끝에 흑, 하고 흐느끼는 소리를 내더니 그만 자리에서 일어나 부엌으로 들어가버렸다. 나는 전혀 그녀의 말을 이해하지 못한 채로, 그러나 막연하게나마 그녀가 시집이라는 것을 얼마나 비탄스럽게 여기는가는 알 수 있었다. 하지만 그뿐, 아직 이성에 눈뜨지 못한 나로서는 친누이가 시집간 것이 배신감으로 다가오는 것처럼 그녀의 비탄 또한 내가 위로해주기에는 너무 거리가 먼 어떤 것으로 여겨졌다.

그후로 두 계절을 건너뛰어 이제 막 겨울방학이 시작된 무렵이었다. 마침 장날이라 장에 온 외숙모가 호들갑스럽게 어머니에게 쏟아놓는 말을 무심코 건너듣게 되었다. 바로 끝순이 누님에 대한 이야기였는데, 그녀가 애를 뺐다는 것이다. 외숙모의 말에 의하면, 지난 정초의 해동 무렵에 당골레가 큰 굿판을 따라다니느라 며칠 집을 비운 적이 있는데, 그때 누군가가 혼자 남은 그녀를 덮쳤다는 것이다. 당골레가 뒤늦게 그 사실을 알았을 때는 그녀는 벌써 배가 남산만해진 다음이어서 어떻게 손을 쓸 수도 없이 결국 아기를 낳는 수밖에 없는 모양이었다. 그런데 당골레가 아무리 족쳐도 그녀는 뱃속에 있는 아이의 임자가 누구인가를 밝히지 않는다고 했다.

외숙모의 이야기 끝에 어머니가 쯧쯧, 혀를 차며 끼여들었다.

"어떤 급살 맞을 놈이 허고많은 처녀를 놔두고 우리 끝순이한테 그런 숭한 짓을 벌레뿌렀을까잉. 설상가상이라고 뱃속에 든 애기마자 누구 씬지도 몰르게 되았으니, 아이고, 우리 끝순이가 불쌍해서 우짤끄나아."

그러자 외숙모가 홰홰 손을 내둘렀다.

"아녀, 아녀라우. 나 생각에는 아무래도 끝순이 그년이 뱃속에 든 애기 앱씨가 누군 중은 알고 있을 것 같구만이라우."

"아니, 눈도 먼 끝순이가 뭔 수로 애기 앱씨가 누군 중 안단 말이여라우?"

"끝순이 그년도 지 엠씨한테, 눈먼 나가 그 인사가 누군 중 알어, 누군 중 알어, 하고 입에 달은 것모냥 그 말만 되풀이한다제만, 사실은 그거이 아녀라우. 끝순이 그년이 까죽은 봉사라제만 속으로 사람 한나 알어보는 것은 눈뜬 사람 뺨치댁기 귀신 같은 년인디, 아무리 깜깜한 밤중이라도 몰를 택이 없을 거이요. 그란디도 끝순이가 끝까장 몰른다고 뻗디는 뽄새로 봐서는 애기 앱씨가 아메도 누군 중 밝히기 에러운 사낸가비여라우."

"밝히기 에러운 사내라니?"

"만약에 애기 앱씨가 멀쩡한 총각이라면 뭐 할라고 안 밝힐 거이요? 끝순이 그년이 지 엠씨 나자빠지는 꼴을 봄서도 입을 딱 닥고 있는 행티로 봐서는 절대로 총각이 아니여라우."

"총각이 아니면?"

"총각이 아니라 멀쩡한 처자식이 있는 남정네가 분멩해라우. 그것도 우리 가메뚝 아니면 사울촌모냥 가까운 데 사는 작자일 거이구만이라우. 내 손에 장을 지져도 좋제만, 그 작자는 끝순이 그년도 아조 잘 아는 남정네일 거이요."

외숙모의 말에 이번에는 어머니가 홰홰 손을 내둘렀다.

"오매, 이거이 뭔 숭한 말이랑가. 올케, 딴데 가서는 절대로 그런 말 입밖에도 내지 마시요. 자칫하면 올케 땀시 공연히 동네에 살인나겄소."

"글 안해도 당골레가 반 미쳐서 낮밤없이 우아래 동네를 돌아댕김시롱 소락대기를 질르고 있어라우. 자기는 그놈이 누군 중 발써 안담서 하루라도 빨리 지 발로 나서라고 말이여라우. 안 그러면 겔국 지죽고 나 죽겄다고 안하요. 글다봉께 동네 예펜네들이 설마설마 함서 모다 지 서방 간수하니라고 눈이 뻘게져가꼬들 있어라우."

외숙모와 어머니가 이야기를 미처 끝내기도 전에 나는 어느새 득달같이 가메뚝으로 달려가고 있었다. 기찻길을 넘어서서 논두렁길을 허겁지겁 달려가는 나의 머릿속에는 어서 빨리 그녀를 보고 싶다는 생각밖에 없었다. 그녀를 봐서 뭘 어쩌겠다기보다는 지금 그녀를 보지 않으면 당장에 죽을 것만 같은 절박한 마음뿐이었다. 그런 나의 귓바퀴에는 지난봄 무렵 끝순이 누님이 흑, 하는 흐느낌 소리와 함께 입밖으로 토해냈던 한마디 말이 언제까지나 끊어지지 않고 웅웅대는 것이었다.

"그것도 그거제만…… 인자 나는…… 천지개벽을 한다고 해도 시집을 못 가야."

아아, 그때 끝순이 누님은 이미 저질러져버린 다음이었다! 그렇듯이 끝순이 누님은 이미 모든 것을 다 알고 있었다! 심지어 어느 캄캄한 밤에 자신을 덮친 남정네가 누구인가조차도. 그랬다. 내가 비록 무슨 말인지 말뜻을 못 알아들었다 해도, 그때 끝순이 누님은 그 사실을 다른 사람이 아닌 나한테 미리 밝힌 것이었다.

끝순이 누님의 말이 귓바퀴에서 웅웅거릴수록 나는 더욱 발걸음을 빨리해서, 숨이 끊어져라, 하고 달음질쳤다. 그렇게 천방지축으로 가메뚝 초입에 있는 들샘머리 미친년 집을 지나칠 무렵에야, 나는 비로소 그녀의 비탄이 얼마나 크고 깊은 것인가를 알 수 있었다. 그와 함께 나는 또한 그녀의 비탄이 나도 모르는 사이에 벌써 나의 마음 한켠에 그녀의 것만큼 크고 깊게 자리잡았다는 것을 알 수 있었다.

들샘머리를 가로질러 문둥이가 사는 집을 지나 이제 끝순이 누님의 오두막이 저만큼 바라보여서야, 나는 비로소 발걸음을 늦추었다. 그리고 흡사 무슨 전깃줄이라도 만진 것처럼 온몸에 번져가는 어떤 전율 속에서, 나는 자신이 지금 막 소년의 시절을 지나 이성간의 일 때문에 울고 웃는 성인들의 세계로 성큼 한발을 내딛는 중이라는 것을 깨달았다.

내가 미처 끝순이 누님의 오두막 앞에 다다르기도 전에, 방안에서 당골레의 쉰 목소리가 푸념으로 먼저 들려왔다. 그녀의 푸념은 흡사 노랫가락 비슷한 타령조였다.

"아이고오, 팔자 기박한 이년이 딸을 넷썩이나 낳아서 시집서 소박 맞아뿔고오, 기중에 멀쩡한 딸년 셋은 일찍부터 콩 팔러 보내뿔고오, 기중 젤 못난 쭉젱이 하나 포도시 냉게놓았더니, 그거이 또 천하에 없

는 망종이 될 중은 누가 알았등가아. 아이고오, 천신님, 지신님, 중앙
에 황제님, 동에 청제님, 서에 흑제님, 남에 적제님, 북에 흑제니임,
모도모도 들으소서. 자석이라고 길러농께 저 못난 쭉젱이가 인자사말
로 웬수가 되야뿌렀소오. 지발 저 웬수 입 잠 열게 해주시요오. 멀쩡
한 처녀 몸으로 애기를 배놓고도 그 앱씨를 몰르겄다니 그거이 말이
나 되는 소리요오."

문득 당골레의 푸념이 멈추는가 싶자, 벌컥 방문이 열렸다.

"언 놈이여?"

당골레는 내가 누구인가를 알아보자 다짜고짜 퉤엣, 침부터 뱉고
보았다.

"퉤에엣, 니도 사나놈이라고 우리 끝순이를 덮치러 왔냐? 오냐아,
좋다아, 니도 들어와서 우리 끝순이를 한번 덮쳐봐라. 나가 이 두 눈
으로 똑똑이 보게끔."

나는 얼결에 슬금슬금 뒷걸음질쳤다. 당골레의 험한 말투보다도,
나를 노려보는 그녀의 두 눈이 우선 나를 뒷걸음질치게 만드는 것이
었다. 그것은 영락없이 방안에 걸려 있는 수염투성이 귀신의 왕방울
눈에 흡사했는데, 그처럼 부릅뜬 두 눈에 광기와 살기가 뒤섞여 시퍼
렇게 번들거리면서 금방이라도 나의 몸을 사그리 태워버릴 것처럼 불
타오르는 것이었다. 그때 방안에서 낯익은 목소리가 흘러나왔다.

"대운아, 후딱 내빼라아. 시방 울 엄니는 온정신이 아닝께 괜시리
얼쩡대다가 붙잡혀서 고상하지 말고 얼릉 가부러."

끝순이 누님의 말이 아니더라도 나는 이제 막 몸을 돌리려던 참이
었다. 그보다 앞서 당골레가 몸을 일으켜 방문 밖으로 나서고 있었던
것이다. 내가 몸을 돌리자마자 그녀의 말이 바로 뒷덜미를 낚아챘다.

"이 좆대가리가 썩어문드러질 놈아, 거그 못 서냐아."

당골레가 술에 취해 밤길을 헤매다가 대봇등 수문에 빠져죽었다는 소식을 들은 것은 그로부터 닷새가 지난 무렵이었다. 대봇등 수문은 외갓집에서 엎드리면 바로 코가 닿을 곳에 있었는데, 간척지에 물을 대기 위하여 멀리 보성강 발전소에서 끌어온 물이 지나는 수로와 가메뚝의 냇물이 교차하고 있었다. 그녀의 죽음을 두고, 동네 사람들 사이에서는 귀신에 홀려서 수문에 빠져죽었다는 둥, 혹은 너무 술에 취한 나머지 발을 헛디뎌 수문으로 빠졌다는 둥, 혹은 울화가 깊어진 나머지 스스로 수문에 빠져들었다는 둥, 이런저런 말이 많았다. 나와 동갑내기인 외사촌 꺼꾸리는 귀신에 홀린 것이 틀림없다면서, 그날 밤 수문에서 당골레의 목소리가 들려오는 것을 자기 두 귀로 분명히 들었다고 우겼다.

"이놈아, 우리 끝순이를 망체놓고 어디로 내빼냐아."

꺼꾸리가 흉내를 내는 당골레의 목소리를 들으며, 나는 금방이라도 그녀가 귀신이 되어 나타나 내 뒷덜미를 낚아챌 것 같은 두려움에 마냥 식은땀을 흘려야 했다. 그날 밤 이후 꽤 오랜 동안 나는 기이하게도 바로 다름아닌 내가 끝순이 누님을 망친 장본인인 것 같은 착각에 빠진 채 어린아이로서는 도무지 감당할 수 없는 죄책감에 시달리고는 했다.

당골레가 죽은 지 얼마 되지 않아 끝순이 누님은 가메뚝에서 자취를 감추어버렸다. 그런 그녀를 두고도 역시 무성한 뒷소문이 끊이지 않았다. 당골레의 동생 되는 이가 거두어갔다는 소문에서부터 그녀 뱃속에 든 아이의 아버지가 차마 그대로 버려두지 못해 멀리 타처에 살 곳을 마련하여 아무도 몰래 옮겨갔다는 소문을 거쳐 하다못해 근방을 떠돌던 동냥아치들이 색시를 삼기 위해 업어갔다는 소문까지, 입에서 입을 거치는 동안에 살이 덧붙여지고 줄기가 덧붙어 소문이 각양각색으로 난무하였다.

끝순이 누님이 아이를 밴 채 자취를 감추어버린 것을 전후해서 가메뚝은 몇해 사이에 하나둘씩 빈집이 생기더니 급기야 큰외삼촌 식구들이 서울로 간 것을 마지막으로 대여섯 가구 되던 동네 전체가 한 가구도 살지 않는 폐촌이 되고 말았다. 가메뚝에서 맨 먼저 빈집이 된 것은 끝순이 누님의 오두막에서 멀지 않은 곳에 있던 문둥이 집이었다. 어느날 밤에 자식이며 남편 같은 식구들이 슬그머니 야반도주를 해버린 집에서 혼자 지내던 문둥이 여자가 마침내 소록도로 떠나가자, 아직 시집도 안 간 채 집만 나갔다 하면 곧잘 애를 배고 돌아와서 마냥 손발을 묶여서만 지내던 미친년이 어찌어찌해서 대들보에 목을 매달아죽은 들샘머리 집도 폐가가 되고, 사십대 언저리의 폐병쟁이 남자가 끝내 한동이나 되는 피를 토한 채 죽었다는 집은 아예 집 자체를 불살라 없애버린 것이었다.

내가 끝순이 누님을 다시 본 것은 서울에서였다. 당시 대학생이던 나는 버스를 타고 남대문시장 부근을 지나고 있었다. 일상이듯 스쳐지나가는 버스 차창의 풍경 속에서 뭔가 낯이 익다 싶은 인상 하나가 무심코 나의 눈길에 잡혀든 것이었다. 유난히도 커다란 눈에 가득한 흰자위를 희번덕이는 당달봉사, 바로 그 희번덕이는 흰자위가 나의 눈길에 잡혀든 것이었다. 나는 그 흰자위의 주인공이 그녀인지 아닌지 미처 확인할 겨를도 없이 무작정 다음 버스정류장에서 내려 남대문시장으로 되돌아왔다. 그리고 나는 남대문 지하도 입구에서 급기야 그녀를 찾을 수 있었다.

끝순이 누님을 찾아 부랴부랴 달려올 때와는 달리, 나는 그녀에게서 십여 미터 떨어진 곳에 멈추어선 채 더이상 다가가지 못하고 있었다. 틀림없이 그녀인데도 불구하고 나로 하여금 더이상 다가가지 못하게 하는 것은 다름아닌, 그녀와 나란히 앉아 있는 어린아이 때문이었다. 일고여덟살쯤 되었을까 싶은 아이가 빡빡 깎은 머리통으로 그녀를 올려다보며 열심히 뭐라고 떠들고 있었고, 그런 아이의 말에 귀를 기울인 채 그녀는 콧날개를 벌렁거리며 연신 히득히득 웃고 있었다.

나는 그 아이가 저 가메뚝 시절 끝순이 누님이 뱃속에 담고 있던 아이라는 것쯤은 어렵지 않게 짐작할 수 있었다. 넓은 이마며 둥그스름한 턱이며 오뚝한 콧날이며, 제 어머니를 판에라도 박은 듯이 닮아 있었다. 아니, 아이가 그녀의 아들이다 싶자, 나는 그보다 먼저 이미 눈부터 살펴보았을 것이다. 무엇보다도 그녀를 올려다보는 아이의 두 눈은 지극히 정상적인 채 어린아이답게 또랑또랑 빛나고 있었고, 노파심에서 다시 훑어본 팔이며 다리 같은 다른 곳들도 어디 한군데 부족한 곳이 없이 멀쩡한 몸이었다.

누군가 지켜보고 있으리라는 것은 꿈에도 생각하지 못할 모자는 지하도 입구에 철버덕 주저앉아 달랑 깡통 한개를 앞에 둔 채, 이른바 구걸을 하는 중이었다. 이 거렁뱅이 모자는 지나치는 행인들이 어쩌다 동전 한두 닢을 깡통에 던져주든 말든, 구걸에는 별로 관심이 없이 아이는 뭐라고 열심히 지껄여대고, 어머니는 숫제 아이 켠으로 비스듬히 몸까지 기울인 채 콧날개를 벌렁대면서 히득히득 열심히 웃어대고 있었다.

얼마가 지났을까, 잠자코 거렁뱅이 모자를 지켜보며 나는 문득 눈시울이 뜨거워져오는 것을 느꼈다. 아아, 끝순이 누님한테 저렇듯 행복한 표정이 감추어져 있었다니! 저 행복한 표정의 어디에, 그토록 크고 깊었던 비탄의 단 한줄기라도 흔적이 남아 있으랴. 여전히 뜨거운 눈시울인 채, 나는 가메뚝 시절 그녀가 나에게 건넨 한마디 이후로 나로 하여금 마치 그녀를 망친 장본인이라도 된 것처럼 줄곧 시달리게 했던 어떤 죄책감에서 비로소 해방되는 듯한 기분이었다.

그날 내가 차마 끝순이 누님을 알은체하지 못한 것은 무엇보다도 그녀의 더없이 행복한 표정 때문이었다. 만일 불쑥 나타난 내가 빌미가 되어 또다시 그녀에게 가메뚝의 비탄이 되살아난다면…… 그리하여 이제야 가까스로 빠져나왔을지도 모를 그 크고 깊은 비탄의 수렁에 다시 한번 그녀를 몰아넣는 결과가 된다면…… 나는 그때야말로 정말로 그녀의 저 행복한 한순간마저도 망친 장본인이 되어 두고두고 감당하기 힘든 죄책감에 시달리게 될지도 몰랐다.

나는 호주머니에서 돈을 뒤져 동전 한닢까지 모두 손아귀에 움켜쥐었다. 그러나 가난한 대학생의 호주머니에서 나올 돈이란 뻔하게 마련이었다. 내가 거렁뱅이 모자의 깡통 앞에 다가가자, 순간적으로 끝순이 누님이 아연 긴장한 표정이 되었다. 그리고 여태껏 제 어머니를 향해 열심히 떠들어대던 아이가 말을 중단한 채 흘낏 나를 올려다보았다. 그렇게 내 인상착의를 일별한 아이가 제 어머니에게 말했다.

"괜찮어, 엄니. 짭새 아니여."

나는 던지듯 깡통 속에 잔돈을 집어넣고 서둘러 돌아섰다. 그렇게 서너 발자국 옮겨가는 나의 등뒤로 아이의 목소리가 넘어왔다.

"엄니, 오늘 그만 해도 되겠네. 저 아자씨가 돈 많이 줬어."

십여년 전에, 출판사의 요청에 따라 고향에 간 적이 있었다. 무슨 문학전집에 나의 작품도 끼이게 되었는데, 거기에 따르는 작품의 배경사진이 필요한 모양이었다. 출판사에서 나온 사진작가와 함께 내가 태어나 자란 장터며 기차역이며 초등학교 따위를 대충 찍고 나자, 짐짓 시간이 남아돌게 되었다. 하기는 조그만 면소재지란 것이 그렇듯 한바퀴 휙 도는 데 십여분 남짓이면 충분할 좁은 거리였다. 마침 사진작가가 자가용을 지니고 있어서, 나는 그에게 한가지 부탁을 했다.

내가 구태여 가메뚝을 보고 싶었던 것은, 어쩌면 그리워할 거의 아무것도 남아 있지 않은 고향에 대한 쓸쓸함 때문이었는지도 몰랐다. 그러나 정작 가메뚝으로 가는 초입에 들어서자, 나는 차라리 못 볼 것이라도 본 것처럼 두 눈을 질끈 감아버렸다. 가메뚝은 텅 빈 한장의 백지처럼 그렇게 나의 눈앞에 펼쳐져 있었다. 내가 발걸음을 끊은 몇십년 동안에, 가메뚝은 경지정리가 되어 눈에 익은 집 한채, 나무 한그루 없는 전혀 생경한 풍경으로 뒤바뀌어버린 것이었다. 들샘머리며 문둥이 집이며 끝순이 누님의 오두막이며 외갓집이 있던 곳은 모조리 일망무제의 벌판으로 변한 채, 무슨 특용작물 농사라도 짓는지 비닐하우스들만 겹겹으로 들어서 있을 뿐이었다.

나는 사진작가의 자동차에서 내리지도 않은 채 가메뚝을 지나쳐서 다시 장터로 향했다. 가메뚝의 둑길 또한 옛날의 모습이라고는 흔적도 없이 아스팔트로 포장되어 그대로 사울촌을 지나 장터로 연결되어 있었다. 자동차가 사울촌을 지날 때였다. 차창 밖으로 얼핏 낯익은 모습이 지나치는 것이었다. 나는 거의 심장이 멎는 것 같은 느낌으로 서둘러 자동차를 멈추게 했다. 그러고 보니 가메뚝으로 가는 길에는 못보았는데, 사울촌 초입에 슬레이트 지붕을 한 새 집이 한채 들어서서 길 쪽에 구멍가게를 열어놓고 있었다.

바로 그 구멍가게 앞의 평상에 이제 한 쉰이나 넘었을까 싶은 초로의 부인네가 갓난아이를 등에 업은 채 앉아 있었다. 그리고 그녀가 지나치는 자동차를 향해 무심코 고개를 돌렸는데, 나는 거기에서 유난히 희번덕이는 흰자위를 본 것이었다. 그녀에게 다가가 마침내 끝순이 누님이라는 것을 확인한 순간, 나는 어쩔 수 없이 떨리는 목소리를 냈다.

"끝순이 누님!"

나의 목소리에 끝순이 누님이 평상에 앉아 이제 막 소쿠리에서 손으로 들어올리던 콩깍지를 떨어뜨렸다.

"너, 대운이로구나. 그렇지야? 대운이 맞지야?"

"맞소."

"오매, 가메뚝에 와서 니를 만나다니, 시상에 이거이 뭔 일이다냐?"

끝순이 누님이 이번에는 떨리는 목소리를 냈다. 그러자 나는 불현듯 무슨 안개라도 낀 것처럼 눈앞이 흐려지는 것이었다. 나는 그렇게 흐린 눈으로 그녀에게 물었다.

"등에 업은 애가 손주지요?"

"잉, 그때 니가 서울에서 봤던 그 아그 아덜이여야."

나는 여전히 흐린 눈으로 한마디 덧붙였다.

"잘 왔소, 누님. 가메뚝에 참말로 잘 왔소."

"나이가 등게 묏보담도 가메뚝 냄새가 맡고 잖어서 생병이 날라고 안허냐? 그래서 오기 싫다는 자석놈을 억지로 잡아끌고 왔어야."

끝순이 누님이 말끝에 덥석 내 손을 잡더니 평상 쪽으로 끌었다.

"그럴 거이 아니라 여기 평상에라도 잠 앉어라잉. 나가 마실 거이라도 내올랑께. 메누리랑 자석놈은 시방 하우스밭에 일나가고 없어야."

나는 끝순이 누님의 손에 끌려 평상으로 갔다. 그리고 그녀가 내온 사이다 한잔을 받아들면서 슬쩍 지나치는 듯한 말투로 물었다.

"그래, 이 갓난애기의 할아부지도 찾았소?"

끝순이 누님이 고개를 절레절레 저었다.

"그런 말 말어. 삼십년도 넘게 안 찾은 사람을 인자사 찾어서 뭐 할 거이냐? 괜한 펭지풍파제. 나가 그럴라고 여기 내레온 거이 아니어야. 나사 그 사람은 폴쎄 잊어뿌렀다야. 그래서 진작에 내 아덜 성도 내 성으로 호적에 올레뿌렀고."

끝순이 누님의 말을 듣는 순간, 나는 난데없는 무슨 거대한 바위 하나가 지그시 온몸을 눌러오는 기분이었다. 그래서였을까, 나는 숫제 말까지도 더듬거렸다.

"그, 그랬소?"

그런 내 앞에서 끝순이 누님이 문득 입꼬리를 말아올려 살짝 웃어 보였다.

"근디 말다, 나가 여그 온 그러께부터 해마둥 추석이나 설 같은 명절 때면, 누군 중 몰르제만, 가게문 앞에다가 새벽같이 조구랑 서대랑 육괴기를 살모시 나놓고 간단 말다아."

—『내일을 여는 작가』 2001년 가을호

울보 유생이

울보 유생이는 나의 외사촌형이었다.
대개의 울보들이 그렇듯 그 또한 어딘가 얼뜬 구석이 없지
않은데다가 황소같이 커다란 두 눈은 항상 겁에 질린 채
걸핏하면 눈물바람이기 일쑤였다. 그래서일까,
어릴 적의 그에 대한 기억이라면 으레 새까맣게 땟똥이
내려앉은 손등으로 두 눈을 문질러대며 징징거리는
모습이었는데, 그런 그의 눈 가장자리는 늘상
개씨바리라도 앓는 것처럼 짓물러 있었다.

울보 유생이

　울보 유생이는 나의 외사촌형이었다. 대개의 울보들이 그렇듯 그
또한 어딘가 얼뜬 구석이 없지 않은데다가 황소같이 커다란 두 눈은
항상 겁에 질린 채 걸핏하면 눈물바람이기 일쑤였다. 그래서일까, 어
릴 적의 그에 대한 기억이라면 으레 새까맣게 땟똥이 내려앉은 손등
으로 두 눈을 문질러대며 징징거리는 모습이었는데, 그런 그의 눈 가
장자리는 늘상 개씨바리라도 앓는 것처럼 짓물러 있었다.
　어린 나로서는 유생이가 형뻘 된다는 사실이 여간 못마땅하지 않았
다. 어머니는 틈만 있으면 형이라고 부르라고 채근을 해댔지만, 울보
로 소문난 그를 형으로 대접하기가 결코 쉽지 않았다. 아니, 보다 자
세하게 속마음을 들여다보면, 형 대접은커녕 그가 나의 형뻘 된다는
것만으로도 자존심이 상하다 못해 숫제 생병까지 날 지경이었다.
　유생이에 대한 호칭문제로 몇번인가 어머니에게 매질까지 당하면

서도 불구하고 기를 쓰다시피 형 대접을 안하려 들었던 것은, 무엇보다도 그가 나보다 생일만 몇달 빠른 동갑내기 형인데다가 학교에서는 거꾸로 한학년 아래라는 사실 때문이었다. 그는 과연 울보답게 초등학교에 입학하자마자 아이들 사이에 대뜸 유명짜한 놀림감이 되었는데, 시쳇말로 치자면 왕따 중에서도 왕따인 셈이었다. 그리하여 그보다 훨씬 약해빠진 아이들이며 심지어 여자아이들까지도 그를 만났다 하면 무조건 엉덩이를 차거나 꼬집는 식으로 집적대고는 했는데, 그가 마침내 울음을 터뜨리면 저마다 손뼉을 치며 깔깔대고는 했다.

학교 안에서 어쩌다 유생이가 나의 형뻘 된다는 사실이 알려지자, 일찍부터 영악한 장돌뱅이에다가 싸움패로 소문난 나의 어떤 입지마저 자칫 위태할 지경이 되었다. 그를 만만한 놀림감으로 업신여기는 마음이 무슨 전염병처럼 자연스럽게 나에게까지 옮아온 것이었다.

"야, 저 울보가 니 성이람서?"

"누가 그딴 소리를 하는 거여? 아녀, 절대로 아녀."

내가 죽을 둥 살 둥 두 팔을 내저어 손사래를 쳐대는데도 아랑곳없이 아이들은 비스듬한 눈길로 나를 흘겨보는 것이었다.

"피잇, 거짓말 말어. 누가 모를 줄 알고? 저 울보가 나한테 분맹히 지가 성이라고 그랬단 말이여."

"이 새꺄, 나가 아니라면 아닌 중 알어. 너, 오늘 내 손에 죽어볼래?"

유생이에 이어 나까지 얕보려드는 다른 아이들을 내리누르기 위해서는, 나는 전보다 몇배는 더 영악한 장돌뱅이가 되어 역시 전보다 몇배나 더 주먹을 휘둘러야 했다. 그렇게 나름대로 바둥대는 나를 아이들보다 한술 더 떠서 돌이킬 수 없는 어떤 궁지로 몰아넣는 것은 바로 유생이 장본인이었다.

유생이는 학교에 입학하면서부터 기이하게도 내가 그를 피하면 피할수록 찰거머리처럼 나를 따라붙고는 하였다. 학교 안에서건 장터에서건 그는 나를 찾아내는 데는 귀신이었다. 그러고는 다른 아이들을 대할 때의 얼뜨고 겁에 질린 모습과는 달리 나에게만은 더없이 당차고 야무진 모습을 보이는 것이었다. 나로서는 그런 그의 두 모습이 차라리 불가사의하기까지 했다. 보이는 대로 마냥 집적대고 시비를 걸어오는 다른 아이들에게는 아예 감정이라고는 없는 바보가 되어 이렇다할 저항이나 반발도 없이 고작 잉잉대며 울어댈 줄밖에 모르다가도 나에게만큼은 아무런 두려움이나 주저도 없이 자기 주장을 그대로 드러내는 것이었다.

내가 더이상 참아내지 못하고 끝내 유생이와 대판 싸움을 벌인 것도 그 무렵이었을 것이다. 그날도 내가 장터 아이들과 어울려 딱지를 치는데 영락없이 그가 나타났다.

"야, 대운아, 나도 딱지 좀 주그라."

"이 씨이, 쩌리 가. 딱지치기 할 줄 모름서."

"딱지만 있으면 나도 잘한단 말이여."

"이 빙신아, 저리 가라먼 저리 가."

"못 가."

유생이는 오히려 내 앞으로 한발 나서면서 흡사 도발이라도 하듯이 턱까지 처억 쳐들었다.

"글고 빙신 빙신 하지 말고 성이라고 불러."

유생이와 내가 하는 양을 흘끔거리고 있던 아이들 중의 하나가 기다렸다는 듯이 잽싸게 끼여들었다.

"야, 느그들도 들었제? 저 울보가 대운이한테 성이라고 불러라는 말."

그러자 다른 아이가 또다시 잽싸게 끼여들었다.

"잉, 나도 두 귀로 똑똑이 들었어."

사태가 이 지경에 이르자 나로서도 자신의 어떤 입지를 지키기 위해서는 더이상은 유생이를 그대로 보아넘길 수 없다는 것을 알았다. 나는 이빨로 입술을 깨물며 그에게 한발 다가섰다.

"니가 나랑 울집서 함꾼에 사냐?"

나의 예사롭지 않은 기색에 유생이가 주춤 뒤로 물러섰다. 나는 그 틈을 놓치지 않고 그에게 한발 더 다가섰다.

"울 엄니가 니 엄니냐?"

"아, 아녀."

"근디 니가 우찌께 나 성이란 말여?"

유생이는 여기서 더이상 물러나지 않았다.

"니가 아무리 그래도 나는 니 성이여. 큰고모가 나보고 성이라고 그랬단 말여."

유생이가 말한 큰고모는 바로 내 어머니였다. 나는 그의 입에서 큰고모라는 말이 나오는 순간부터 나름대로 성이 나서 두 주먹을 불끈 쥐고 있었다.

"울 엄니는 그래도 나는 아녀, 이 새꺄."

내 주먹이 급기야 유생이의 얼굴을 갈겼다. 그리고 나는 하마 터져나올 그의 울음보를 기다리며 두 팔을 허리에 척 걸쳤다. 비록 한대라지만 정통으로 내 주먹을 맞았으니 그는 한시간은 좋이 징징댈 것이었다. 그런데 그는 나의 추측과는 달리 전혀 울음을 터뜨릴 기색을 보이지 않았다. 아니, 울음을 터뜨리기는커녕 떡하니 내 앞에 버텨선 채흡사 성난 황소처럼 코를 벌름대는 것이었다.

"이 씨이, 나도 싸우면 못 싸울 줄 알고."

유생이가 예상과는 달리 반발을 하고 나오자 나보다도 다른 아이들이 우선 놀라서 탄성을 올렸다.

"야아, 울보가 대운이하고 쌈 붙는다아."

나는 눈앞에 벌어진 사태에 대하여 도무지 믿을 수 없는 마음이면서도, 한편으로는 벼락처럼 한가지 사실을 깨달을 수 있었다. 유생이가 이렇게까지 나오는 이상 이미 한판 싸움은 돌이킬 수 없다. 그리고이 싸움은 형이니 뭐니 하는 따위 시시한 이유에서 훨씬 벗어난, 어느때보다 힘든 싸움이 될 것이다. 그랬다. 이를테면 나는 여태껏 장돌뱅이이자 싸움패로서 쌓아올린 그동안의 어떤 권위에 가장 강력한 도전을 받는 중이었다. 만일 어머니의 매질 따위가 무서워 그와의 싸움을적당히 끝내고 만다면, 나는 이후에 장터나 학교에서 더이상 설 자리를 잃고 말 것이었다.

유생이와의 싸움은 역시 순탄하지가 않았다. 싸우는 솜씨야 비교가될 수 없지만, 어찌된 셈인지, 그는 맞으면 맞을수록 울음을 터뜨리는커녕 더욱 더 성난 황소처럼 씨이, 씨이, 콧김까지 내뿜으며 나에게파고드는 것이었다. 얼마나 지났을까, 그의 저항이 거세질수록 반대로 나의 주먹질은 점점 힘이 빠지기 시작했다. 그리고 그의 몸뚱어리에 주먹이 닿을 때마다 나는 누구를 때린다는 당연한 쾌감보다는 오히려 정체를 알 수 없는 두려움에 사로잡히고는 했다.

어느 순간, 기이하게도 나는 자신이 유생이와 싸우고 있는 것이 아니라 어떤 깊은 수렁 속에 빠져서 혼자 두 팔이며 발을 바동대고 있는 듯한 기분이었다. 그리고 나는 비로소 자신의 두려움의 정체를 깨달았다. 이 싸움에는 애초부터 그 대상이 없었던 것이다. 그렇듯이 이 싸움의 대상은 그가 아니라 바로 나를 지켜보고 있는 다른 아이들이었는지도 몰랐다. 다른 아이들에게 뭔가를 보여주기 위한 식의 얼토당토않은 싸움. 그런 싸움이란 내가 아무리 기를 쓰고 주먹을 휘두른들, 결코 이길 수 있는 성질의 것이 아니었다.

싸우는 시간이 길어지면 길어질수록 나는 어쩔 수 없이 더욱 더 깊은 수렁 속에 빠져들고, 더욱 더 커다란 두려움에 사로잡혔다. 그리고 마침내 더이상 두려움을 견디다 못한 내가 유생이 대신에 차라리 울음을 터뜨리고 말 것만 같은 위기의 순간이 왔다. 그때였다. 난데없이 아이들이 탄성을 질러댔다.

"와아, 코피다아."

내가 바둥대듯이 내지른 주먹이 어쩌다 정통으로 유생이의 콧등을 후려친 모양으로, 오른쪽 콧구멍에서 코피가 실뱀같이 흘러나오고 있었다. 아이들이 탄성을 지르는 것을 계기로 그는 철버덕 그 자리에 주저앉더니 이내 엉엉 울어대기 시작했다.

유생이가 비로소 평상시의 울보로 돌아가 닭똥 같은 눈물을 줄줄 흘리는 것을 보고, 나는 속으로 몇번이고 어린 가슴을 쓸어내렸다. 그가 조금만 늦게 코피를 흘리고 그렇게 조금만 늦게 울음을 터뜨렸어도, 하마터면 그 대신에 내가 울보가 되었을지도 모를 일이었다. 그가 예전의 울보로 돌아가자 아이들은 곧장 흥미를 잃고 저마다 뿔뿔이 흩어져 가버렸다. 이윽고 그와 단둘이 남게 된 나는 그가 또다시 싸움을 걸어올 것 같은 불안감 때문에, 뒤질세라 아이들의 꽁무니를 뒤따랐다. 그런 나는 기이하게도 싸움에서 진 것은 그가 아니라 바로 나인 것 같은 생각이었다.

내가 밤늦게 도둑고양이처럼 가게의 문을 열고 들어서자, 불도 안 켠 가게 안의 캄캄한 어둠속에서 기다렸다는 듯이 어머니의 한숨소리가 먼저 터져나왔다.

"후유우, 핏줄은 못 속인다등만, 인자 쌈박질까장 니 애비럴 닮냐?"

어머니의 말을 듣는 순간 나는 그 자리에 꼼짝없이 얼어붙고 말았다. 그러자 다시 어머니의 한숨이 말과 함께 이어졌다.

"후유우, 나가 우찌께 니 같은 사람 말종을 젖 믹이고 따땃한 밥을 믹에 키왔을끄나아. 저런 말종이 될 중 알았으면 진작 에렸을 적에 기냥 숨통을 막어뿔 것을."

어머니의 말투로 보아 나는 오늘 저녁의 매타작이 여느 때와는 그 강도가 다르리라는 것을 짐작할 수 있었다. 아니나다를까, 어머니의 손에서 부지깽이가 휘둘리면서 여느 때보다 사나운 기세로 매타작이 시작되었다. 나는 곧바로 사정없이 등짝에 쏟아지는 부지깽이를 피하는 대신에 차라리 어머니의 치마 속으로 파고들며 무조건 용서부터 빌고 보았다.

"오매, 엄니, 나가 잘못했어라우. 다시는 안 그랄라요오. 인자부터는 유생이보고 꼭 성이라고 불를랑만요."

내 말에 어머니가 흐응, 코웃음을 쳤다.

"아나, 성. 니한테는 이 부지깽이가 바로 성이다."

어머니는 내 말에 대한 대답으로 부지깽이를 휘두르는 손길에 한층 더 힘을 주었다. 어머니의 혹독한 매질이 어린 나로서는 더이상 어떻게 참아낼 수 없을 만큼 한계점에 이르렀을 때, 나는 어쩔 수 없이 집 안의 어디엔가 있을 누이를 찾았다.

"오매, 누님, 나가 죽겄네. 지발 엄니 좀 말레주소오."

그러자 대뜸 방안에서 누이의 냉랭한 목소리가 흘러나왔다.

"니 같은 놈은 맞어죽어도 싸. 글고 나는 니 같은 쌈패 동상은 둔 적도 없어야."

누이에게 화답이라도 하듯이 이번에는 어머니의 말이 이어졌다.

"이 싸가지없는 것아, 시상에 때릴 사람이 없어서 하필이면 불쌍한 우리 유생이를 골라 때레야아."

나의 등짝이며 팔다리에 얼마나 많은 부지깽이가 쏟아졌던 것일까. 온몸을 저미는 것 같은 고통을 견디다 못해 머릿속이 하얗게 비워지는 느낌마저 들었을 때, 마침내 어머니의 손에서 부지깽이가 가게 바닥에 떨어졌다. 그리고 통곡과 함께 타령조의 사설이 이어졌다.

"아이고오, 우리 유생이 이 불쌍한 것아. 일찍이 지 아부지 얼굴도 모르는 유복자로 태어난 것도 뭣한디, 지 엠씨마저 에린 것을 시가에 던져두고 팔자 고치러 가뿔고는 사고무친 혼잣몸으로 큰집서 찬밥 신세 노릇을 허고 사는디, 그것도 모지라서 인자는 저 사람 못된 새끼한테 맞기까장 허네에. 아이고, 불쌍한 내 동상아, 구천에 있는 니가 나를 낼다봄서 얼마나 피눈물을 흘리겄냐아. 펭소에도 내 식구 믹에살린단 핑계로 한나밖에 없는 니 자석마저 제대로 돌보지 못하고 지냈는디, 오늘은 말종 같은 저 새끼 땀시 불쌍한 니 자석 눈에서 눈물을 나게 했구나아. 아이고오, 내 동상아, 나가 새끼 한나 잘못 퍼질러서 니 자석을 욕보인다아. 지발 못난 나를 용서해라아."

어머니는 사설 끝에 아예 작심을 한 것처럼 이번에는 숫제 나를 발가벗겨 벌거숭이를 만들더니 끝내 집밖으로 내쫓았다.

"그동안 믹에주고 입혜준 것만 해도 고맙게 여기고, 후이, 어여 딴

디로 가봐라. 오늘부로 이 집에는 니 같은 자석은 없어야. 인자 이 집에 발붙일 생각일랑 아예 말어."

내가 하릴없는 벌거숭이가 되어 캄캄한 어둠속에 서서 울부짖으며 언제까지 가게문을 흔들어도 어머니는커녕 누이마저 아예 기척을 하지 않았다. 내가 정 시끄럽게 울부짖자 오히려 어머니는 가게문을 열고 물바가지로 물벼락까지 끼얹는 것이었다. 마침내 누이가 가게문을 열어주었을 때는 나는 늦가을밤의 추위에 온몸이 꽁꽁 얼어붙은 채, 목이 쉴 대로 쉬어 제대로 말도 나오지 않았다.

어머니의 사설처럼 유생이는 일찍이 유복자로 태어난 후 미처 두 돌이 지나지 않아 그의 어머니가 다른 곳으로 재가해 가버린 다음에는 줄곧 가메뚝에 있는 외가에 군식구로 얹혀 지내온 것이었다. 훗날 어머니에게서 드문드문 흘려들은 이야기로는, 유생이의 아버지는 서당 훈장이었던 외할아버지의 글재주며 문장을 타고나 일찍부터 집안을 다시 일으킬 인재로 식구들의 기대를 한몸에 모은 모양이었다. 그리하여 본인 또한 입신출세의 푸른 꿈을 가슴에 품은 식민지의 젊은이가 되어 일본이며 만주 여기저기를 떠돌았는데, 그렇게 가진 것이라고는 푸른 꿈밖에 없는 뜨내기가 되어 객지를 떠돈 끝에, 해방이 될 무렵에는 입신출세와는 달리 폐병이라는 병마만을 몸에 지닌 채 다시 고향에 돌아오고 말았다. 그렇게 낙백으로 고향에 돌아온 그는 집에서 시키는 대로 어거지 결혼을 하고 신부에게 임신까지 시켰지만, 끝내 병이 깊어져 아이가 태어나는 것을 보지도 못한 채 세상을 등지고 만 것이었다.

외할아버지와 외할머니도 세상을 떠난 채 달랑 큰외삼촌만 남은 가메뚝의 외가에는 유생이 외에도 나이가 나와 고만고만한 연년생의 꺼

꾸리며 상넘이를 위시해서 외사촌 형제들 일고여덟 명이 득시글거렸
는데, 모두 열 명 가까운 식구들에 비해 살림살이의 궁상은 그야말로
똥구멍이 찢어진다는 말이 헛말이 아닐 지경이었다. 하기는 일찍이
노름을 좋아하여 선대의 가산을 모두 탕진하여버리고도 제 버릇을 버
리지 못한 채 아직도 가까운 노름방을 기웃거리며 마냥 하릴없는 건
달노릇이나 해대는 큰외삼촌을 위시해서, 저마다 코흘리개 어린아이
들에 불과하여 이렇다하게 제 밥벌이를 할 만한 남정네도 달리 없는
외가의 살림살이가 여느 집에 비해 유난스레 옹색할 것은 불을 보듯
뻔한 일이었다.

　훗날에야 그렇듯 옹색한 큰외삼촌댁에 혹처럼 붙어 자라온 유생이
가 일찍이 어린 나이에서부터 얼마나 간난신고(艱難辛苦)의 삶을 살
아낸 것인지 충분히 이해되었지만, 그러나 당시의 나로서는 그의 간
난신고의 표징이었을 유달리 얼뜬 모습이며 추레한 입성이며 울보 따
위 별명이 도무지 이해되지 않았다. 그렇듯이 그에 대한 일이라면 무
조건 애면글면 매달리고부터 보는 어머니의 남달리 각별한 애정이며,
설사 그와 싸웠다고 해서 자식에게 매질을 하다못해 추운 밤에 발가
벗겨 집밖으로 쫓아내는 식의 혹독한 응벌 또한 도무지 이해가 되지
않는 것은 마찬가지였다.

　유생이에 대한 에피소드가 한가지 기억난다. 당시의 나에게는 그가
형인 것만큼이나 역시 창피하고 우스운 에피소드에 불과할 뿐이지만,
어머니에게는 또다시 통곡을 할 만큼 커다란 사건이었다. 그것은 다
름아닌 그가 3학년이 되었을 때 술에 취해 학교에 등교한 일이었다.
그가 얼굴이 벌겋게 술에 달아올라 주정 비슷하게 헛소리를 해대자,
그의 담임선생이 술을 깰 겸해서 교실 밖에 두 손을 들고 서 있게 했

다. 마침 겨울방학을 하기 전의 초겨울이라 첫눈이라도 내리고 있었
는지 눈발이 제법 사나웠다. 그런 눈발 속에서 술에 취해 벌을 서고
있는 이 유명짜한 울보는 아이들에게 얼마든지 진기한 구경감이 되었
다. 아이들은 그 사실을 나에게 보란 듯이 놀려대는 말투로 전했다.

"야, 대운아, 얼릉 가보그라. 니기 울보 성이 술을 묵고 핵교 왔다가
시방 지기 선상님한테 혼나고 있어야."

유생이가 나의 형뻘이 된다는 것이 아직도 창피할 뿐만 아니라 자
존심 상하는 일일 뿐인 나로서는 결코 가까이 다가가서 그를 알은체
할 수는 없었다. 나는 다만 내리는 눈발 속에 머리 위로 손을 올린 채
온몸을 비비 꼬며 울고 있는 그를 먼 곳에서 숨어 볼 뿐이었다. 학교
가 끝난 후 내가 마침 장날을 맞아 장터의 어물전 머리에서 난전을 펴
고 있던 어머니에게 일러바치자, 어머니는 예상 밖으로 기겁을 하다
시피 놀라며 앉아 있던 자리에서 벌떡 일어섰다.

"유, 유생이가 술을 묵고 핵교를 오다니, 시방 그거이 먼 소리여?"

"참말이여. 나 눈으로 똑똑히 봤당께. 지기 선상님한테 벌을 받는시
롬동 아작까장 얼굴이 뿔겋게 술이 취했드랑께."

나의 말에 어머니가 엉뚱한 질문을 했다.

"그라면 저그 꺼꾸리랑 상냄이는 우짜드냐?"

"잉, 꺼꾸리랑 상냄이는 암시랑토 안했어."

내 말이 미처 끝나기도 전에 어머니는 우선 곡소리부터 내고 보았
다.

"아이고오, 불쌍한 우리 유생아아, 술이라니 이거이 다 뭔 말일끄나
잉. 이 심뽀 고약한 예펜네가 즈그 새끼들은 멀쩡한 밥을 처믹이고 불
쌍한 우리 유생이만 술찌겡이를 믹에서 핵교 보내가꼬, 기연시 죄없

는 아그를 욕보이네잉. 아이고오, 굶게도 함꾼에 굶기고 믹에도 함꾼에 믹에라고 나가 그르코롬 타일렀건만 이 밴댕이 소갈딱지보다 못한 예펜네가 아작까장도 유생이만 홀대하네그랴. 아이고오, 우리 불쌍한 유생아아."

어머니는 곡소리 끝에 치맛자락으로 눈물이며 콧물을 함께 싸잡아 훔쳐내더니 당장에 고무신을 찾아신고 보았다.

"이 급살 맞어 꺼꾸러질 예펜네 같으니. 당장에 혼쭐을 내야제 안되겠다. 니는 나가 댕게올 때까장 여그서 물건 잠 보고 있그라."

어머니는 멸치며 김이며 미역 따위를 펼쳐놓은 난전을 나에게 맡긴 채, 횡허케 치맛바람을 일으키며 가메뚝으로 가는 철둑길을 향했다. 어머니는 바로 외숙모를 혼쭐내기 위해 그렇듯 장사도 집어치우고 훌쩍 가메뚝으로 향한 것이었다.

나는 어머니가 꺼꾸리와 상냄이에 대해서 묻고, 술지게미를 입에 올릴 때부터 이미 어느정도 사태를 짐작하고 있었다. 그 무렵 어쩌다 외가에 갈 때마다 집 안팎에 술냄새가 진동하는가 하면 어느 때는 사카린을 탄 술지게미를 저녁밥 대신으로 먹기도 했는데, 이 술지게미가 놀랍게도 순전히 쌀밥으로 된 것이었다. 술지게미를 저녁밥 대신에 먹고 얼큰하게 취기가 오른 채 일고여덟 명의 외사촌 형제들과 함께 작은방에 누워 낄낄거리며 장난을 치다보면, 어느새 천장이 빙빙 돌면서 주먹만한 별들도 반짝반짝 빛나는데 세상이 그렇게 천국일 수가 없었다. 그러다가 꺼꾸리가 쉬쉬하면서 나에게 전해준 말로는, 큰외삼촌이 집에서 밀주로 소주를 내리는데 만일 지서나 세무서 같은 높은 곳에서 이 사실을 알면 큰외삼촌은 당장에 붙잡혀 감옥에 간다는 것이었다. 돌이켜보면 그곳을 마지막으로 아예 인가가 끊기는 가메뚝에서도 대여섯 채 남짓한 집들이 냇가의 둑을 따라 띄엄띄엄 떨어져 있는 마을의 끝집이라면, 밀주 같은 불법적인 행위를 해도 들킬 염려는 그다지 크지 않을 터였다.

유생이가 그동안 겪어낸 인생살이의 간난신고가 얼마나 깊고 막막하며 또 얼마나 서러운 것인가를 나 스스로 깨닫게 된 것은, 그가 이제 막 초등학교 졸업을 앞둔 겨울방학 때였다. 또한 어머니가 그라면 왜 그다지도 애면글면하며 남달리 각별하게 애정을 쏟았는가를 깨달은 것도 마찬가지로 그때였다. 당시 유생이는 학교만 졸업하면 영등포에 있는 이모네로 가기로 예정되어 있었다. 원래 황해도 출신의 염색기술자로 6·25사변 때 피난을 내려온다는 것이 어찌어찌하여 전라도 끄트머리까지 와닿게 된 이모부는 우연히 장터에서 양복점을 하던 어머니를 만난 인연으로 이모와 결혼하게 되었는데, 전쟁이 끝나자마자 곧장 영등포로 올라와 영단 언저리에 세탁소를 차렸던 것이다.

어머니는 이제 서울로 가면 언제 다시 고향에 내려올지 모르는 유생이로 하여금 그의 어머니를 만나게 배려했고, 헤어진 후 처음 만나는 이 모자의 상봉에 우연찮게 내가 끼여들게 되었다. 어머니는 멀리 고흥의 한 바닷가 마을에 재가해 살고 있는 그의 어머니에게 그를 보내면서도 혼자 보내는 것이 미덥지 않아 당시 중학생이던 나를 딸려 보낸 것이었다. 어머니는 벌교 장터에서 그 마을 장꾼들을 따라 길을 나서는 우리들에게 마지막 당부를 했다.

"그 집에 가면 반다시 쥔양반한테 인사부텀 몬자 해사 쓴다잉."

유생이의 어머니가 살고 있는 곳은 벌교에서 한나절이 꼬박 걸리는 외딴 바닷가 마을이었다. 이제 막 점심나절을 지낸 어름에 장꾼들을 따라나선 우리가 가파른 산길을 넘고 깊은 골짜기를 가로질러 칼날 같은 바닷바람이 온몸을 날릴 듯 매서운 백사장을 지난 끝에 바닷가 외딴 마을에 다다랐을 때는 벌써 어둑신한 땅거미가 사방을 뒤덮은 다음이었다.

장꾼 중에 한사람이 마을에서도 저만큼 떨어진 외딴집 앞에 멈추어 선 채, 크음, 헛기침을 하면서 한마디 기척을 했다.

"새재떡 있당가?"

장꾼의 기척이 떨어지기가 무섭게 화들짝 방문이 열리더니, 희미한 초롱불을 뒤로 한 채 한 아낙네가 득달같이 뛰어나왔다. 그리고 다짜고짜 유생이부터 찾아서 품에 끌어안고 울음을 터뜨렸다. 아마도 미리 그가 온다는 기별이 있은 모양이었다.

"아이고오, 불쌍한 내 새끼야아."

그러자 이에 화답이라도 하듯이 아낙네의 품에 안긴 유생이가 울음을 터뜨렸다.

"잉잉, 엄니이, 왜 나만 놔두고 엄니 혼자 도망갔어?"

"금메 말다아, 내 새끼야아. 이 엠씨가 나쁜 년이다아. 아이고오, 아이고오."

"글고, 왜 한번도 나를 안 찾아온 거여? 잉잉."

유생이의 투정어린 힐난에 그의 어머니가 한층 더 울음소리를 높였다.

"아이고오, 에린 니가 얼매나 사무쳤으면 이 죄많은 엠씨를 안 잊어뿔고 찾는다냐? 아이고오, 에린 니를 뗄쳐베리고 딴데 가면 얼매나 호강을 할 거이라고…… 다 이 엠씨가 잘못했다아. 이 엠씨가 천벌을 받아도 싸제, 싸. 아이고오."

"나가 얼매나 엄니를 찾았는 중 알어? 잉잉."

모르기는 해도, 유생이가 저렇듯 당차고 야무진 모습으로 제 가슴속에 품은 생각을 밖으로 드러낸 사람은 나말고는 그의 어머니가 처음일 것이었다. 두 사람이 부둥켜안고 울면서 나누는 문답을 듣고 있자, 나는 막연하게나마 그가 그동안 살아낸 저 간난신고한 삶을 이해할 수 있을 것 같은 기분이었다. 또한 그동안 어머니가 그라면 왜 그다지도 애면글면 애정을 쏟았는가도 함께.

누가 사이라도 떼어놓을세라 힘껏 부둥켜안은 모자가 언제까지나 울고 있는 동안에 장꾼들은 벌써 어둠속으로 사라져버리고, 열어놓은 방문 안에서 올망졸망한 서너 명의 아이들이 저마다 멀뚱멀뚱한 눈길로 떼아닌 정경을 내다보고 있었다. 그때 방안에서 남정네의 첫내 나는 목소리가 터져나왔다.

"아, 언제까지 그러고 있을 참이여? 먼길 오니라고 시장들 할 거인디 에린 손님들 퍼떡 밥믹일 생각은 않고오."

남정네의 말이 떨어지기가 무섭게 유생이 어머니가 얼른 코맹맹이 소리를 냈다.

"아, 알었구만이라우."

이윽고 유생이 어머니는 포옹을 풀고 치맛자락으로 얼굴을 훔치더니 비로소 나에게 알은체를 했다.

"니가 대운이지야?"

"야우."

"몰라보게 컸다잉. 오매, 글고 봉께 니기들 배가 많이 고프것구나아. 우찌끄나, 나가 미차 그 생각을 못허고…… 자, 얼른 방으로 들어가그라. 후딱 밥상을 채릴 텡께."

사립문이며 툇마루도 없이 모래사장에서 곧바로 댓돌을 밟고 들어

가게 되어 있는 초가삼간의 안방에는 멍석이 깔린 방바닥 한켠의 사과궤짝 위에 다 해진 이불이며 요 몇채만이 달랑 얹혀 있었고, 방문 맞은편 바람벽의 간짓대 하나를 길게 매단 횃대에는 아무렇게나 걸친 옷들이 겹쳐 있었는데, 그것들이 이른바 안방 세간의 전부인 모양이었다. 그 세간과 함께 횃대 아래 역시 아무렇게나 걸린 옷 형상으로 아이들 세 명이 다소 겁먹은 얼굴로 겹쳐 앉아서 멀뚱멀뚱한 눈길로 유생이와 나를 구경하고 있었다. 한눈에 보아도 가난에 찌들 대로 찌든 방안의 풍경은 지지리 궁상을 넘어 차라리 살벌하기까지 했는데, 아무리 큰외삼촌댁이 없이 산다고 해도 이 집에 비하면 오히려 넉넉한 편인 것처럼 여겨질 지경이었다.

내가 문득 어머니의 마지막 당부에 생각이 돌아, 아직도 얼이 빠진 표정으로 입까지 벌린 채 방안을 두리번거리고 있는 유생이의 옆구리를 손으로 찔렀다. 그러고는 어딘가 모르게 불편한 표정으로 방 한 귀퉁이에 앉아서 연신 곰방대를 빨고 있는 남정네를 턱짓해 보였다. 이윽고 내가 먼저 방바닥에 엎드려 절을 하자 유생이가 뒤따라 황급히 방바닥에 이마를 가져다댔고, 둘의 절을 받은 남정네가 고개를 까닥여 알은체를 하고는 이내 자리에서 몸을 일으켰다. 그리고 방문을 열고 나서더니 딱히 누구에게라고 할 것 없이 한마디를 남겼다.

"나, 선주어른댁 사랑방서 잘 테니께 그리 알어."

얼마 지나지 않아 유생이 어머니가 개다리소반과 함께 방으로 들어왔다. 소반에는 달랑 보리밥 두 그릇과 김치와 젓갈이 각각 한접시씩 올라 있었다. 우리가 밥상에 다가앉자 유생이 어머니가 쩔쩔매는 표정으로 말했다.

"이르코롬 어레분 걸음을 했는디 찬이 없어서 우짜끄나잉. 허제만 기냥 정성으로 알고 많이들 묵어라."

한나절 꼬박 걸었던 터라 배가 고픈 것은 사실이었지만, 그러나 유생이 어머니 말이 아니더라도 나로서는 우선 실망을 금할 수 없었다. 나는 하마터면 유생이 어머니에게 볼이 멘 채 입밖에 소리를 내어 반문할 뻔했다.

"아니, 왜 괴기가 없다요?"

얼핏 어머니로부터 들은 바로는 조금 전에 나간 남정네가 소위 '갯가 쌍것'으로, 그 말이 초등학교 사회책에서는 다름아닌 '바다에서 고기 잡는 어부'를 가리킨다는 것쯤은 나도 익히 알고 있었다. 그리고 그런 어부의 집에 고기가 없다는 것은 나로서는 도무지 상상할 수 없는 일이었다. 그러나 나중에 내용을 알고 보니 예의 남정네는 자기 배도 없이 남의 배에 고용되어 육지의 머슴살이 비슷하게 지내는데, 그 배도 다름아닌 멸치만 전문으로 잡는 멸치잡이 배라는 것이었다.

유생이와 나는 밥상에 고기가 없는 데 대한 실망보다는 쪼르륵거리는 빈 뱃속이 우선 급했다. 그리하여 더이상 머뭇거릴 순간도 없이 밥부터 크게 한숟갈 떠서 입안에 우겨넣고 곧이어 김치를 우겨넣었다. 그러나 바로 다음 순간 둘은 똑같이 오만상을 찌푸리고 말았다. 다름아닌 김치 때문이었는데, 나야 그렇다고 하지만 평소에 외숙모의 거친 음식맛에 단련이 되었을 유생이도 도저히 먹어내지 못할 정도였다. 무슨 마늘이나 파 같은 양념은커녕 고춧가루마저 보이지 않고 배추의 푸른빛이 그대로 살아 있는 김치는 명색이 김장김치인 모양이었으나, 흡사 무슨 독초라도 씹는 것처럼 쓴 소태맛에다 짠 소금맛뿐이었다. 둘이서 하는 수작을 본 유생이 어머니가 단박에 치맛자락을 눈으로 가져가며 변명부터 하고 보았다.

"짐치가 맛이 없제야? 우짜끄나, 밭 한뙈기 없는 살림이다봉께 양념거리 할 거이 없어서 맨 짐치를 담겄등만은……"

우리가 이번에는 할 수 없이 젓갈을 허비적거렸지만, 밴댕이나 전어새끼 같은 잡어들을 통째로 담근 젓갈은 젓갈대로 소금보다 더 짠데다가 한입에 먹기에도 너무 커서 도무지 어떻게 해볼 수가 없었다. 그때 잠자코 우리가 하는 양을 구경만 하고 있던 아이들 중에서 일고여덟살쯤 되었을까 싶은 여자아이가 알은체를 하고 나섰다.

"히힛, 바보같이. 젓갈은 밥 속에다 너서 묵으면 되는디."

나중에 알고 보니, 아이들 중에서 우리 또래의 사내아이 한명은 죽은 전처 소생이고 우리보다 제각기 두세살씩 어려 보이는 여자아이들이 바로 유생이 어머니가 낳은 자식들이었다. 여자아이의 말끝에 유생이 어머니가 나섰다.

"이년 못된 말버릇 잠 봐. 주댕이를 꼭 쥐어틀어뿔라. 오빠들보고 바보라니."

유생이 어머니는 말은 그렇게 하면서도 여자아이에게서 비로소 우리의 애로가 무엇인가를 깨달은 모양이었다.

"아이고, 나 정신 잠 봐라. 젓갈을 짤라준다는 것을 나가 깜박했어야. 여그서는 다덜 안 짤르고 기냥 따순 밥 속에 너묵는 거이 버릇이 되다보니 안 그러냐. 아나, 우선 니기들도 그르코롬 한번 묵어봐라."

유생이 어머니가 맨손으로 젓갈 접시에서 밴댕이 한마리를 집어들더니 그대로 머리부터 밥 속에다가 푹 박아넣었다. 그리고 얼마 지나지 않아 밥을 헤쳐보니, 밴댕이가 무슨 요술처럼 살은 모두 밥 속에 녹아들어버리고 뼈만 고스란히 남아 있는 것이었다. 유생이와 나는 바로 그 밴댕이 한마리로 고봉으로 담긴 꽁보리밥 한그릇을 뚝딱 해치웠다.

　다음날 우리가 길을 나서자, 유생이 어머니는 밤새 울어서 퉁퉁 부은 눈에 또다시 눈물을 흘리면서 동구 밖까지 쫓아나왔다. 눈이 퉁퉁 부은 것은 유생이 또한 마찬가지였는데, 아침나절 내내 뼈 다른 어린 동생들 앞이라서 쭈뼛거리며 가까스로 참는 눈치더니 동구 밖 당산나무에 다다르자 기어코 울음을 터뜨리고 말았다. 그도 그 즈음에서는 이제 헤어져야 한다는 것을 짐작한 모양으로, 잉잉 울면서 갑자기 그의 어머니 품으로 파고들었다.

　"잉잉, 엄니이, 두고 봐. 나가 서울 가서 돈 많이 벌어서 엄니를 데레갈 테여. 그때 우리 꼭 함꾼에 살어."

　유생이의 말에 그의 어머니는 끝내 몸을 가누지 못하고 흘러내리듯 철버덕, 소리를 내며 땅바닥에 주저앉아버렸다. 그리고 두 손으로 땅바닥을 내리치며 아예 대성통곡을 해댔다.

　"아이고오, 이 모진 년이 팔자가 기박하여 에린 우리 자석 가심에다 대못을 박었네에. 아이고오, 우짤끄나. 이 죄많은 년도 엠씨라고 저리도 애닯게 생각을 해주넌디이, 아이고오, 나넌 우짜면 좋을끄나아."

　모자가 함께 울부짖는 모습을 지켜보며, 나는 유생이가 그동안 살아낸 저 간난신고의 삶이 보다 확실하게 이해가 되는 기분이었다. 아니, 어디 그의 간난신고뿐이랴. 중학생이 되어 이제 막 사춘기에 접어들면서부터, 사생아이자 가난한 시골 장터의 장돌뱅이라는 자신의 출신성분에 대하여, 그리고 그런 출신성분이 이 사회에서 얼마나 음습하고 더러운 밑바닥에 자리잡은 것인가에 대하여 자학적 고민을 하기 시작한 나로서는 그의 간난신고가 결코 남의 것일 수 없었다. 그것은 이미 나의 것이기도 했다. 그랬다. 모자가 껴안고 있는 사이에 나는 자신도 모르게 일종의 동류의식으로 그의 간난신고한 삶 속에 슬그머니 껴들어가 있었다.

모르기는 해도 내가 자신의 삶이 아닌 타인의 삶에 동류의식으로 껴여든 것은 그때가 처음이었을 터이다. 그 동류의식이 굳이 유생이나 그의 어머니에 대한 연민이라고 해도 좋다. 그러나 보다 눈을 넓혀 나 자신의 문학으로까지 그 범위를 넓혀본다면, 그때 나는 최초로 문학이란 것을 시작했는지도 모른다. 대저 문학을 한다는 것은 무엇인가. 내가 살아낸 삶의 고통과 쓰라림과 막막함을 바탕으로 하여 다른 사람의 고통과 쓰라림과 막막함으로까지 그 외연을 넓혀가는 일이 아닌가. 그리하여 결국은 나와 다른 사람이 다 함께 동류의식을 갖는 일이 아닌가.

유생이가 그의 어머니를 다시 만난 것은 뜻밖에도 오랜 세월이 흐른 다음이었다. 아마 20년 가까이 되지 않나 싶은데, 그가 서른이 넘은 나이로 뒤늦은 결혼을 할 때였다. 그가 그만큼 세월이 흘러 그의 어머니를 만났다는 것은 그동안에도 그의 삶이 저 간난신고에서 크게 벗어나지 못했다는 반증일 터였다.

일찍이 영등포 이모부의 세탁소에서 일을 배운 후 서울 시내의 이곳저곳을 세탁소 직공으로 떠돌아다니던 유생이가 3년이라는 형을 받고 감옥에 갇혀 있다는 소식을 들은 것은 내가 대학교에 다닐 무렵이었다. 그의 죄명은 과실치사와 실화였다. 마침 그가 마포 대흥동의 시장거리에 붙은 세탁소에서 직공으로 일하고 있었는데, 가게 안에 피워놓은 연탄난로가 과열되어 불이 난 것이었다. 모두 잠든 시간에 시장거리의 엉성한 판잣집에서 난 불이라 일단 불이 붙자 열 채 가까운 집들이 삽시간에 잿더미로 변하고 무려 세 명이나 죽는 큰불이 되었고, 그만큼 어마어마한 죄명이 붙어버렸다. 그러나 사실을 알면 약간 어이가 없을 정도로, 당시는 세탁소마다 연탄불을 피워서 다리미를 달구는 식이었는데, 주인 되는 이는 안집으로 잠자러 가고, 아직까지도 방 한칸이 없어 세탁소에 딸린 콧구멍만한 다락방에서 새우잠을 자던 그가 홀랑 죄를 뒤집어쓸 수밖에 없었던 것이다.

유생이가 결혼날짜를 잡은 무렵, 당시 고향을 정리하고 솔가하여 나와 함께 서울에서 지내고 있던 어머니는 신부가 될 아가씨를 미리 만난 후, 나에게 그녀에 대한 칭찬이 이만저만이 아니었다.

"아이, 신부 될 애기가 이만저만 매시랍고 똑똑허덜 안해야. 그동안 나가 우리 유생이한테 못해준 것이 서운해서 결혼선물이라도 표나게 해줄까 하고, 그 애기헌티 필요헌 걸 골라보라고 했드니, 이 애기 허는 꼴 좀 봐라잉. 고모님, 딴 건 필요없고 철에 따른 이불이나 모다 해주시요. 나도 저이나 마찬가지로 의지가지할 데 없는 홀몸이어서 혼수라고는 한나도 못 마련할 거인디 고모님이 해주신담사 두고두고 오래 쓸라요, 안 그러냐. 그란 걸 봉께, 오매, 우리 유생이가 인자사 그놈의 지긋지긋헌 고상을 벗어나서 맘 잡고 제대로 살 것 같단 생각이 들덜 않겄냐. 하문, 뭐니뭐니 해도 암것도 없이 시작하는 사람들은 첨부텀 맘이 그래사제. 아무리 생각해도 참말로 유생이가 신부 한나는 잘 얻었어야."

유생이는 막상 결혼식이 시작되어도 그의 어머니가 나타나지 않자 또다시 옛날의 울보로 돌아가 눈물이 글썽글썽하여졌다.

"부산서 아침 일찍 출발했다는 연락은 벌써 받었는디……"

유생이 어머니는 몇해 전에 남편이 죽자 바닷가 마을을 떠나 부산의 신발공장에 다니는 큰딸에게 몸을 의탁하고 있었다. 유생이는 아직도 눈물이 글썽글썽한 눈길로 몇번이고 출입구를 쳐다보다가 식장으로 들어갔다. 결국 이모부와 이모가 부모 자리에 앉은 채 결혼식을 올렸는데, 유생이 어머니가 온 것은 예식이 끝난 다음 이제 막 결혼사진을 찍을 때였다. 유생이가 사진을 찍다 말고 갑자기 후닥닥 뛰어나갔다.

"엄니이."

거기에는 이제는 허리마저 다 굽은 노파가 된 유생이 어머니가 있었다. 가까이 간 유생이가 투정을 부리듯이 물었다.

"왜 인자 와?"

유생이 어머니가 갈퀴 같은 두 손을 휘휘 저어댔다.

"아이고오, 생전 첨으로 서울을 올라옹께 질을 잘못 들어가꼬 외면데를 싸다녔제 뭐여. 그나저나 아작 시작은 안했지야?"

결혼식이 모두 끝나고, 신혼여행이랍시고 인천 근방의 가까운 바닷가에나 다녀온다는 이 갓된 부부가 일가붙이들에게 마지막 인사를 할 때였다. 유생이가 그의 어머니 손을 잡고서는 말했다.

"엄니이, 지달린 짐에 쪼끔만 더 지달려. 인자 둘이 열심히 벌어서 단칸방 신세만 면하면 당장에 엄니를 델로갈께."

유생이가 자신의 말대로 그의 어머니를 모신 것은 그로부터도 꼬박 10년이 더 지났을 때였다. 돌이켜보면 저 바닷가 마을의 동구 밖에서 그의 어머니 품으로 파고들며 약속을 한 지 30년이 지난 세월이었다.

마침 내 누이의 첫째인 정룡이가 결혼을 하게 되었는데, 그 결혼식장에 유생이가 그의 어머니와 함께 나타난 것이었다. 혹시 하면서 내가,

"이제 어머니를 모신 거여?"

물었고,

"잉. 겨우 방 두 칸짜리 전세방을 마련했어."

유생이가 쑥스러운 듯이 손가락으로 머리를 긁적거렸다. 나는 엉겁결에 손바닥으로 그의 등짝을 후려쳤다.

"유생이 성, 그라먼 잔치 한번 해야제."

—『실천문학』2001년 겨울호

물총새 성관이

요즈음처럼 사람살이가 저도 모르는 사이에 너나없이 각박해져서
서로 마음을 열고 즐길 수 있는 하룻밤의 술자리마저
흔치 않은 시절에, 더군다나 몇년 사이에 벤처니 디지털이니
인터넷이니 문화콘텐츠니 멀티미디어니 하는 말들이
시류를 타기 시작하면서부터는 시나 소설을 쓰는 일이
그 시류의 무슨 값어치로 친다면 그야말로 철지난
아날로그 기술처럼 똥값으로 치부되어 맨 밑바닥에서
허비적거릴 것이 분명한 때에 글쟁이들끼리의 술자리가
모처럼 2박3일 이어졌다면, 그동안 함께 잔을 부딪치고
한방에서 나뒹군 일행들 사이에 엮어진 정감 또한
그 끈끈함이 예사롭지 않을 터였다.

물총새 성관이

"선배님, 혹시 명월각 아세요?"

Y시인이 물어올 때만 해도 나는 명월각이 얼핏 기억에 잡히지 않아 무심코 되물었다.

"명월각?"

"예, 명월각 말예요."

나는 쉽게 고개를 저으며 농담조로 되물었다.

"이름으로는 무슨 기생집인 모양인데, 왜? 거기 있는 기생이 혹시 나 몰래 아이라도 낳아서 기르고 있대요?"

나의 농담에 좌중에서는 기다렸다는 듯이 와와, 하고 떠들썩한 웃음판이 벌어졌다. 소리에 비해 다소 맥이 풀린 듯한 느낌도 없지 않은 웃음과 함께, 좌중에는 잠깐 반짝 하고 일말의 기대가 감돌았다. 2박3일의 결코 짧지 않은 술자리 끝에, 마침내 파김치가 되어 해장국 대신에 물냉면을 시켜놓고 앉아 있으면서도, 어쩐지 이대로 헤어지기가 아쉬워서 저마다 나름대로 다시 술자리를 이어갈 무슨 구실을 찾던 중이었다.

"기생집이 아니고 중국집인데요."

Y시인 역시 좌중을 따라 아직도 웃음이 번진 얼굴로 말했고,

"내가 아무리 진 데 마른 데 가리지 않고 헤프게 흘리고 다녔다 해도, 아직 중국집에서까지 흘린 기억은 없는데?"

내가 일말의 어떤 기대감을 대신하여 여전히 농담조로 밀고 나가자 좌중에는 다시 한번 웃음이 넘쳐났다. 기실 나 또한 속으로는 지금의 술자리가 깨지는 데 대한 아쉬움이 없지 않았을 것이다.

요즈음처럼 사람살이가 저도 모르는 사이에 너나없이 각박해져서 서로 마음을 열고 즐길 수 있는 하룻밤의 술자리마저 흔치 않은 시절에, 더군다나 몇년 사이에 벤처니 디지털이니 인터넷이니 문화콘텐츠니 멀티미디어니 하는 말들이 시류를 타기 시작하면서부터는 시나 소설을 쓰는 일이 그 시류의 무슨 값어치로 친다면 그야말로 철지난 아날로그 기술처럼 똥값으로 치부되어 맨 밑바닥에서 허비적거릴 것이 분명한 때에 글쟁이들끼리의 술자리가 모처럼 2박3일 이어졌다면, 그동안 함께 잔을 부딪치고 한방에서 나뒹군 일행들 사이에 엮어진 정감 또한 그 끈끈함이 예사롭지 않을 터였다. 일행들은 다른 것은 고사하고 모처럼 알게 모르게 서로의 사이를 엮은 그 정감이 애틋해서라도 술자리를 쉽게 끝낼 수는 없었다.

"그 명월각이 바로 새재에 있어요."

Y시인의 입에서 새재라는 지명이 나오자, 나는 더이상 농담조로 밀고 나가지 못하고 아연 긴장을 했다.

"새재라고?"

"예."

새재는 바로 나의 고향이다. 그러고 보니 30년도 훨씬 넘은 흐린 기억의 저편에서 장터의 버스정류장 옆에 있는 명월각이 선명하게 되살아왔다.

"아니, 어떻게 새재에 있는 명월각을 알아요?"

"거기 명월각이 제 첫직장이었거든요."

"첫직장이라니, Y형 고향이 거기가 아니잖소?"

"물론 아니지요."

"고향도 아니면서 그 촌구석까지 어떻게 간 거요?"

"우연찮게 아는 사람 소개를 받았는데, 나중에 알고 보니 일이 잘못 꼬였더군요."

"그건 그렇고, 도대체 그게 언젯적 얘기요?"

"제가 열네살 먹었을 때니까, 가만있자, 칠십년대 초네요."

"열네살이라구?"

"예, 열네살이요."

"아니, 열네살짜리가 명월각까지 와서 뭘 했어요?"

나의 계속되는 물음에, Y시인이 커다란 덩치를 뒤틀며 배시시 웃었다.

"에이, 선배님도 차암, 뻔한 걸 왜 물어요? 짜장면 배달 뿐이! 요즘 말로 하자면 짱깨족!"

내가 한동안 망연자실하여 말이 없자, Y시인이 덧붙였다.

"말이 쉬워 짜장면 배달이지, 발이 페달에 닿지 않아 자전거를 탈 수도 없어서 그 큰 배달통을 들고 일일이 걸어다녀야 했어요. 그때는 제가 키가 작아 짜리몽땅도 그런 짜리몽땅이 없었어요. 키가 그 모양이다보니 자전거는 고사하고 배달통마저도 숫제 땅에 질질 끌리는 거예요. 그렇게 질질 배달통을 끌며 면사무소랑 지서랑 중학교며 초등학교, 농협, 그야말로 새재 장바닥을 휩쓸고 다닌 셈이에요."

Y시인은 한번 입이 열리자 새재에서의 일이 흡사 무슨 즐거운 추억거리라도 되는 양 어딘지 모르게 들뜬 기색으로 떠들었다.

"그나마 짜장면만 배달하면 좋겠는데, 배달이 끝나면 물지게로 물 져날라야지, 산더미처럼 쌓인 그릇들 닦아야지…… 당시만 해도 새재에는 상수도가 없어서 면사무소 우물에서 물을 져날라야 했는데, 어유, 엄동설한에 물 져나르고 그릇 씻다보면 손등이 얼어터져 피가 줄줄 나는 거예요. 아침에 눈 비비고 일어나 자정 무렵에 잠들 때까지 그야말로 눈코뜰 새 없는 건 물론이고, 잠깐 어디 숨어서 히잉히잉 울 틈조차 없는 생활이었어요. 제가 이렇게 무뎌 보여도 생긴 것에 비해 감수성은 남달리 예민한데, 생전 처음으로 남 밑에서 일을 하다보니 어린 마음에도 어머니며 아버지며 동생들까지 식구들 품이 여간 그리워야지요."

"열네살이라면 초등학교를 갓 졸업하고 중학교에 다닐 무렵인데……?"

"에이, 제 가방끈이 정식으로 따지자면 국졸이 전부라는 건 세상이 다 아는 사실인데 새삼스럽게 중학교는 무슨 중학교예요? 그런데 그렇게 열네살짜리가 처음으로 취직해 벌어낸 월급이 얼만 줄 아세요?"

"글쎄."

"보리쌀 두 말이요. 나중에 알고 보니 그것도 저를 명월각으로 보내면서 아버지가 미리 선불로 당겨 썼더라구요. 아이구우, 겨우 보리쌀

두 말에 열네살짜리가 한겨울 내내 그 고생을 하다니, 훗날 돌이켜 생각해도 어쩐지 분한 것 있지요?"

내가 여전히 망연자실하여 미처 무어라 대꾸를 못하고 있자, Y시인이 다시 말을 이었다.

"하여튼 그 명월각을 시작으로 제가 지금까지 밑바닥 일은 안해본 게 없을 정도예요. 약간 뻥을 치자면 백가지가 넘을지도 몰라요. 식료품상회, 빵공장, 갈비집, 설렁탕집, 보석상 시다를 거쳐 공사장 잡부, 구두닦이, 쌀롱 웨이터, 나이가 들어서는 우유배달, 목수……"

이때 H작가가 불쑥 Y시인의 말을 막고 나섰다.

"아, 제발 그만 해둬. 그놈의 징글징글한 과거사를 무슨 자랑이라고 또 떠들어대는겨?"

"알았어. 그만두라면 그만두지 뭐."

나는 어쩔 수 없이 새삼스러운 눈길로 Y시인을 건너다보았다. 그런 나의 시야에는 환상인 듯 어린 그가 배달통의 무게 때문에 한쪽으로 잔뜩 어깨가 기울어진 채 낑낑거리며 새재의 장터바닥을 이리저리 휩쓸고 다니는 모습이 어른거렸다. 70년대 초라면 어쩌면 나 또한 우연찮게 명월각에 들러 어린 그가 손등에 피를 줄줄 흘리며 닦아낸 그릇에 담아낸 자장면을 먹었을 수도 있었다. 그리고 빗자루로 의자 밑을 쓸던 그의 손길이 나의 발에 닿았을 수도 있었다. 그렇게 상상 속에서 어린 그를 만나자 순간 흡사 목구멍이라도 타들어가는 듯한 갈증이 몰려오는 것이었다. 나는 딱히 좌중의 누구라고 할 것 없이 말했다.

"도무지 안되겠어. 혼자서라도 소주 한잔은 마셔야겠는데."

나의 말이 끝나기가 무섭게 Y시인이 말을 받고 나섰다.

"명월각 이야기가 나오면 분명히 선배님이 술을 시킬 줄 알았어. 어이 주당들, 어때? 내 전략 좋았지?"

Y시인의 말에 기다렸다는 듯 일행들이 와와, 함성을 질렀고, 거기에 덩달아 그가 호기롭게 외쳤다.

"자, 오늘도 힘차게 제껴봅시다아!"

마침내 물냉면과 함께 술이 나오고 또다시 대낮부터 때이른 술판이 벌어지면서, 나는 일행들 사이에 예의 끈끈한 정감이 엮어지는 과정을 좀더 뚜렷하게 확인할 수 있었다. 자, 마시고 죽자. 그래, 한번 죽지 두번 죽냐. 그런데 왜 이렇게 오늘따라 술이 맛있냐? 야, 어디 술만 맛있냐, 분위기는 또 어떻고? 카아, 분위기 좋고오. 야, 못난 놈들은 얼굴만 봐도 좋은 법이여. 그래그래, 일년 삼백육십오일이 더도 말고 꼭 오늘만 같어라아.

일행들은 벌써 한 순배에 술에 취해서 눈이며 얼굴이 벌겋게 된 채, 저마다 술자리에서 무슨 꽃들처럼 활짝활짝 피어나고 있었다. 그런 와중에서 Y시인은 누구보다 더 활짝 핀 꽃이 되어 한껏 신명이 올라 다시 시작한 술자리의 즐거움을 만끽하고 있었다. 그랬다, 저 꽃들이야말로 다름아닌 끈끈한 정감이 활짝활짝 피워낸 것이지 않으랴.

따지고 보면 애초에 술자리 일행들을 엮어버린 정감의 시작은 다름 아닌 Y시인이었다. 그가 이렇다할 무슨 학연이나 혈연도 없이 산도 설고 물도 선 서해안 변방의 작은 도시로 흘러들어 우연찮게 H작가를 만나 서로 글쟁이라는 이유만으로 바늘과 실처럼 얽혀들어 십년 남짓을 술친구로 사귀게 된 하고많은 사연들은, 그의 타고난 입심에 힘입어 2박3일 동안 일행들을 웃고 울게 만들며 자칫 지루해질 술자리에 넘쳐나는 안줏감이 되어주었다.

Y시인은 언젠가 H작가의 소설집 발문에서 두 사람이 허구한 날 술

을 먹은 이유로 '눈 온다, 눈 그쳤다, 달 떴다, 달 졌다, 누가 왔다, 누가 갔다, 바깥양반한테 한대 얻어맞았다, 설거지하기 싫다, 빨래하는 것보다 개넣기가 싫다, 일주일째 청소를 미루었다, 주부습진에 걸렸다, 가사노동을 돈으로 환산하면 얼마냐, 그렇게 정성을 다했는데 식구들이 밥을 잘 안 먹는다, 밤에 바깥양반들이 피곤하다는 이유로 잠자리를 회피한다, 따분하다, 서럽다, 구질스럽다, 헛헛하다, 아무것도 할일이 없다, 이유 없는 것이 이유다……'라고 다분히 회화화시켜 조목을 대기도 했다. 기이하게도 둘 다 부인이 학교 선생님이었는데, 바로 부인의 직업에 따라 낯선 곳으로 흘러들어와 보니, 서로 교직원 사택 위아래층에서 사는 이웃으로 만나게 된 모양이었다.

"야, 전업작가아, 기분도 삼삼한데 우리 방뎅이춤 한번 때리자아."

문득 Y시인이 자리에서 벌떡 일어서더니 H작가를 지명했고, 그의 말에 H작가가 대뜸 큰소리를 냈다.

"씨발, 전업작가 소리 두번 다시 하지 말랬지?"

H작가의 말에 Y시인이 벌써부터 궁둥이를 이리저리 흔들어대며 대꾸했다.

"야, 전업작가를 전업작가라고 부르지, 그럼 뭐라고 불러?"

"씨발, 차라리 실업작가라고 불러."

"야, 실업작가보다는 전업작가가 그래도 듣기에 그럴듯하잖아? 아, 얼마나 좋아. 전업작가, 전업작가. 어쩐지 고상하고 우아하게 들리잖아?"

"씨발, 그런 자기는 전업시인 아닌가?"

"그래, 씨발, 니가 그러면 나도 전업시인이다. 세상에서 시밖에는 쓸 것이 없는 한심하고 덜떨어진 전업시인이다. 그러니 우리 전업끼리 방뎅이춤이나 한번 신나게 때리자고."

Y시인과 H작가의 주고받는 말투로 보아서 둘 다 지금은 글을 쓰는 일 외에는 이렇다할 직업을 가지고 있지 않은 듯했다. 언뜻 들은 이야기로는 H작가도 Y시인 못지않게 그야말로 몸으로 때우는 일이라면 안해본 것이 없을 정도로 여러 곳을 전전한 모양이었다. 공사판 막노동꾼, 선원, 부두 잡역부, 트럭운전사, 포장마차 주인, 음악다방 디스크자키…… 그렇듯 순전히 몸으로 때우는 밑바닥 일이라면 둘째가라면 서운해할 둘이서 무슨 영문으로 정작 지금은 글쓰는 일 외에는 다른 직업이 없는 것일까.

"씨발, 좋수다. 까짓 것 오늘도 한번 갈 데까지 가봅시다."

H작가는 흔쾌히 자리를 털고 일어나 Y시인과 어울려 궁둥이를 돌려대기 시작했다. 옆에서 두 사람을 지켜보며, 아직도 귓가에 남아 무슨 송곳처럼 나를 찔러대는 둘 사이의 문답을 되새김하고 있었다. 둘 사이에 오가는 어조로 보아서 전업작가니 전업시인이니 하는 '전업'은 글쓰는 일에 대한 어떤 비아냥과 자괴마저 없지 않았다. 그런 비아냥이나 자괴의 밑바닥에는 바로 글쓰는 일이 똥값으로 치부되는 시류 속에서, 그것도 서울도 아닌 서해안의 외진 변방에서 있는 듯 없는 듯 숨어살며 애오라지 글쓰는 일에만 무슨 숙명처럼 매달려온 스스로에 대한 쓸쓸함과 막막함, 고달픔과 일말의 비애가 질펀하게 깔려 있는 것이 분명했다.

대저 전업작가며 전업시인의 원래 의미는 무엇인가. 이렇다할 다른 직업을 지니지 않고 글쓰는 일에만 몰두하여 바로 그것으로 밥벌이를 하는 사람이 아닌가. 그런 전업작가가 되어 밥벌이를 하기 위해 우선 뒤따르는 필수적인 조건이 다름아닌 인기작가여야 한다는 점일 터이다. 그리고 인기작가란 작품도 좋아야지만 무엇보다 시류가 지닌 대중성과 상업성에서도 작품 외적인 가치를 인정받지 않으면 안될 것이다. 어쩌면 그런 인기작가라면 우리 문단에서도 열손가락 안팎에 불과할지 모른다.

Y시인과 H작가 둘 다 빼어난 글솜씨와는 달리 인기작가와는 전혀 무관한 사람들이었다. 아니, 무관한 것이 다 무엇인가. 모르기는 해도 인기작가가 되기 위해 시류가 요구하는 무슨 대중성이나 상업성에는 근처에도 가본 적이 없을 것이다.

언젠가 H작가에게 불쑥 물은 적이 있다. 아마 그가 보내온 소설집을 받아본 다음에 우연찮게 만난 자리에서였을 것이다.

"어때요? 이번 소설집, 많이 나갔소?"

내 물음에 H작가는 대뜸 두 손을 저어 보였다.

"아이구, 속상허니께 묻지 마세유."

"아니, 왜요?"

나의 반문에 H작가가 다시 반문으로 받았다.

"글쟁이로서 내 평생소원이 뭔지 알어유?"

"뭔데요?"

"딱 한번만이라도 좋으니께 재판 한번 찍어봤으면 하는 거여유."

H작가의 말에 나는 어쩔 수 없이 놀랐다.

"아니, 이번 소설집은 평이 아주 좋았잖아요? 매스컴에도 여러 번 오르내리고……"

"에이, 그러면 뭘 해유? 정작 초판도 안 팔리는데유."

초판이라면 출판사에 따라 다르겠지만, 대개 발행부수가 삼천권에서 오천권 사이일 터이다. 그런 식이라면 H작가에게 돌아가는 인세는 대략 이백만원에서 사백만원 사이이다. 아무리 열심히 글을 써댄다고 해도 한해에 소설집 한권 이상 펴내는 것이 무리일 것이므로, 소설집으로 벌어들인 그의 수입은 한해에 많아야 이백만원에서 사백만원 사이이다. 만일 소설집이 아니라 전작장편이라도 된다면 그 수입만이 한해에 그가 번 전부일 수도 있다. 결국 전업작가로서 그는 그 수입만으로는 식구들은 물론이려니와 정작 자신의 생활비마저도 벌어내지 못하는 셈이다. 세상에 이처럼 형편없는 가장이 또 있을까. 전업작가의 수입이 그럴진대, 전업시인의 수입은 어디 헤아려볼 건더기나마 있을 것인가.

좌중에는 이제 Y시인이며 H작가는 물론 일행들 대부분이 두 사람의 '방뎅이춤'에 합세하여 저마다 몸을 흔들어대고 있었다. 목청껏 노래를 불러대고, 거기에 맞춰 손뼉까지 쳐대며 돌아가는 방뎅이춤은 나에게 어쩔 수 없이 일종의 광기로 비쳐졌다. 모르기는 해도 저렇듯 미쳐 돌아가는 광기의 밑바닥에는 틀림없이 저마다 가슴속에 뭉쳐두었던, 글쓰는 일에 대한 쓸쓸함과 막막함, 고달픔과 일말의 비애가 무슨 굶주린 짐승처럼 꿈틀거리고 있을 것이다.

문득 나의 시야에는 흡사 무슨 짙은 안개처럼 광기가 뒤엉킨 술자리의 풍경에 겹쳐, 또다시 환상인 듯 열네살의 어린 Y가 배달통의 무게 때문에 한쪽으로 잔뜩 어깨를 기울인 채 낑낑거리며 새재 장터를 이리저리 휩쓸고 다니는 모습이 어른거렸다. 그러자 나도 모르는 사이에 불현듯 시야가 뿌옇게 흐려져왔고, 나는 자칫 눈물이라도 떨굴까봐 어쩔 수 없이 두 눈을 부릅떴다.

바로 그때였다. 나의 부릅뜬 두 눈 속으로 청록빛 새 한마리가 포르르, 날개 소리를 내며 날아드는 것이었다. 아직도 뿌옇게 흐려진 시야를 뚫고 나의 두 눈 속으로 날아든 새가 다름아닌 40년이 넘는 세월의 저 까마득한 건너편에서 살아온 물총새라는 것을 알았을 때, 나는 자신도 모르는 사이에 입밖으로 소리를 내어 외치고 말았다.

"아아, 성관이."

이제 막 보랏빛으로 흐드러지게 피어나는 자운영 밭둑 아래 갯버들 수풀 속에 두 아이가 몸을 숨긴 채 빤히 개울을 주시하고 있다. 얼마나 시간이 흘렀을까. 하도 오래 바라봐서 개울의 반짝이는 물비늘들이 두 아이의 눈을 어지럽게 할 때, 문득 눈앞에서 무언가 청록빛 물체 하나가 번개처럼 지나친다. 그리고 기다렸다는 듯이 한 아이가 벌떡 일어서며 소리친다.

"잡혔다아."

아이는 다람쥐처럼 재빠르게 개울로 뛰어간다. 그리고 나머지 아이가 뒤따라 개울에 도착하기도 전에 물가에 박아놓았던 대나무 낚싯대를 뽑아든다. 대나무 낚싯대에 엮어맨 나일론실 끝에서는 예의 청록빛 물체가 이리저리 거칠게 나대고 있다. 문득 아이가 뒤따라온 다른 아이에게 외친다.

"대운아아, 이 새가 바로 물총새여."

성관이다. 살갗 속의 실핏줄이 드러날 정도로 유난히 창백하고 누르께한 얼굴로 나를 향해 씨익 웃어 보인다. 누가 보아도 한눈에 병색을 알아낼 얼굴빛이다. 그가 한손으로 나일론실을 조심스럽게 조여가더니 마침내 거칠게 나대는 물총새를 움켜잡고는 기다란 부리에서 낚싯바늘을 꺼낸다. 낚싯바늘에는 미끼로 사용했던 피라미가 여전히 산 채로 붙어 있다. 이윽고 나를 돌아보는 그는 창백한 얼굴에 가볍게 붉

64

은빛을 띤 채 한껏 자랑스러운 표정이다.

"니도 한번 만져볼래?"

성관이의 말에 나는 순간적으로 숨이 멎는 것 같다.

"참말로 마, 만져봐도 되나?"

"하문, 되고말고."

성관이가 건네주는 물총새를 두 손바닥으로 조심스럽게 감싸쥐며, 나는 어쩔 수 없이 무슨 꿈이라도 꾸는 기분이다. 아아, 새가 이렇게도 예쁠 수가 있다니! 머리에는 점점이 푸른 반점을 수놓은 채 날개며 뒷등은 잉크빛 같은 청록색에다가 턱과 목은 눈부시게 흰빛이다. 콩당콩당거리는 물총새의 숨결이 내 손바닥을 타고 전해온다. 그런 물총새에게 전염이라도 된 것일까, 어느새 내 가슴도 콩당콩당 뛰기 시작한다. 나는 그렇게 가슴이 뛰며 슬쩍 그의 눈치를 살핀다.

"이 물총새, 나 주면 안되나?"

"뭐 할라고?"

"키우고 잪아서……"

나의 말에 성관이는 대뜸 고개를 저어버린다.

"키우기는, 꿔묵어야제."

"꿔묵어? 이렇게 이쁜디?"

성관이는 나의 말이 이해가 안된다는 표정으로 잠깐 비스듬한 눈으로 나를 흘겨보더니, 피식 코웃음을 터뜨린다.

"이삐기는 뭐이 이뻐다고 그래? 지가 이뻐봤자 물총새제. 글고 니가 물총새 괴기를 안 묵어봐서 그란디, 이 괴기가 얼매나 쫄깃쫄깃하고 지름진 줄 아냐? 참새괴기나 쥐괴기 같은 것하고는 비교도 안돼야."

성관이의 말을 그대로는 도무지 받아들일 수가 없어 잠자코 있자 그가 불쑥 물어온다.

"괴기 중에서 질로 맛있는 거이 뭔 괴긴 줄 아냐?"

"몰라."

"비얌괴기여."

"비얌?"

내가 너무 놀라서 두 눈을 휘둥그레 뜨자, 성관이는 그럴 줄 알았다는 듯이 다시 한번 피식 코웃음을 터뜨린다.

"비얌괴기는 참말로 둘이 묵다가 하나가 죽어도 모른당께. 사람들은 비얌을 잡아도 징그럽다고 기냥 버리고 만디 참말로 바보들이랑께. 비얌괴기 맛 한번만 보면 누구든지 맨날 묵고 짚어서 환장할 거이여."

물총새에 이어 쥐고기며 뱀고기까지 나오자 나는 더이상 성관이에게 대꾸할 말을 잃어버린다. 어쩌면 그는 배가 고픈 나머지 그만 그런 이상한 고기들을 좋아하게 된 것인지도 모른다. 장터 사람들은 그런 그를 허천병이 나서 그런다고 한다. 팔다리는 무슨 버드나무 가지처럼 가는 대신에 배만 남산만하게 커다란 것이 허천병이라는데, 그의 생김새가 영락없이 그렇다. 생김새뿐만이 아니라 실제로도 그는 배가 고프다는 말을 숫제 입에 달고 산다.

한번은 역 앞 마루보시 마당에서 바짝 엎드려 뭔가를 줍고 있는 성관이를 만난 적이 있다.

"성관아, 거그서 뭐 하냐?"

내가 혹시 돈이라도 찾고 있나 싶어 참견을 하자,

"잉, 땅에 떨어진 쌀 줏어야."

성관이가 힘이 하나도 없는 가는 목소리로 겨우 대답을 했다.

"쌀 줏어서 뭣 할라고?"

나의 질문에 성관이는 금방이라도 울음을 터뜨릴 듯한 울먹울먹한 표정이 되었다.

"배가 너무 고파서."

허천병에 걸린 성관이에게는 어쩌면 세상의 모든 것이 먹을 것으로만 보이는지도 모른다. 그런 그가 물총새를 살려둘 리가 만무하다. 이제 곧 그에게 구워먹힐 것이라고 생각하자 물총새가 새삼스럽게 가엾다. 가여운 나머지 내가 손에 너무 힘을 준 것일까, 그때까지 손바닥 안에서 얌전하게 숨만 할딱이던 물총새가 갑자기 부르르 몸을 떤다. 거기에 놀란 내가 손에 힘을 풀자마자 기다렸다는 듯이 물총새는 푸드덕, 날갯짓을 하며 순식간에 날아가버린다. 나는 얼결에 엉덩방아를 찧으며 벌러덩 뒤로 나자빠진다. 그렇게 나자빠지는 나의 두 눈에는 벌써 파란 하늘을 저만큼 날아오르고 있는 물총새의 모습이 선명하게 박힌다. 아직도 두 손바닥에는 물총새의 온기가 온전하게 남아 있는데, 파란 하늘 저만큼 날아가는 물총새의 모습이 주는 허망함 때문일까, 여전히 엉덩방아를 찧은 자세에서 나도 모르는 사이에 그만 울음을 터뜨린다.

"잉잉, 물총새가 도망가뿌렀어. 잉잉."

성관이는 마치 어른처럼 이맛살을 찌푸리며 잔뜩 인상을 쓰더니 이윽고 치익, 하고 소리를 내어 개울물에 침을 내깔긴다.

"아깝제만 할 수 없제 뭐. 야, 또 잡으먼 된께 깟난애기처럼 질질 짜지 말어. 두고 봐라. 저놈은 언젠가는 반다시 내 손에 잽히고 말 거잉께."

성관이의 말에 스스로도 내가 정말 갓난아이처럼 여겨진다. 여전히 울음을 그치지 못한 채 나는 부끄러운 느낌으로 그를 올려다본다. 그런 나의 눈길에 그는 차마 제대로 올려다보지도 못할 무슨 어른만큼 크고 높아 보인다.

기실 성관이는 우리 또래 아이들 중에서 학교에서 공부하는 것만 빼놓고는 뭐든지 못하는 것이 없다. 아니, 어쩌면 공부 자체를 싫어하기보다는 워낙에 누구와 어울려들지 못하는 숫기없는 성격 때문에 혼자서만 놀다보니 공부에 흥미를 잃어버린 것인지도 모른다. 대신에 일찍부터 눈썰미며 손재주가 뛰어나 팽이며 썰매며 방패연같이 저 혼자서 손으로 다듬어 깎고 만질 수 있는 것들은 못 만드는 것이 없다. 그뿐이랴, 물총새를 잡는 것도 그렇지만 낚시로 물고기를 잡거나 새총으로 참새를 잡는 것에는 어른들 또한 그를 따라가지 못한다. 성관이의 그런 손재주를 두고 장터 어른들은 저마다 한마디씩 칭찬의 말을 아끼지 않고 신통해하지만, 딱 한사람 바로 그의 어머니 물걸레떡만은 단박에 두 눈을 뒤집으며 매부터 찾아든다.

"저 오살급살 맞을 놈이 누가 지 앱씨 새끼 아니랄까봐서 허는 짓마둥 지 앱씨를 빼닮는다냐? 이 손꾸락이 썩어문드러져 디질 놈아, 하라는 공부는 안하고, 엠씨 가심 터져 죽는 꼴 볼라고 니 앱씨 숭내를 내는 거여잉?"

성관이 아버지는 목수였는데, 성관이가 세살 때 남의 집을 짓다가 술에 취해 지붕 서까래에서 떨어져 죽었다고 한다. 지금 함께 사는 아버지는 세번쨘가 네번쨘가 되는 아버지일 것이다. 이렇게 그의 아버지가 헷갈리는 것은 물걸레떡이 하도 여러 번 남편을 갈아치운 때문이다. 아니, 어쩌면 그 반대인지도 모른다. 장터 사람들 이야기로는 물걸레떡이 워낙에 지저분하고 칠칠하지 못한데다가 술이라면 환장을 해서 허구한 날 공짜술을 찾아 남의 잔칫집이나 돌아다니기 때문에, 만나는 남자마다 불과 얼마를 견뎌내지 못하고 도망치고 만다는 것이다.

비단 장터 사람들의 이야기만이 아니라, 내가 보기에도 물걸레떡이 지저분하기는 지저분하다. 아니 생긴 것만 지저분한 것이 아니라 어쩌다 마주치면 우선 코부터 막을 만큼 생선냄새나 술냄새가 지독하다. 그렇게 지저분하고 냄새가 지독히 나는 여자는 남자 어른들뿐만 아니라 누구도 좋아할 사람이 없을 것이다. 내가 아직 어려서 학교에 다니기 전에 물걸레떡이 한동안 부침개장사를 한 적이 있는데, 사람들이 모두 지저분하다고 사먹지를 않아서 금방 망하고 말았다. 오죽하면 별호마저도 물걸레떡인가. 원래는 물 건너에서 시집왔다고 해서 붙여진 별호라지만, 지저분하고 흐물흐물한 생김새가 딱 물걸레하고 맞아떨어지는 것이다.

생선냄새가 나왔으니까 말이지만, 물걸레떡은 장날마다 어물전에서 생선장사를 한다. 그렇지만 물걸레떡은 장사하는 것만 보아도 여느 생선장수들하고는 표가 나게 다르다. 보통 생선장수들은 장보러 나온 촌사람들한테 한마리라도 더 팔기 위해서 목이 쉬도록 싸구려나 떨이요를 외쳐대며 죽을 둥 살 둥 안간힘을 쓰는데, 물걸레떡은 점심나절부터 벌써 술에 취해 장돌뱅이 남정네들과 희룽대기 일쑤다.

물걸레떡이 억병으로 술에 취하면 할 수 없이 성관이가 대신 좌판에 앉아 자리를 지키기도 한다. 그렇지만 그는 너무 숫된 나머지 장사는 뒤로 한 채, 누르께한 얼굴이 온통 부끄러움으로 빨갛게 달아올라서는 이마가 거의 땅바닥에 닿을 만큼 고개만 숙이고 있을 따름이다.

모르기는 해도 그가 물걸레떡 대신에 자리를 지키면서 무슨 고등어 한마리라도 제대로 팔아본 적이 없을 것이다.

성관이는 집안이 가난한 탓도 있지만 워낙에 학교 다니기를 싫어해서 다니는 둥 마는 둥 하다가 결국은 4학년을 채 마치지 못하고 그만두고 말았다. 그리고 평소에 그의 손재주를 아낀 장터의 땜장이 밑에 조수로 들어가 한동안 양은밥솥이나 양철통 때우는 기술을 배웠다. 그는 이 땜장이 일에 취미라도 붙였는지 해종일 땜장이 가게에서 떠날 줄 모르게 되어, 그렇게 좋아하던 물고기나 물총새 낚시도 하지 않고 또래의 장터 아이들과 어울리는 일도 없게 되었다. 물론 나와도 이렇다하게 어울리는 일이 없게 된 것은 그때부터일 것이다.

성관이가 고향을 떠나 서울로 간 것은 내가 초등학교를 졸업한 무렵이었다. 그는 서울에 가서 아직 새재 장터에는 생기지 않아 그 맛에 대한 소문만 무성한 청요릿집에 취직을 한다고 했다. 그렇게 서울로 간 그가 이듬해 설날 새재에 나타났을 때, 그는 물총새 때에 이어 또다시 나의 눈길로는 차마 제대로 바라보지 못할 무슨 어른만큼 크고 높아 보였다.

성관이는 우선 외모부터가 한해 전에 비해 몰라볼 만큼 달라져 있었다. 살갗 속의 실핏줄이 드러날 정도로 유난히 창백하고 누르께하던 얼굴은 온데간데없이 사라져버리고, 마치 무슨 요술이라도 부린 것처럼 전혀 다른 얼굴로 변해버린 것이었다. 비단 나만이 아니라 장터 어른들마저도 그와 마주치면 두 눈을 크게 뜨며 놀라고는 했다.

"아니, 니가 참말로 성관이란 말이여? 그렇게 허천벵이 들어서 비루먹은 가이새끼처럼 허구한 날 껄떡거리고 다니던 그 성관이란 말이여?"

그러면 성관이는 단박에 얼굴이 벌겋게 달아오르도록 부끄러움을 타면서도 일일이 대답하는 것을 잊지 않았다.

"예, 성관이 맞아요."

"오매애, 달뎅이라도 이렇게 복시럽게 생긴 달뎅이는 없겄다야. 나는 쩌그 메가네 집 짝은되련님이라도 마실나온 중 알었어야."

그랬다. 누가 보아도 한눈에 병색을 알아낼 수 있었던 삐쩍 마른 성관이의 얼굴은 뽀얗게 살이 올라 둥그스름하게 변한 채 부잣집 아이처럼 귀티마저 서려 있었다.

"옛말에 말은 나면 제주도로 보내고 사람은 나면 서울로 보내야 한다등만은 니를 봉께 참말로 그 말이 딱 맞구만잉."

이쯤 해서는 성관이 옆에 무슨 호위병처럼 서 있던 내가 나설 차례였다.

"서울 가서 청요리를 많이 묵어서 그란다요. 짜장멘이랑 우동이랑 또 뭐이냐, 탕순가 뭐인가 하는 것이랑 그것들을 묵고 잪은 대로 한도 없이 많이 묵었다고 안하요."

성관이가 깨끗한 서울말씨로 정정을 했다.

"탕수가 아니고 탕수육. 그리고 원래 청요리는 짜장면이나 우동 같은 것이 아니고, 팔보채나 난자완쓰, 깐풍기, 유산슬 같은 것을 말하는 거야."

나로서는 생전 처음 들어보는 청요리 이름들을 줄줄 나열하는 성관이에게, 얼마 전부터 물어보고 싶어 입안에서 군침처럼 뱅뱅 돌던 것들을 기어코 입밖으로 꺼내고야 말았다.

"그라면 성관이 니도 그 청요리들을 맹글 수 있냐?"

나의 질문이 전혀 뜻밖이라는 듯 성관이가 일순 당황한 표정을 짓더니 이내 빙긋이 웃어 보였다.

"야, 내가 하는 일이 바로 청요리 만드는 일인데, 그런 뻔한 것을 뭐 할라고 묻니?"

"그라먼 시방 여그서도 맹글 수 있단 말여?"

"못할 것은 없지만 여기서는 안돼."

"아니, 왜?"

성관이가 갑자기 큰소리를 내었다.

"야, 모르면 잠자코 있어. 청요리 하나 만드는 데도 얼마나 많은 재료가 필요한 줄 알어? 쇠고기며 닭고기며 돼지고기며 해삼이며 새우며…… 그런 비싼 것들을 새재서 어떻게 구하냐? 그리고 설사 구할 수 있다고 해도 우선 재료들이 싱싱하지 않으면 안돼."

"그, 그렇구나. 나는 그걸 몰랐어야."

아마도 장터의 우리 또래 중에서 가장 먼저 서울로 간 이는 성관이었을 것이다. 그리고 당시 갓 중학생이 된 우리에게 서울에 대한 환상을 넘치도록 심어준 것도 바로 그였을 것이다. 기실 우리는 그가 우리에게 심어준 서울에 대한 환상에 시달리며 거의 밤낮없이 얼이 빠질 지경이었다.

"야, 성관아, 서울서는 수돗물이란 물에 무신 백반을 넣어서 사람들이 그르코롬 모다 낯바닥이 하얘진담서?"

"응, 그런다고 하더라."

"니도 그라먼 그 수돗물로 묵기도 하고 낯바닥도 씻고 그라냐?"

우리의 질문에 성관이는 마치 어린아이들이라도 상대한다는 듯이 딱하다는 표정을 지었다.

"야, 서울이 왜 서울이냐? 꼭지만 틀었다 하면 얼마든지 콸콸 쏟아지는 수돗물로 묵고 세수도 하고 그러니까 서울이지."

"그라먼 청요리도 분멩히 수돗물로 맹글었다잉?"

"그거야 말해서 뭐 하니?"

"그 청요리라는 것 말이여, 수돗물로 맹글어서 더 맛있겄제잉?"

아직 어린 우리의 눈으로 보자면, 장터에서 그처럼 일찍 출세를 한 사람은 성관이밖에 없었다. 그에 대한 선망이 오죽했으면 그가 설을 쇠고 다시 서울로 갈 때 우리는 중학교를 때려치우고 그를 따라 도망 갈 음모까지 꾸몄을까.

새재에다가 청요릿집을 처음으로 차린 이도 다름아닌 성관이었다. 그가 스무살이 되던 해였는데, 버스정류장 옆에다가 가게를 차린 것 이었다. 그는 '명월각'이라는 옥호를 붙이고 옥호 옆에 '중화요리전 문'이라는 토도 달아, 그때까지 청요리라는 구식 이름밖에 모르던 새 재 사람들에게 중화요리라는 신식 이름을 소개하는 것을 잊지 않았 다. 모르기는 해도 아마 이 무렵이 그의 길지 않은 생애에서 가장 빛 나는 시절이었을 것이다. 열세살 나이로 고향을 떠나 서울에서 청요 릿집 잔심부름꾼으로 시작하여 꼭 7년 만에 고향에 돌아와 마침내 중 화요릿집 주인이 된 것이었다.

성관이가 명월각을 차렸을 때 나는 대학 1학년이었는데, 겨울방학 을 맞아 집에 내려오자 그날 저녁에 당장 나를 불러냈다. 그리고 미처 인사 같은 것을 나눌 틈도 없이 대뜸 탕수육이며 잡채 같은 요리부터 내놓았다.

"대운아, 재료가 없어서 고급요리는 못 마련했어야. 허지만 내 정성 껏 만든 것이니까 맛있게 먹어야 한다."

"야, 무슨 영문인지나 알고 먹자. 식당 차리느라 들어간 돈도 만만치 않을 터인데, 나 같은 사람한테까지 이렇게 펑펑 인심을 쓰다가 언제 돈을 벌겠냐?"

나의 말에 성관이는 잠자코 고개를 저어 보였다.

"새재로 내려오면서 내가 누구한테 가장 먼저 요리솜씨를 자랑하고 싶었는지 아냐?"

"누군데?"

"바로 대운이 너여."

"아니, 하고많은 사람 중에 하필이면 왜 나냐?"

성관이는 지긋한 눈길로 새삼스럽게 나를 바라보았다.

"왜, 내가 옛날에 서울 간 지 일년 만에 설 쇠러 왔던 적이 있지?"

"그래, 있다마다. 그때 오죽 성관 이 니가 부러웠으면 니를 따라 서울로 도망갈려고 안했겠냐? 나중에 울 엄니한테 들켜가지고 직사하게 얻어맞았다만."

"그러면 그때 대운이 니가 나한테 팔보채니 탕수육 같은 청요리를 만들 수 있냐고 물었던 것도 기억나냐?"

"그럼, 기억나고말고. 그때, 아마 니가 뭐든지 만들 수는 있는데 재료가 없어서 못 만든다고 그랬을걸."

"그래, 맞아. 그런데 사실은 거짓말이었어."

성관이는 7년도 더 지난 일을 꺼내면서 얼핏 얼굴을 붉혔고, 나는 짐짓 놀란 척 눈을 크게 떠 보였다.

"거짓말이었다고?"

"그래, 거짓말이었어. 야, 그때 내 나이가 고작 열세살밖에 안될 땐데, 누가 나한테 요리 만드는 기술을 가르쳐주겠냐? 고작 하는 일이란 게 하루종일 그릇 닦고, 가게 청소하고, 양파나 까는 것밖에 없었어야. 아직 어려서 힘이 부치는 탓에 배달도 못 다녔으니까. 내가 주방에서 처음으로 요리를 만들어본 것은 그 뒤로도 꼬박 삼년이 지난 후였어."

"그래서, 그때 나한테 거짓말한 것이 마음에 걸려가지고, 그걸 여태껏 기억하고 있다가 오늘 한턱 낸다는 거냐?"

"거짓말한 것이 마음에 걸렸다기보다는 부끄러웠어야."

"하여튼 예나 지금이나 성관이 니 숫기없는 것은 알아줘야 해. 야, 그거이 뭐가 부끄러울 일이냐? 어린 맘에 고향 동무들 앞에서 그냥 쉽게 자랑 한번 해본 것뿐인데. 설사 그때 거짓말한 것이 부끄러웠다 치더라도 그걸 여태까지 잊어버리지 않고 가슴에 담아뒀단 말이냐?"

나의 말에 성관이는 문득 정색을 하고 고개를 저었다.

"내 말은 그런 뜻이 아니야. 나가 니한테 거짓말을 하고 다시 서울로 올라가면서 혼자 다짐했었어야. 요리를 만들 줄 알기 전에는 절대로 고향에 안 내려오겠다고 말이야. 어쩌면 나는 거짓말을 한 것이 부끄러웠던 것이 아니라 요리를 못하는 것이 부끄러웠을 거야. 삼년이 지나서 주방을 맡아가지고 마침내 직접 요리를 할 수 있게 되니까 이상하게도 맨 먼저 니가 생각나는 거 있지? 내 요리를 처음 먹어보는 니가 과연 무슨 말을 할까 하고 말이야."

"그랬었구나."

"그래. 그러니까 지금이라도 맛을 보고 내 요리솜씨에 대해 무슨 말이든 해봐라. 아니, 이야기에 팔리다보니 요리가 다 식었겠다야. 자, 빨리 먹어라. 요리 중에서도 중국요리는 식으면 맛을 버려버려야."

성관이가 뒤늦게 재촉을 했고, 나는 젓가락으로 요리를 집어 막 입안에 넣으려다 말고 빤히 그를 올려다보았다.

"설마, 이거 물총새 고기는 아니지?"

나의 질문에 성관이가 두 눈을 크게 뜬 채 반문했다.

"물총새?"

"그래, 왜 초등학교 이학년 땐가 한실 개울가에서 니가 잡은 걸 만져보다가 놓치고 잉잉 울었던 물총새 말이야."

"응, 그 물총새!"

그 당시의 기억이 되돌아온 모양으로, 성관이는 말끝에 빙긋이 웃음을 달더니 이내 손으로 가볍게 내 어깨를 쳤다.

"에이, 사람이 실없기는. 난 또 뭔 소리라고. 하기는 그때 나는 뭐든지 못 먹는 것이 없었지. 눈앞에 보이는 것은 뭐든지 먹을 것으로밖에는 안 보였으니까. 지금 생각해도 그 허천병이라는 것이 무섭기는 무서워야."

내가 성관이를 만난 것은 물론, 그가 만들어준 중국요리를 맛본 것도 그날이 마지막이 되어버렸다. 나는 그날 전혀 기색을 느끼지 못했는데, 그는 고향에 내려올 때부터 이미 건강이 나빴던 모양이다. 어느 날 주방에서 요리를 하다가 갑자기 심한 각혈을 하며 쓰러졌는데, 택시에 실려 인근 읍내의 병원으로 옮겨가니, 거기서는 순천이나 광주 같은 도시의 큰 병원으로 가보라며 등을 떠민 것이었다.

도시의 큰 병원으로 가서 진찰을 받은 끝에, 성관이는 결국 결핵 3기라는 것이 밝혀졌다. 이렇다할 치료도 받지 못한 채 다시 새재로 내려온 그는 명월각을 다른 사람에게 넘기고 하는 수 없이 물걸레떡 집으로 들어갔다. 당시 물걸레떡은 다섯번째인가 여섯번째인가 되는 남편과 살고 있었는데, 그런 그녀를 두고 장터 사람들은 무슨 흉을 보기보다는 차라리 희한해했다. 여하튼 조선 천지에서 물걸레떡만치롬 남정네 복도 많은 여편네는 드물 거이여. 하문, 그렇고말고. 남정네 갈아치우는 것도 복이람사 어디 물걸레떡 따러갈 여편네가 또 있당가.

성관이는 물걸레떡한테 얹혀서 이른바 허울만은 요양 비슷한 생활을 하게 된 셈이었는데, 그렇게 6개월쯤 버티던 어느 무더운 여름날 그는 축내 저수지에서 밤낚시를 하다가 그만 물에 빠져죽고 말았다. 그의 죽음을 두고 장터 사람들 사이에는 자살이니 실족사니 아니면 옛날 축내 저수지에서 빠져죽은 처녀귀신에게 홀린 것이라느니 하고 여러 뒷소문이 나돌기도 했다.

그 무렵 나는 군에 입대해 있었으므로, 성관이가 병마에 쓰러지게 된 것도, 그리고 저수지에 빠져죽게 된 것도 모두 훨씬 나중에야 전해 들을 수 있었다. 그런 나로서는 그에 대해서 달리 할말은 없다. 그렇지만 그가 어떻게 병이 들고 그리하여 어떻게 죽게 되었는지를 나름대로 상상하기는 어렵지 않다.

지금하고는 달리 성관이가 중국집에 있던 당시 주방에서는 대부분 연탄불을 사용했을 것이다. 좁은 중국집 주방에서 연탄가스 냄새를 맡으며 십년 남짓 견뎌낸 그의 기관지며 폐가 나빠지지 않았다면 그것이 오히려 이상했을 것이다. 새재로 내려와 명월각을 차릴 즈음, 그가 이미 자신의 나빠진 건강상태에 대해서 알고 있었는지 어쨌는지는 쉽게 판단할 수가 없다. 그러나 결핵 3기로 진단이 난 후, 별로 크게 모아둔 돈도 없었을 그로서는 이렇다하게 약 한번 제대로 써보지 못한 채 끝내 죽음에까지 이르렀을 것이다. 어린시절 허천병이 들어 눈에 보이는 것은 죄다 먹을 것으로밖에는 여겨지지 않던 그에게, 스무살이 넘은 나이로 결핵 3기라는 회복불능의 병을 얻어 또다시 옛날의 쓸쓸하고 막막한 생활로 돌아간 그에게 이번에는 눈에 보이는 모든 것들이 죄다 무엇으로 여겨졌을까.

아무리 되돌아봐도 역시 새재에 돌아와 명월각이라는 옥호를 붙이고 중국요릿집 주인이 되었던 2년 남짓한 세월이 그의 짧은 생애에서 가장 빛나는 시절이었음에 틀림없다. 바로 그렇듯 빛나는 시절에 그가 나에게 만들어주었던 탕수육이며 잡채 같은 요리 또한 내가 지금까지 먹어본 어떠한 요리보다 그 맛이 빼어난 것임은 틀림없다. 구태여 덧붙인다면, 그가 서울에서 처음으로 내려와 나에게 가르쳐주었던 팔보채와 난자완쓰, 깐풍기며 유산슬 같은 청요리들 또한 아직까지도 그 이름만으로 나를 황홀하게 하는 요리임에 틀림없다.

내가 잠시 상념에 빠져 있는 사이, 방뎅이춤이 한창 흐드러진 술자리는 더욱더 광기에 차올라서 금방이라도 무언가가 폭발하고야 말 것 같은 일촉즉발의 분위기를 이루고 있었다. 그 아슬아슬한 분위기 속에서 저 열네살의 어린 Y는 아직도 배달통의 무게 때문에 한쪽으로 잔뜩 어깨를 기울인 채 낑낑거리며 바쁜 걸음으로 새재 장터를 휩쓰는 것이었다. 그러자 그를 뒤따라서 이번에는 성관이가 자신의 차례라는 듯이 물총새가 파닥이는 낚싯대를 휘두르며 새재 장터를 함께 휩쓰는 것이었다.

어린 Y에 이어 성관이마저 환상인 듯 시야에서 어른거리자, 나는 자칫 눈물이라도 떨굴까봐 다시 한번 두 눈을 부릅떴다. 그러면서 나는 생각했다. 만일 오늘의 술자리가 내일로 이어지고, 그렇게 3박4일이 되는 내일 아침에, 내가 Y시인에게 새재의 명월각을 처음으로 만든 사람이 누구인가를 밝힌다면, 그리고 그가 잡았던 물총새며 그가 만들어 나에게 맛보게 했던 청요리에 대해 밝힌다면, 그는 과연 어떤

표정을 지을까. 혹시 3박4일의 술자리가 기어코 4박5일로 이어지지
는 않을까.

—『창작과비평』 2003년 봄호

헤조갈래

"이 잡녀르새끼들, 모다 꼼짝 말고 지자리에 서 있어라잉.
나가 오늘은 하늘이 두 쪽이 나도 니놈들을 모다 잡어서
다리몽뎅이를 찌끈 뿐질러놓고 말 텡께."
물걸레떡이 자리에서 일어서는 것도 아랑곳없이
아이들은 이번에는 두 팔이 아니라 헤조갈래의 안짱다리
걸음을 흉내내어 오리처럼 엉덩이를 이리저리
뒤뚱거려 박자를 맞추며 다시 노래를 시작한다.

헤조갈래

"어어."

거실의 소파에 눕듯이 비스듬히 몸을 기댄 채 티브이를 보던 내가 무심코 낮은 탄성을 올렸다. 그리고 소파에서 벌떡 상반신을 일으키며 티브이 쪽으로 좀더 고개를 디밀었다. 내가 정도 이상으로 화면에 눈길을 박자, 옆에 있던 아내가 비아냥거리는 듯한 어투로 참견을 해왔다.

"왜, 또 식탐이 일어나요?"

"그게 아냐."

"식탐이 아니면?"

어느 한장면이라도 놓칠세라 나는 화면에 눈길을 박은 채 시늉만으로 아내에게 손을 저어 보였다.

"가만히 좀 있어. 지금 식탐 따위 문제가 아니야."

아내의 참견에는 아랑곳없이 내가 여전히 화면에 몰두하자, 아내는 잘되었다는 듯이 드러내놓고 시비조로 나왔다.

"호오, 당신 같은 식탐 덩어리가 식탐이 문제가 아니라구? 잘하면 내일 해가 서쪽에서 뜨겠네."

"........."

내가 대꾸조차 않고 숫제 무시해버리자, 아내는 혼잣말처럼 다시 말을 이었다.

"이제 저 프로도 울궈먹을 건 다 울궈먹었나봐. 저런 별볼일없는 싸구려 밥집까지 찾아서 어슬렁거리고 돌아다니는 걸 보면."

아내의 말에 나도 모르게 불쑥 큰소리를 냈다.

"아냐, 절대로 싸구려가 아냐."

"흐응, 싸구려가 아니면? 고작 오천원짜리 백반에 반찬이 스무 가지씩이나 나온다면, 틀림없이 손님이 남긴 반찬을 또 내놓는 식일 거라구요. 그런 식이 아니라면, 아무리 손님이 많다고 해도 그렇지, 그 밥값에 단 하룬들 식당이 유지될 것 같아요?"

나는 아내를 돌아보지 않고도 이미 아내의 얼굴이 자신의 판단에 대한 확신으로 빛나고 있으리라는 것을 짐작할 수 있었다. 그리고 바로 그런 아내의 확신을 향해, 가슴 저 밑바닥에서부터 무슨 욕지기와도 같은 한가닥 반감이 울컥 치밀어올라왔다.

"모르면 국으로 잠자코 있어. 당신한테는 싸구려로 보일지 몰라도 나한테는 당신보다 더 비싸 보이니까."

가슴 저 밑바닥에서부터 치밀어오른 한가닥 반감을 입밖으로 뱉어내자, 그것은 난데없이 고약한 막말이 되어버렸다. 나의 막말에 아내가 대뜸 반격을 했다.

"눈물나게 고맙네, 못난 내 값을 오천원짜리 백반으로까지 봐주다니."

아내는 지금쯤 하얗게 핏기가 가신 얼굴에 눈꼬리를 빳빳이 세우고 있을 것이었다. 그리고 공연한 긁어부스럼으로 둘 사이가 더이상 껄끄러워지기 전에 이쯤에서 내가 무조건 실언을 인정하고 고개를 숙이는 것이 순서일 것이었다. 그러나 기이하게도 나는 여느 때와는 달리 아내에게 쉽사리 고개를 숙이고 싶은 마음이 아니었다.

"고마운 줄 알았으면 됐어."

"보자보자 하니까, 이이가 점점……"

보나마나 아내는 이제 정색을 한 표정일 것이었다. 그리하여 한 옥타브 올린 목소리로 씨자를 붙여 내 이름을 부르면, 둘은 그때부터 투덕투덕 맛도 멋도 없이 마냥 빽빽하기만 한 초로의 부부싸움에 하릴없이 휘말리게 될 것이었다. 어서 빨리 고개를 숙여 잘못을 인정하는 것이, 한번 시작하면 다분히 악의적이 되어 산불처럼 걷잡을 수 없이 확대되어가는 초로의 부부싸움에 휘말리는 것보다야 백번 낫다.

내가 이제 막 아내에게 사과를 하기 위하여 고개를 돌리려는 순간이었다. 화면에 다시 한번 어디선가 본 듯 낯익은 얼굴이 나타났다. 카메라가 식당의 부엌을 향하는가 싶자, 한 노파의 얼굴에 촛점을 맞춘 것이었다. 카메라의 촛점을 따라서 나의 손가락이 노파의 얼굴을 가리킴과 동시에 나의 입에서도 외마디 외침이 터져나왔다.

"혜조갈래!"

아마도 일흔이 훨씬 넘었을 혜조갈래가 화면 속에서 수줍게 웃고 있었다. 나는 비로소 아내를 돌아보았다. 그런 나의 표정은 일말의 반가움과 거기에 덧붙여 어떤 자부심으로 틀림없이 의기양양하게 빛나고 있을 것이었다. 나는 마치 지금까지 아내에게 쉽사리 고개를 숙이지 못하고 자칫 불손하게 나왔던 모든 원인이 바로 헤조갈래라는 듯 다시 한번 단호하게 외쳤다.

"분명히 헤조갈래야."

나의 단호한 어투에 순간적으로 아내가 말려들었다.

"헤조갈래?"

"그래, 헤조갈래. 바로 저 쪽찐 머리 아주머니 별호야."

그런 나에게 아직까지도 어떤 분함이 가시지 않은 아내는 다분히 시비를 걸듯 깐죽대는 어조로 말을 걸었다.

"헤조갈래라니, 세상에 그렇게 우스운 별호가 어디 있어?"

"그래, 좀 우습지? 그런데, 어어?"

어느 순간, 나는 아내에게 대꾸하다 말고 두 눈을 크게 떴다.

"저건, 또 누구야?"

내가 생각 밖에 큰소리를 지른 모양으로, 아내가 물었다.

"아니, 갑자기 왜 그렇게 놀라고 야단예요? 덩달아 나도 놀랐잖아요."

"저기, 저 중년부인 있지? 그 여자, 헤조갈래 아주머니 큰딸 같은데……"

모녀는 이제 두 평 남짓한 부엌에서 바쁜 손놀림으로 손님 상에 오를 반찬을 챙기는 중이었다. 나보다 두살이 더 많은 큰딸은 이름이 영순이었던가.

"모녀간에 함께 음식장사 하는 것 한두 번 봐요? 그리고 그게 어디 그렇게 놀랄 만한 일예요? 원래 손맛은 내리물림이라고 해서 소문난 음식점마다 며느리보다는 오히려 딸들한테 비법을 따로 전수하잖아요?"

아내의 말에 나는 강하게 머리를 저었다.

"그게 문제가 아냐. 저 모녀 사이는 그렇게 단순한 게 아냐."

그때 화면 속에서 리포터가 뭐라고 물은 모양으로, 영순이가 나섰다.

"그렇께 울 엄니가 밥장사를 한 거이 벌써 한 오십년 가차이 되는 모양이구만요. 첨에는 시굴 장테서 국밥집부터 시작했어라우."

그런 영순이를 바라보다 말고, 나는 문득 스스로를 향해 고개를 끄덕였다.

"그래, 저럴 수도 있어. 헤조갈래 저분이라면 얼마든지 함께 살 수도 있어."

헤조갈래 모녀가 함께 살 수도 있다는 쪽으로 수긍을 작정하자, 불현듯 막혔던 벽이 뚫려 한가닥 시원한 바람이라도 불어오듯 뭔가 상쾌하고도 흥분된 기분이 가슴을 휩싸고 도는 것이었다.

"결국은…… 성공을…… 했어."

내가 자칫 목까지 메어 혼잣말을 하자, 기다렸다는 듯이 아내가 말꼬리를 물고 늘어졌다.

"저렇게 싸구려 밥집 주인으로 티브이에 나온 것이 성공이란 말예요?"

"그럼 성공이고말고. 성공도 엄청난 성공이지."

"하긴 당신 고향에서는 저 정도라면 엄청난 성공일 수도 있겠네."

시골 장터의 가난한 장돌뱅이 집안이라는 내 출신성분을 익히 알고 있는 아내가 여전히 시비를 걸듯 깐죽대는 어조였지만, 나는 불현듯 마음이 너그러워져서 그마저 대범하게 받아넘겼다.

"당신이 뭐라고 해도 혜조갈래 저분은 달라. 적어도 내 주변에서는 저분처럼 아름답게 산 분도 드물 거라구. 그런 의미에서는 누구보다 성공한 분이지."

"성공으로도 모자라 아름답기까지?"

"말 잘해주었네. 그래, 아름다운 성공이지."

나의 말에 아내가 기어코 흥, 하고 코방귀를 뀌었다.

"나중에는 별 희한한 성공도 다 구경하네. 아무리 티브이에 나왔다지만, 그래, 오천원짜리 싸구려 밥집 주인이 뭐, 아름다운 성공? 흥, 같잖은 소리 작작 해요."

나는 아내의 그런 막말마저 다시 한번 대범하게 받아넘길 수 있었다. 내가 그렇듯 대범할 수 있었던 것은 무엇보다도 혜조갈래 때문일 터였다. 아니, 혜조갈래는 물론, 이제는 어엿한 중년부인이 되어 어머니와 함께 노년을 맞이한 영순이 때문이기도 할 터였다.

혜조갈래가 나온 화면은, 주로 서민들이 애용하는 뒷골목 식당들을 찾아다니며 특색있는 먹거리를 소개하는, '그곳에 가면' 어쩌고 하는 제목의 프로였다. 아내와 티격태격하는 동안에 이제 화면은 또다른 음식점으로 옮겨가 있었다. 그렇게 화면에서는 혜조갈래며 그녀의 식당이 거짓말처럼 사라지고 낯선 음식점이 등장했지만, 나는 여전히 흥분한 상태에서 가슴이 두근거리다 못해 아예 눈시울마저 뜨겁게 달구고 있었다. 나는 그렇게 눈시울이 뜨거워진 채, 화면의 낯선 풍경에 겹쳐 언제까지나 사라지지 않고 어른거리는 혜조갈래의 모습을 지켜보고 있었다.

'곱게 늙었다! 만일 운명이란 놈이 있다면, 그 운명마저도 어쩌지 못하고 끝내 비켜간 그런 얼굴이다!'

그랬다. 만일 운명이 혜조갈래의 얼굴에 조그만 틈이라도 비집고 들어왔다면, 그리하여 운명의 예리한 칼날에 조금이라도 베이는 일이 있었다면, 적어도 내가 아는 한에 있어서는 남달리 신산하고 험악한 길만을 골라서 인생을 살아낸 그녀로서는 결단코 저렇듯 고운 모습을 지니지 못했을 터이다.

나는 아직도 눈앞에 어른거리는 혜조갈래의 고운 모습을 향해 몇번이고 고개를 끄덕였다. 그러자 저 50년에 가까운 까마득한 세월의 겹겹공간을 뚫고, 불현듯 나의 귀에 어린아이들이 목청껏 외쳐대는 영악한 노랫소리가 들려오는 것이었다.

딸그락 딸그락 혜조갈래 부처리 사세요오
사탕가리 많이 쳐줄께 울집으로 오니라아
안해요 안해요 물걸레집으로, 물걸레집으로 갈라요
불쌍한 혜조갈래, 혜조갈래애

고만고만한 대여섯살짜리 아이들 서넛이 나란히 선 채 두 팔까지 휘저어 박자를 맞추고 있다. 역전 광장에서 5일장터로 들어가는 초입이다. 장날이 아닌 평일이면 텅 비어 있게 마련인 빈 가게들의 한곳에 옹기종기 모여 있던 난전꾼들 중에서 누군가가 발끈, 새된 소리를 내지른다.

"아이고오, 저런 오살급살 맞을 잡녀르새끼들 같으니, 또 시작허네잉. 도대체 우리허고 무신 원수가 졌다고 허구헌 날 잊어뿔도 안허고 지랄발광이여?"

아이들의 노래에 나오는 두 사람 중에 바로 물걸레떡이다. 그녀가 무쇠솥 뚜껑을 엎어놓은 모양의 번철에서 이제 막 부침개를 부치다 말고 끄응, 힘을 쓰며 자리에서 일어난다.

"이 잡녀르새끼들, 모다 꼼짝 말고 지자리에 서 있어라잉. 나가 오늘은 하늘이 두 쪽이 나도 니놈들을 모다 잡어서 다리몽뎅이를 찌끈 뿐질러놓고 말 텡게."

물걸레떡이 자리에서 일어서는 것도 아랑곳없이 아이들은 이번에는 두 팔이 아니라 혜조갈래의 안짱다리 걸음을 흉내내어 오리처럼 엉덩이를 이리저리 뒤뚱거려 박자를 맞추며 다시 노래를 시작한다.

당신이 나럴 와그작와그작 사랑한다면
구찌분이나아 사다주세요오
구찌분이느은 너무 비싸니 밀가리가 어떠냐
헤이, 혜조갈래애

당신이 나럴 와그작와그작 사랑한다면
빼딱구두나아 사다주세요오
빼딱구두느은 너무 비싸니 짚세기가 어떠냐
헤이, 혜조갈래애

"휘이, 천하에 못된 망종새끼덜아아, 지발 부탁허마. 누구 복창 터져 죽기 전에 사람 부아 잠 그만 질러어."

마침내 더이상 참다못한 물걸레떡이 걸음발을 옮기며 쫓는 시늉을 해보지만, 그녀가 더이상 쫓아오거나 심하게 다그칠 것도 아니라는 것을 익히 아는 아이들은 여전히 안짱다리 걸음으로 엉덩이를 뒤뚱거릴 뿐이다. 아무리 허구한 날 남의 부아만 지르는 싸가지없는 아이들이라지만, 한편으로는 결코 무시할 수 없는 손님이기도 한 것이다. 그녀는 서너 번 쫓는 시늉 끝에 결국 제자리로 돌아간다. 그리고 이번에는 옆에 나란히 붙어서 역시 번철에 부침개를 부치고 있는 혜조갈래를 향해 아이들 때문에 일어난 부아를 대신 퍼붓는다.

"자네도 저 잡녀르새끼덜하고 마찬가지여. 뭐이라고 신칙이라도 해야 할 것 아니여? 자네가 꿀먹은 버버리모냥 꾹 입을 다물고 얌전만 떨고 있응께 저 잡녀르새끼들이 더 신이 나서 기승을 부리는 거 아녀. 자네가 시방 갓 시집온 색시여 뭐여? 자네가 그르케 물르게만 나옹께 나까장 덩달아 놀림감이 되는 거 아니여. 아무리 사람이 물러도 그렇제, 도대체 저런 새양쥐 같은 새끼들한테까장 시피 보임서 우찌게 이 험한 장테서 견데내겠다는 거이여?"

물걸레떡의 다그침에 혜조갈래는 벌겋게 달아오른 얼굴을 그만 치마폭에 파묻는다.

"죄, 죄송하구만이라우."

혜조갈래가 치맛자락에 눈물이라도 훔쳤는지, 물걸레떡이 벌컥 화를 낸다.

"이 예펜네 잠 봐. 왜 또 청승맞게 눈물까장 보이고 지랄이여? 아, 저 쥐방울만한 새끼들이 놀렸다고 해서 그거이 어디 눈물까장 쏟을 만한 일이냔 말이여? 지발 맘 잠 굳게 묵어. 여자가 그르코롬 눈물이 흔하다보면 재수가 도망가서 될 일도 안된다는 걸 몰라?"

혜조갈래가 치맛자락에 눈물을 훔칠 즈음해서 아이들은 비로소 그녀를 놀리는 일에 흥미를 잃는다. 그런 아이들은 나름대로 뭔가 목적을 달성했다는 뿌듯한 기분이다. 언제나 아이들은 도달할 수 없는 저 아득한 위치에 우뚝 선 채 걸핏하면 아이들을 치도곤 먹이거나 쥐어박고 혼쭐내기 일쑤인 어른들 중에서도, 저렇게 마음대로 놀려먹고 얼마든지 무시할 수 있는 만만한 어른이 있다는 사실이 아이들로서는 거의 경이롭기까지 한 것이다.

어쩌면 아이들로서는 설핏 눈앞에 떠올리기만 해도 금방 입안 가득히 군침이 도는 부침개를 눈앞에 번연히 보면서도 먹지 못하는 한가닥 선망까지도 놀림 속에 포함시킬 수가 있어서 더욱 더 기를 쓰는 것인지도 모른다. 아아, 돼지기름을 발라 자르르 윤기가 흐르는 번철에 호박이며 파를 채썰어 넣은 밀가루 반죽을 한 국자 부은 다음에 노릇노릇 익을 때를 기다려 그 귀한 설탕까지 슬슬 뿌려 먹는 부침개의 맛이라니!

훗날 돌이켜 생각하면, 헤조갈래와 물걸레떡 두 사람은 비단 아이들뿐만 아니라 어른들에게도 그 특이한 별호며 생김새가, 한참 근질근질하여 군둥내가 나는 입에는 심심찮은 입가심 거리가 되고 덩달아 맞춤한 눈요기 거리도 되었음에 틀림없다. 헤조갈래는 우선 신체적인 조건이 심한 안짱다리여서 한걸음 한걸음 걸을 때마다 밖에서부터 안으로 흡사 반원을 그리다시피 홰홰 돌려대는 특이한 걸음걸이에서 비롯된 별호였는바, 여기에 맞춰 물걸레떡은 금방 물에서라도 건져낸 듯 물렁물렁하고 희멀쑥한 살집에 걸음걸이마저 흐느적거리듯 한껏 맥풀린 모습이어서 원래는 물 건너에서 시집을 온 새댁이라는 뜻에서 비롯된 별호가 누가 보아도 물에 흠뻑 적신 걸레를 연상하기 십상이었다.

어른들도 그러한데 심지어 아이들이랴. 게다가 이 아이들이 누구인가. 일찍이 갓난아잇적부터 장바닥을 개똥처럼 굴러다니며 제멋대로 자라, 인근 시골마을에서 장을 보러 온 촌어른들까지도 '똥이 무서워서 피하냐'며 부딪치기보다는 일단 피하고 보는 장돌뱅이 소악패들이 아닌가. 그런 아이들에게 워낙 특이한 별호며 생김새를 지닌 두 사람이 나란히 난전을 펴고 앉아서 번철에 부침개를 부치는 모습이란 더없는 먹잇감으로 낙인찍히기에 족했을 터이다.

아이들에게 있어서 혜조갈래는 어쩌면 그녀가 식솔들을 데리고 처음으로 장터에 들어서던 바로 그 순간부터 이미 더없는 먹잇감이 되었는지도 모른다. 나른한 봄날의 오후 한때, 그녀가 이삿짐을 실은 소달구지 옆에서 역시 봇짐을 머리에 이고 갓난아이는 등에 업은 채 양쪽에 아이들 또래의 두 계집아이를 거느리고 장터 입구에 모습을 나타냈을 때, 아이들은 이들이 얼마나 훌륭한 먹잇감이 될 것인가를 아이들 특유의 악의적인 감각으로 재빨리 알아챘을 것이다.

아이들은 대번에 흥분하여 먹잇감을 에워싼다. 아이들이 흥분한 것은 너무나 당연하다. 아이들로서는 마치 잔칫상 위에 가득히 차려진 온갖 음식들을 대하고 정작 어디에서부터 손을 대야 할지 몰라 한동안 망설이듯이, 난데없는 이 먹잇감 중에 무엇부터 손댈지 얼핏 분간이 안 갈 정도인 것이다. 어느 하나 결코 소홀히 넘길 수 없다! 먹잇감을 찾는 아이들에게 맨 먼저 눈에 띈 것은 역시 혜조갈래의 걸을 때마다 흡사 반원을 그리다시피 홰홰 돌려대는 심한 안짱다리다. 그러나 소달구지 위에 이불을 둘러쓰고 누워 있는 무슨 시체처럼 깡마른 남자 어른도 강렬하게 눈길을 끌어당긴다. 그런가 하면 혜조갈래 양옆에서 그녀의 치맛자락을 붙든 채 잔뜩 겁에 질려 있는 두 계집아이도 그냥 지나칠 수는 없다.

이 난데없는 먹잇감은 시간을 두고 야금야금 즐기려는 아이들의 기대를 결코 저버리지 않은 채, 어물전 입구에 있는 국밥집 앞에서 이삿 짐을 풀었다. 그리고 국밥집 뒤 변소간 옆에 딸려 있는 골방으로 짐을 옮겼다. 이삿짐이래야 달랑 이불이며 솥단지 나부랭이여서 누가 거들 어주고 말고 할 것도 없다. 그런 이들의 가장 큰 이삿짐은 어쩌면 소 달구지 위에 누워 있는 깡마른 남자 어른인지도 모른다. 그리고 그 남 자 어른을 소달구지 주인이 훌쩍 들어올려 등에 업어 골방에 나르는 것으로 이들의 이사는 끝난다.

혜조갈래의 이사하는 모습을 지켜보던 장터 아낙네들은, 흥분한 아 이들과는 달리, 흡사 못 볼 것이라도 본 양 저마다 눈살을 찌푸리며 돌아서서 쯧쯧 혀를 찬다.

"쯧쯧, 서방이 폐뱅이 들아가꼬 뱅수발에 가산을 몽조리 탕진하고 는 마지막에 의지가지없이 장테로 나왔다는구만."

"쯧쯧, 뱅든 서방도 서방이제만 올망졸망한 새끼들이 싯이나 되는 구만. 지비새끼 같은 저 주딩이들을 앞으로 우찌게 처믹일랑고? 젊은 예펜네가 곱상허고 귀티도 나는 것이 그르코롬 복쪼가리 없게는 안 생겼는디⋯⋯"

"우찌게 모다 장테로 나왔다 하먼 니나없이 한겔같이 흑싸리 껍데 기 같은 신세뿐이까잉. 암만 봐도 남의 일 같지가 않구만잉."

혜조갈래는 며칠 지나지 않아 빈 가게 한 귀퉁이에 난전꾼으로 나 앉아 부침개를 부치게 된다. 그런 그녀를 보며 아이들은 당연하게 더 흥분한다. 그리고 누가 일부러 가르쳐준 것도 아닌데, 그 무렵 불려지 던 유행가 중에서 그럴싸한 것을 골라 혜조갈래라는 이름을 넣어 노 래를 부른다. 아이들은 어쩌면 혜조갈래라는 발음과 억양이 지닌 어 쩐지 희극적인 요소를 본능적으로 알아챈 것인지도 모른다.

혜조갈래를 먹잇감으로 여기는 또래의 아이들에게서 내가 떨어져 나오게 된 것은 애오라지 어머니의 매질이 무서워서였다.

이제 막 장터의 빈 가게마다 땅거미가 찾아들고, 집집마다 문밖으로 저녁밥 냄새가 풍겨나올 즈음, 혜조갈래가 난데없이 우리집을 찾아왔다. 우리집 가게문을 열고 들어서는 그녀의 얼굴을 보자마자, 나는 어쩔 수 없이 숨이 넘어갈 것만 같은 공포에 휩싸여 오금이 박히고 말았다. 오늘도 바로 점심나절이 지날 무렵 나는 아이들의 맨 앞에 서서 누구보다 새된 소리로, 혜조갈래 부처리 사세요오, 목청껏 노래를 불러젖혔던 것이다. 그리고 나는 혜조갈래같이 마음대로 놀려먹고 얼마든지 무시해도 좋은 먹잇감이 이런 식으로 감히 우리집까지 찾아오리라고는 단 한번도 생각할 수 없었던 것이다. 놀라기는 어머니도 마찬가지인 듯, 밥상머리에서 벌떡 몸을 일으켰다.

"아니, 자네가 뭔 일인가? 울집까장 다 오게."

어머니의 말에 혜조갈래가 목구멍으로 들어가는 목소리를 내었다.

"야우, 장사하고 집에 들어가는 질에 들렀어라우."

"하여튼 잘 왔네. 이리 올라앉소. 안즉 끼니 전일 거잉께 이왕 온 짐에 함꾼에 몇숟가락 뜨고 말세."

어머니가 권하자 혜조갈래가 펄쩍 뛰다시피 한걸음 뒤로 물러섰다.

"아녀라우. 새끼들 저녁 땀시 그럴 틈이 없구만이라우. 그보담은……"

혜조갈래가 말끝에 힐끔 나를 쳐다보았다. 그러자 어머니가 눈치 빠르게 그녀의 말끝을 낚아챘다.

"인자 봉께 우리 대운이가 자네한테 재장궂은 짓을 헌 모냥이제?"

혜조갈래는 한손을 크게 휘둘러 손사래를 쳐 보였다.

94

"그거이 아녀라우. 대운이가 나헌티 뭔 재장궂은 일을 해라우. 폴다 남은 부처리가 몇닢 남았길래 대운이 잠 줄까 해서 들렸구만이라우."

헤조갈래는 말끝에 재빨리 한손에 들고 있던 종이봉지를 마루에 내려놓았다. 그러자 이번에는 어머니가 나섰다.

"내 새끼 재장궂은 거이사 나가 자네보담 훨씬 잘 아네. 뭔지 모르제만 나가 잘 타이를 거잉게 염려 말고 부처리는 다시 갖고 가소. 자네 새끼들 입에 물릴 것도 없을 거인디 나가 무신 염치로 저 재장궂은 새끼 입구녕에다가 처믹일 거인가."

어머니의 말에 헤조갈래는 잠시 낭패한 기색이더니, 다시 한번 손사래를 쳐 보였다.

"그거이 아녀라우. 펭소에 대운이가 부처리를 잘 묵응께, 그 생각이 나서 들렸구만이라우. 참말이제 그외에는 다른 뜻은 없구만이라우."

"자네가 정히 그르코롬 나옹께 나가 받기는 받음세. 허제만 저런 쥐방울만한 새끼들한테까장 주눅들지는 말소. 사람이 좋아서 너무 시피 보이면 저런 젖비린내 나는 새끼들까장 깐을 보는 거이 장텐께, 맘 약하게 묵지 말고 그때그때마동 단단히 혼쭐을 내뽈소."

"야우, 잘 알았구만이라우."

헤조갈래가 허둥대며 가게를 나서자마자, 어머니가 혀를 찼다.

"쯧쯧, 사람이 저렇게 물러갖고 우찌께 장똘뱅이 노릇을 할 거인고……."

그리고 곧바로 사나운 표정으로 나를 노려보았다.

"뭔 일인지 몰르겠다만, 이번만은 눈감어주겠다. 엠씨 말 맹심해라. 이번 한번만이다잉. 다시 한번 불쌍한 헤조갈래가 울집을 찾아오는 일이 생기면 그때는 니눔을 절대로 내 새끼로 안 칠 거잉께. 사람 못

되겄다 싶으먼 일찍부터 없애부는 펜이 나어야."

말끝에 어머니는 뒷방으로 들어가더니 양재기 하나 가득히 쌀을 퍼왔다. 그리고 양재기를 나한테 내밀었다.

"아나, 방금 그 아짐 집에 갖다주고 오니라."

내가 놀라서 어머니를 바라보았다.

"그 집이 가면…… 폐, 폐벵 걸린다는디?"

어머니는 내 말이 떨어지자마자 양재기를 내려놓고 대뜸 부엌에 있는 부지깽이부터 찾고 보았다.

"아나, 폐벵, 이 썩어빠질 놈아. 폐벵 무서운 소젠이 있는 놈이 불쌍한 헤조갈래한테 울집까장 찾어오게 맹글어야?"

"알았어라우. 엄니, 시방 갈라고 안 그라요?"

내가 마루에 있는 양재기를 들고 부리나케 가게문을 나오자, 무슨 꼬리처럼 어머니의 말이 뒤따라나왔다.

"저 사람 말종 같은 새끼 땜시 시상에서 젤로 비싼 부처리 한번 사묵어보게 생겄네."

헤조갈래 집에 가면 폐병에 걸린다는 말은 사실이었다. 이 말은 아이들뿐만 아니라 어른들도 마찬가지여서 아무도 그 집에는 얼씬거리려 들지 않았고, 심지어 어떤 어른들은 아이들에게 영순이를 위시한 그 집 아이들과 노는 것마저 금할 정도였다. 그것은 물론 이사올 때 소달구지 위에 이불을 둘러쓰고 누워 있던 무슨 시체처럼 깡마른 폐병쟁이 남자 어른 때문이었다. 국밥집 골방에 옮긴 이삿짐도 미처 다 풀기 전에 그가 골방 가득히 검붉은 피를 토해내었고, 바로 그 장면을 장터 사람들 중의 누군가가 목격한 것이었다.

폐병쟁이 남자 어른은 장터로 이사온 지 한해를 넘기지 못하고 죽었다. 남자 어른이 덮었던 이불이며 옷가지가 어물전 뒤의 쓰레기장에서 태워지는 순간, 시체가 된 남자 어른은 이번에도 이삿짐처럼 누군가의 지게에 얹혀 축내방죽 아래 있는 공동묘지로 갔다. 식구 중에는 혜조갈래만이 머리칼을 산발한 채 울부짖으며 뒤따랐고, 호기심 많은 아이들 몇명과 함께 나도 그 뒤를 따라갔지만, 공동묘지가 너무 멀어서 끝내는 모두 중간에 되돌아오고 말았다.

남편이 죽은 지 얼마 되지 않아 혜조갈래가 다시 한번 우리집을 찾아오는 일이 일어났다. 그녀가 한번 우리집을 찾아온 후로 나는 한번도 아이들과 어울려 그녀를 놀려댄 적은 없었지만, 정작 그녀의 얼굴을 대하자 공연히 마음 한구석이 찜찜했다. 그러나 그녀는 나의 찜찜한 마음에는 아랑곳없이 나를 향해 싱긋이 웃어 보였다.

"대운이는 요지음 어디서 노냐? 통 얼굴을 볼 수가 없드라잉?"

혜조갈래가 말을 걸자, 나 대신 어머니가 받았다.

"뭔 일인가? 저 쥐방울만한 새끼가 또 자네한테 일을 저질렀는가?"

어머니의 말에 혜조갈래는 아예 두 손으로 손사래를 치며 부인을 했다.

"아녀라우. 대운이 땜시가 아니고……"

"저놈 때문도 아님서 에로운 걸음을 헌 걸 보니, 그라먼 나헌티 무신 헐말이라도 달리 있는 모양이제?"

"야우, 아짐한테 잠 부탁할 거이 있어서…… 폐되는 줄 암서도 염치없이 왔어라우."

"염치는 무신, 나가 자네를 도와줄 거이 있담사 기꺼이 도와줘사제."

혜조갈래가 뭔가 머뭇거리며 쉽게 말을 꺼내지 못하자, 어머니가 힐끗 나를 쳐다보았다.

"어른들끼리 이약할 거이 있응께 니는 나가서 놀그라."

내가 미처 가게문을 닫고 나오기도 전에 어머니의 목소리가 새어나왔다.

"긍께 시방 자네 말은 부처리장시를 그만두고, 나한티서 미역이랑 김이랑 멸치를 받어다가 오일장을 돌아댕김서 건어물장시를 한번 해보겠다는 것 아녀?"

이어, 야우, 하는 혜조갈래의 음전한 대답과 함께 다시 어머니의 말이 이어졌다.

"잘 생각했네. 까짓 거 뭘 한들 애기들 코 묻은 푼돈이나 바라는 부처리장시보다는 낫겄제. 선금 없이 기냥 물건을 대줄 텡께 우선 장사부터 해보고 물건값은 나중에 찬찬이 갚으소."

다음날부터 혜조갈래는 당장에 부침개장사를 집어치우고, 어머니를 따라 커다란 보따리를 인 채 인근 5일장을 돌아다니는 건어물장사를 시작했다. 그렇게 그녀는 장돌뱅이가 되어 마침내 장터 식구로 자리를 잡게 되었다. 그리고 한 5년 남짓 세월이 흘렀을까, 그녀는 건어물장사를 그만두고 이번에는 국밥집을 차렸다. 그녀가 셋방 들어 살던 국밥집은 원래 건물 주인이 따로 있어 역시 셋방살이를 하던 국밥집이 대처로 이사를 가게 되자, 그녀가 그대로 고스란히 인수를 하게 된 것이었다.

국밥집은 날로 번창해갔다. 장날이면 혜조갈래만이 아니라 제법 처녀티가 나기 시작한 영순이며 영자까지 두 딸들이 함께 부지런을 떨어도 일손이 부족할 지경이었다. 혜조갈래의 지금까지 장사수완으로 보면 뜻밖의 일이었다. 어떻게 보면 그녀의 숨은 음식솜씨가 제대로 빛을 발한 것인지도 모르지만, 그러나 여느 집과는 달리 고기며 밥이 푸짐한 손인심에 자연스럽게 손님들이 몰려든 것인지도 몰랐다.

　국밥집을 시작한 지 한해 남짓 흘렀을까, 그동안 과부로 살던 혜조갈래에게 남정네가 생겼다. 그런데 그녀가 새로운 남정네와 얽혀지게 된 사연이 이번에도 한동안 장터 사람들의 입에 오르내렸다.

　"쯧쯧, 철딱서니없는 것하고는. 이왕 팔자 고칠 거이면 좀 반듯한 남정네를 고를 일이제 해필이면 장타령꾼이 뭐여, 장타령꾼이?"

　"에구, 지지리 못난 년, 허는 짓이 우째 그 모냥이여? 인자 게우 한숨 돌리고 쬐깜 묵고살 만헝께 또다시 일부러 고상보따리를 짊어지고 자빠졌네."

　"냅두소. 지 복이 그것밲이 안되는 모양이제 뭐. 남녀간의 일이 누가 억지로 해라 마라 해서 될 일이당가?"

　장돌뱅이 출신 과부들이 개가를 하는 데 있어서 아무리 인근 농촌 지역의 엄격한 도덕이나 윤리 같은 데서 비교적 자유롭다고는 하지만, 그런 그네들이 보기에도 혜조갈래가 새로운 남정네와 얽혀진 사연만은 쉽게 받아들이기가 힘든 구석이 없지 않았다.

　장타령꾼이란 흔히 5일장을 따라 서너 명이 무리를 지어 떠돌아다니며 장타령으로 동냥을 하는 동냥아치를 일컫는 말이었다. 그런데 그렇게 떠돌던 장타령꾼 중에 한명이 병이 들자 나머지 일행이 그를 버리고 다른 장터로 떠난 모양이었다. 그리하여 그는 누구 하나 거들떠보지 않는 빈 가게의 한구석에 거적을 둘러쓰고 시체처럼 누워 있게 되었다. 기실 해마다 겨울이 되면 빈 가게의 곳곳에 그렇게 거적을 둘러쓰고 누워 있는 동냥아치들이 적지 않았는데, 그들 중에는 정말로 시체가 되었다가 장날에야 비로소 가게의 주인에게 발견되기도 했다.

동냥아치들이 빈 가게를 차지하고 있는 풍경이란, 장터 사람들에게는 이렇다하게 눈길을 끌 만한 일도 아닌 그저 심상한 일상 중의 하나였다. 그런데 혜조갈래는 그 풍경을 그저 심상한 일상으로 넘겨버리지 못한 것이었다. 소문으로는 그녀가 동냥아치에게 팔고 남은 국밥을 몇번인가 건네준 것이 빌미가 되어 동냥아치로 하여금 야밤중에도 국밥집을 드나들게 하고, 그런 어느날 그만 둘 사이에 남녀로서의 일이 저질러져버린 모양이었다.

장터 사람들의 갖은 입방아를 견뎌내고, 혜조갈래는 동냥아치를 자신의 남정네로 받아들였다. 그렇게 이발이며 목욕을 시키고 새옷을 해입혀 때깔을 내자, 동냥아치는 뜻밖에도 장터의 내로라 하는 건달들 못지않은 반듯한 인물로 변했다. 그러나 그는 인물만 반듯한 것이 아니라, 장타령꾼으로 이 장 저 장 돌아다니며 익힌 소리 또한 일품이어서, 소리꾼으로도 어디에 내놓아도 손색이 없을 정도였다.

어쩌면 바로 뛰어난 소리실력이 동냥아치 출신이라는 한계를 허물고, 그를 보다 쉽게 혜조갈래의 기둥서방이자 건달의 일원으로 장터에 터를 박게 하는 밑거름이 된 것인지도 몰랐다. 아무리 장터가 본디 타처 사람들을 받아들이는 데 너그럽다고는 하지만, 장터 나름대로 텃세와 자존심도 없지 않아서 워낙에 근본없는 동냥아치 출신마저 어서 오게나, 하고 넙죽 받아들일 만큼 무르지는 않을 텐데, 그는 자신의 한계를 바로 소리 하나로 너끈히 넘어선 것이었다. 장터 사람들은 그를 받아들이자마자 언제부터인가 어른 아이 할 것 없이 그의 성을 따라 짐샌이라는 왜식 호칭으로 높여 부르게까지 되었다.

무슨 명절이거나 동네잔치 같은 놀이마당에는 반드시 짐샌이 등장했고, 그때마다 사람들의 혼을 빼놓다시피 했다. 그는 우선 자신의 주특기인 장타령으로 판을 시작했다.

  얼씨구나 잘헌다 붐바허고 잘헌다
  작년에 왔던 각설이 죽지도 않고 또 왔네
  붐바붐바 잘헌다 붐바허고 잘헌다
  니가 잘허면 내 아들 내가 잘허면 니 애비
  붐바붐바 잘헌다 붐바허고 잘헌다

  일자나 한 장을 들고 보소 이뚱저뚱 둘을 잡고
  호령기생 춤을 추는구나 붐바붐바 잘헌다
  오늘같이 꽃치리 개대그빡 똥치리
  천냥 주고 배운 재주 한닢 벌기가 땀나구나
  붐바붐바 잘헌다 붐바허고 잘헌다
  ………

  놀이마당이 신이 나면 짐샌은 장타령에서 홍보전이며 심청전 같은 판소리까지 쉼없이 이어갔는데, 그쯤 이르면 놀이마당에 모인 사람들을 웃고 울리기를 자유자재로 하였다. 당시 중학교 1학년이 아니었나 싶은 나의 기억 속에서도, 홍보전 중에서 다 큰 홍보 아들이 홍보더러 장가를 보내달라고 조르던 대목에 이르자 사람들이 웃다 못해 숫제 배를 움켜잡고 자빠지던 장면은 지금도 생생하다.

  "아이고, 아부지이."
  "오냐아."

"내 좆이 탱탱 꼴리요오."
"아따, 그것도 유행인가부다아. 내 좆도 탱탱 꼴린다아."

짐샌의 소리가 마침내 흥타령에 이르면 벌써 장터 아낙네들 중에서
는 치맛자락으로 눈꼬리를 훔치며 훌쩍훌쩍 숨죽인 흐느낌 소리를 내
는 이도 없지 않았다.

어화, 잊으라면 잊어주마아 못 잊은 내 아니다아
내 너를 잊어서 네 갈 길이 행복이라면
내 가슴 병들어도 잊어를 주마아

어화, 중천에 저 달이 원수로다아
저 달이 거울이었더라면
깊은 내 사랑을 밤마다 비춰보련만
거울 못 된 저 달이 원수로다아

모르기는 해도 아마 이 무렵이 혜조갈래의 생애 중에서 가장 빛나
던 시절이 아니었나 싶다. 짐샌의 소리에 따라 놀이마당의 신명이 깊
어질수록 사람들의 한켠에 숨어서서 자신의 남정네를 바라보는 그녀
의 눈길 또한 더없는 자부심으로 깊어갔을 터이다. 짐샌 또한 언제 자
신이 동냥아치였나 싶게 변해, 다분히 귀티마저 흐르는 풍채며 거기
에 철 따라 빠지지 않게 입히는 입성이 도와, 이제는 장터 건달 중에
서도 단연 돋보이는 존재가 되어 있었다.
혜조갈래로서는 도무지 있을 것 같지 않은 달콤한 세월이 한 3년 꿈

결엔 양 지나갔다. 그 세월 속에서 그녀는 짐샌과의 사이에 사내아이까지 생겨 있었다. 그러자 그녀가 처음 짐샌을 받아들일 때 고생보따리니 어쩌니 하며 복쪼가리 타령을 했던 장터 아낙네들은 자신들이 언제 그랬냐 싶게 말을 뒤집어, 그녀가 일찍이 사람의 됨됨이를 보는 눈이 있었다느니 하는 말까지 서슴지 않게 되었다.

장터에서부터 차츰 유명해진 짐샌의 소리꾼으로서의 이름은 어느덧 인근 면이며 군내에서도 알아주게 되어, 시골부자들의 생일잔치나 회갑잔치만이 아니라 무슨 놀이 끝에는 으레 그를 부르게 되었다. 아니, 그를 부르는 것은 그들만이 아니었다. 군내에 있는 내로라 하는 기생집의 기생들까지도 기꺼이 소리선생으로 그를 모셨다.

바로 그 무렵이었을 것이다. 장터 사람들 사이에 괴이한 소문이 떠돌게 된 것은. 그것은 다름이 아니라 짐샌과 영순이가 수상쩍은 사이라는 것이었다. 더군다나 영순이는 이미 혼잣몸이 아니라고도 했다. 장터 사람들은 설마설마 하면서도 혜조갈래 몰래 귀엣말을 나누고는 했는데, 얼마 지나지 않아 떠도는 소문이 사실이라고 증명이라도 하려는 것처럼 누가 보아도 알게끔 영순이의 배가 하루가 다르게 커지는 것이었다. 참다못한 장터 아낙네들에 의해 마침내 혜조갈래도 그 소문을 알게 되었을 때는, 기이하게도 본인 또한 짐샌의 두번째 아이를 배고 있었다.

마침내 장터 사람들 사이에 짐샌이 혜조갈래 모녀 사이를 한꺼번에 건드린 패륜으로 낙인찍힌 채, 덕석몰이라도 해야 한다는 뒷공론마저 떠돌기 시작했다. 장터 전체가 무슨 사냥감이라도 노리듯 팽팽한 긴장감 속에서 소리소문없이 혜조갈래 국밥집을 주시하는 날이 계속되었다.

그런 어느날이었다. 뭔가 심상치 않은 장터의 낌새를 알아채고 야밤을 틈타 도망치던 짐샌이 장터 건달들에 의해 붙잡혔다. 건달들에 의하면, 때마침 참몰랭이 신작로변에 있는 주막집에서 몇몇이서 술추렴을 하고 있는데 짐샌이 가방을 든 채 허둥대며 지나치더라는 것이었다. 그렇지 않아도 마침 그에 대한 뒷공론이 돌던 참에 때아닌 밤길을 가는 것이 수상쩍어 붙잡고 보니 가방에서 꽤 많은 액수의 돈까지 나온 것이었다. 건달들은 이참에 아예 덕석몰이를 하기로 하고, 그 전에 우선 그를 혜조갈래와 대질부터 시키기로 했다.

혜조갈래의 국밥집 앞에 끌려온 짐샌은 이미 건달들한테 한차례 매질이라도 당했는지 얼굴이 온통 피투성이가 되어 있었다. 그런 그를 대하자마자 혜조갈래는 술청에 있다가 맨발로 마당으로 뛰쳐나와 그를 얼싸안았다.

"오매, 이녁 얼굴을 누가 이르코롬 숭하게 맹글었다요?"

그런 혜조갈래 앞에 건달 중의 하나가 짐샌의 가방에서 꺼낸 돈뭉치를 내던졌다.

"이거 자네 돈이 맞제?"

그러자 혜조갈래가 기다렸다는 듯이 얼른 고개를 끄덕였다.

"야우, 맞어라우. 분메히 내 돈이구만요. 나가 심바람 잠 시키니라고 이 양반한테 줬구만이라우."

"이놈이 몰래 훔쳐간 거이 아니라, 자네가 심바람 시키니라고 준 돈이라고?"

"야우, 틀림없구만이라우."

뜻밖의 대답에 건달들이 일순 당황하며 주저하는 틈을 타서, 혜조갈래가 비단 건달들만이 아닌 국밥집 앞에 모여든 구경꾼들 모두를 향해 빙 둘러가며 땅에 닿도록 큰절을 올렸다.

"지발 이르코롬 부탁하겠구만요. 뭔 일인지 몰르겄제만, 이 양반을 무사히 보내주시요오. 이 양반만 무사히 보내준다면 나야 동네 양반들 처분대로 따르겠구만요. 지 목심을 내놓으라면 목심을 내놓고, 내일 아침 당장에 동네를 떠나라면 떠나겄구만이라우. 이르코롬 빌었으니 지발 이 양반만 무사히 보내주시요오."

큰절을 마친 혜조갈래는 아예 땅바닥에 퍼질러앉아 누구에게라고 할 것 없이 둘러선 사람들을 향해 두 손을 싹싹 빌어댔다. 그러자 장터 아낙네들 중의 하나가 그런 그녀에게 막말을 했다.

"인자 봉께 저년도 짐승 같은 저놈하고 한통속이구만. 야, 이년아, 저놈은 니뿐만이 아니라 니 딸년 신세까장 망친 천하에 몹쓸 잡놈이여. 아무리 사나한테 눈이 뒤집혔기로, 그래, 니 딸년까장 붙어묵은 놈을 옹호하고 나서야?"

혜조갈래는 얼른 몸을 돌려 동네 아낙네에게 다시 한번 큰절을 했다

"야우, 아짐 말이 백번 옳구만이라우. 나가 눈깔이 삔 죄로 천금 같은 내 딸 신세까장 망체부렀구만이라우. 나야 살아생전에 두번 다시 이 양반을 볼 일이 없었제만, 글고 나야 이 양반이 당장에 덕석몰이를 당해 목심이 끊어진들 터럭만큼도 한 될 거이 없제만, 아무리 그래도 우리 애들한테는 엄연한 애비가 아닌 게라우? 그러댁기 이 양반이 내 딸한티 아무리 몹쓸 짓을 했다고는 해도, 정작 내 딸 뱃속에서 자라는 씨앗은 이 양반이 뿌린 거이기도 안허요? 지발 우리 딸을 생각해서라도 우리 새끼들 앞에서 이 양반 숭한 꼴을 보이지 말고 무사히 보내주시요오."

언제부터인가 혜조갈래의 얼굴은 온통 눈물로 번들거리고 있었다. 그리고 그때쯤 해서는 영순이며 영자를 위시한 그녀의 아이들 넷이 모두 달려나와 온통 치맛자락에 매달려 한꺼번에 엉엉, 울음을 터뜨렸다. 아니, 곰곰이 따지면 그녀의 치맛자락에 매달려 엉엉 울고 있는 아이들은 비단 눈앞에 보이는 네 명만은 아닐 것이었다.

혜조갈래의 아이들이 한데 엉켜 울부짖는 모습을 지켜보던 건달 중의 하나가 무심코 짐샌을 향해 찌익, 침을 내깔겼다.

"혜조갈래 절 몇자리가 저놈 목심을 살렸구만."

침을 뱉은 건달이 돌아서는 것을 필두로 장터 사람들이 모두 뿔뿔이 흩어지자, 이윽고 혜조갈래가 네 명의 자식들을 데리고 국밥집 안으로 들어갔다. 그리고 안에서 딸각, 문을 잠갔다. 그러자 혼자 남아 있던 짐샌이 천천히 자리에서 일어나 어둠속 어디론가 사라져갔다.

혜조갈래는 큰딸 영순이가 몸을 풀고 이어 자신마저 몸을 푼 다음에 곧바로 장터를 떠났다.

—『현대문학』 2002년 8월호

바보 막둥이

L씨의 작업실에 도착한 것은 해가 뉘엿뉘엿한
무렵이었다. 작업실이라지만 버려져 있다시피 한 농가를
안팎으로 별달리 손도 보지 않은 채 방안의 벽지며 문의
창호지만 새로 바른 것이 고작이었는데, 대신에 강원도
지방 특유의 기역자형 가옥형태가 온전히 보존된 데다가
집안의 어디에서건 누대를 살아왔을 옛 주인들의
숨결이 고스란히 가라앉아 있는 듯
깊은 운치가 풍겨나는 집이었다.

바보 막둥이

　지지난해의 초가을 무렵 문단의 선배 되는 작가 P선생과 우연하게 동해안을 여행한 적이 있다. 이렇다할 계획도 없이 훌쩍 떠난 1박2일의 짧은 시간에다가 무슨 기억에 남을 유별난 일이 벌어진 것도 아니어서, 어쩌면 선생은 여행한 사실마저 아예 잊어버렸을지도 모른다. 그때 동행으로는 동료작가 L씨와 평론가 H씨가 있었는데, 몇해 전부터 고향인 양양에 허름한 작업실을 마련한 L씨가 여행을 주선한 셈이었다.

　마침 설악산 정수리로부터는 해맑은 색감으로 첫 단풍이 비롯되는데다가 양양 읍내에서는 전국에서도 그 맛을 으뜸으로 쳐준다는 송이버섯 축제마저 열리는 동안이어서, 무작정 떠난 여행치고는 보는 것이며 먹는 것에 제법 속이 알차게 되었다. 그렇게 아침 일찍 H씨가 운전하는 승용차로 서울을 떠나 설악산이며 양양 앞바다를 에돌며 늑장을 부린 끝에 L씨의 작업실에 도착한 것은 해가 뉘엿뉘엿한 무렵이었다. 작업실이라지만 버려져 있다시피 한 농가를 안팎으로 별달리 손도 보지 않은 채 방안의 벽지며 문의 창호지만 새로 바른 것이 고작이었는데, 대신에 강원도 지방 특유의 기역자형 가옥형태가 온전히 보존된 데다가 집안의 어디에서건 누대를 살아왔을 옛 주인들의 숨결이 고스란히 가라앉아 있는 듯 깊은 운치가 풍겨나는 집이었다.

이튿날 돌아오는 길에는 동해안을 내달리지 않고 굳이 다시 설악산을 넘게 되었는데, 칠순 나이답지 않게 아직도 소녀적인 섬세한 감성이 넘치는 P선생이 어제 건듯 보아넘긴 정수리 부근의 첫 단풍을 못내 아쉬워해서였다. 다시 설악산을 넘게 되자 이곳 지리에 밝은 L씨가 한계령 정상 못 미쳐 왼쪽으로 빠지는 새로운 길을 안내했고, 거의 차량통행이 없다시피 한적한 길을 천천히 내려오며 일행은 노랗고 붉은 첫 단풍의 해맑은 색감을 한껏 만끽할 수가 있었다.

설악산을 다 내려와 내린천 어귀에 들어선 무렵이었다. 길가에 작은 구멍가게가 눈에 뜨이자마자 내가 얼결에 옆에서 운전하고 있는 H씨에게 차를 세우게 했다. 그리고 P선생을 돌아보았다.

"오랜만에 아침술을 하고 싶은데, 선생님은 어떠세요?"

그때 나는 3년 남짓 끊고 지내다가 다시 술을 입에 대기 시작한 지 얼마 되지 않은 무렵이었다. 더군다나 아침술이라면 언제가 마지막이었는지 햇수마저 아리송할 정도였다. 나는 방금 지나쳐온 길을 턱짓해 보이며 한마디 덧붙였다.

"저것들을…… 도무지 그냥 두고 갈 수가 없어서요."

나의 말에 P선생은 곱게 눈을 흘기며 빙긋 웃어 보였다.

"뭘 나한테 물어요? 벌써 차를 세워놓구선."

나는 P선생의 말이 떨어지기가 무섭게 구멍가게로 달려가 소주 세 병을 사왔다. 내가 P선생에 대한 무례를 무릅쓰고 차를 세우면서까지 아침술에 대해 운을 뗀 것은, 흡사 홀리기라도 하듯 첫 단풍에 열중하는 선생의 섬세한 감성이 그만 애달프게 여겨진 때문인지도 몰랐다. 그와 함께 한편으로는 지난밤 L씨의 작업실 부엌에서 벌인 고즈넉한 술자리에서, 어딘지 가녀리게만 보이는 겉모습과는 달리 술자리가 끝날 때까지 당당하게 버텨내던 선생의 술실력에 대한 믿음도 없지 않았다.

내가 술을 사오는 동안에 P선생은 벌써 차에서 내려 내린천을 가로지르는 다리 옆에 자리를 잡고 있었다. 그리고 내가 다가가자 불쑥 송이버섯 한송이를 내밀었다.

"이걸로 안주합시다."

체질적으로 술을 받아들이지 못하는 L씨와 운전 때문에 차마 못 본 척 술을 외면하는 H씨를 제쳐둔 채, P선생과 나는 다리에 걸터앉아 주거니받거니 종이컵으로 소주를 마시기 시작했다. 다리 아래 내린천에는 물밑의 조약돌이며 조약돌 사이를 에돌아다니는 물고기 떼까지 다 드러나보이도록 투명한 냇물이 잔잔한 물살을 이루며 쉼없이 흘러왔다가 흘러가고, 그런 물살 위로는 역시 냇물만큼이나 투명한 가을 햇살이 금은의 가루가 되어 반짝이고 있었다.

송이버섯 두어 송이로 안주 시늉만 내며 한잔, 한잔, 더 하는 사이에 금방 소주 세 병이 비워지고 말았다. 목구멍을 타고 저 아래 빈속으로 내려가는 첫잔의 쏘는 맛이 채 가시지도 않은 기분인데 벌써 술이 동난 것이었다. 아침술의 빠른 속도에 나도 놀랐지만 P선생 역시 놀란 모양이었다.

"어마, 우리가 벌써 세 병을 다 마신 거예요?"

기다렸다는 듯이 내가 P선생의 말꼬리를 잡았다.

"괜찮으면, 몇병 더 사올까요?"

나의 물음에 P선생이 다시 한번 곱게 눈을 흘겼다.

"괜찮지 않아도 사올 것 같은 눈친데요?"

내가 다시 사온 소주 두 병도 얼마 지나지 않아 동이 나고 말았다. 그리고 그때쯤 나는 온몸의 혈관을 타고 우르르 우르르 몰려다니기 시작한 알코올 기운을 느끼며 차츰 명정(酩酊)에 빠져들고 있었다. 나의 시야에서는 자칫 회전목마라도 탄 듯이 사방의 풍경들이 이리 휘청 저리 휘청 어지럽게 쏠리는 것이었다. 아아, 이런 아침술이라니! 그런 나와는 달리 P선생은 몸가짐 하나 흐트러짐 없이 단정한 모습인 채 잠자코 다리 아래 냇물을 바라다보고 있었다. 나는 겸연쩍은 마음으로 선생에게 말을 걸었다.

"졌어요, 선생님. 설마하니 선생님이 이렇게 술이 세신 줄은 몰랐어요."

P선생은 여전히 다리 아래 냇물에 눈길을 둔 채 나의 말을 받았다.

"나, 사흘 동안 내리 소주만 마신 적이 있어요."

"………?"

"사흘 동안 밥도 안 먹고 잠도 안 자고."

"어, 언제요?"

농담인가 진담인가를 쉽게 헤아릴 수 없어 당황한 내가 자칫 말까지 더듬었고, P선생이 비로소 냇물에서 눈길을 돌려 나를 바라보았다. 그런 선생은 조금 전처럼 곱게 나를 흘겨보는 눈길이었다.

"내 아들이 죽었을 때."

P선생은 아예 천연덕스러운 표정인 채 여전히 곱게 나를 흘겨보는 눈길이었다. 하지만 나는 차마 더이상 선생의 눈길을 받아내지 못하고 고개를 돌렸다. 비록 겉모습은 여전히 몸가짐 하나 흐트러짐 없이 단정한 자세지만 속으로는 선생 또한 취한 것일까. 아직까지 선생에게 무슨 칼날 같을지도 모를 한마디를 아무렇지도 않게 툭 꺼내다니. 그 한마디에 선생 대신에 오히려 내 쪽에서 가슴이 먹먹해져오는가 싶자, 이내 예의 칼날에라도 찔린 것처럼 명치께에 선명한 통증이 오는 것이었다.

 돌이켜보면 십년 언저리 저쪽의 일일 터이지만, 그 젊은이가 아직도 선생의 눈에 얼마나 생생하게 밟히는가는 언젠가 선생의 글에서 본 적이 있다. 그때 선생은 죽을 때는 반드시 먼저 간 아드님의 인도를 받고 싶다고 했던가. 그렇지 않다면 선생의 죽음은 전혀 의미가 없다고 했던가. 그러면서 그 아드님이 여전히, 가슴을, 아리게 한다,라고 했던가.

 나는 P선생의 눈길을 피해 내린천의 냇물로 눈길을 돌렸다. 잔잔한 물살 위에는 가을햇살이 여전히 금은의 가루가 되어 반짝이고 있었다. 그런 내 등뒤로 또다시 흘리듯 무심한 어투로 선생의 말이 들려왔다.

 "늙는다는 게…… 이렇게 좋은 줄을 몰랐어요."

 나는 차마 P선생의 말을 등뒤로 흘려들을 수가 없어서, 저 냇물이며 가을햇살에서 고개를 돌려 선생을 향했다. 선생의 얼굴을 본 순간, 나는 하마터면 어억, 하고 입밖으로 소리를 내어 놀랄 뻔했다. 선생의 조그만 얼굴이, 평소에는 그렇게도 음전하던 얼굴이 온통 주름으로 덮이다시피 하며 얼굴 전체로 소리없이 웃고 있었다. 눈은 아예 감긴 채 입꼬리가 거의 귀밑에 달라붙도록 전체가 아예 웃음 그 자체인 얼굴, 그 얼굴 위로 흡사 무슨 금은의 분칠이라도 하듯이 가을햇살이 가득히 덮이고 있었다. 나는 선생의 그런 얼굴을 바라보며, 자칫 어떤 혼란마저 느꼈다. 앞서 세상을 떠난 자식을 보낸 일에 대한 선생의 한마디가 아직도 내 명치께에 선명하게 걸려 있는데, 이번에는 저렇듯 얼굴 전체에 넘쳐나는 밝고 커다란 웃음이라니.

아침술을 마시고 다시 승용차에 올라 서울로 돌아오는 내내 나는 P선생의 웃음을 지울 수가 없었다. 마치 그 속에 선생의 삶은 물론 심지어는 자식의 못다 살아낸 삶까지도 한꺼번에 녹아서 스며드는 듯 커다란 웃음. 그 웃음과 함께 선생의 흘리듯 무심한 어투도 간단없이 들려왔다. 늙는다는 게…… 이렇게 좋은 줄을 몰랐어요.

그런 나에게 언제부터인가 P선생의 웃음이 결코 낯설지 않다는 느낌이 왔다. 선생말고도 누구에게선가 분명히 저런 웃음을 본 적이 있다. 어디서 보았더라. 처음에 나는 얼핏 '백제의 미소'라고 일컬어지는 서산마애삼존불(瑞山磨崖三尊佛)의 웃음인가 하고 생각했다. 흔히 우리나라를 소개하는 관광엽서며 관광안내서마다 무슨 감초처럼 등장하게 마련인 마애삼존불은 특히 아침햇살을 정면으로 받았을 때의 웃음이 매우 신비로워 '보살의 미소'라거나 '자연의 미소'라고까지 불리고 있었다. 나 역시, 우연찮은 기회에 실물로 보았던 마애삼존불의 신비스러우면서도 따스한 미소는 오래 기억에 남았다. 그러나 나는 이내 고개를 저었다. 선생과 닮은 웃음은 그렇듯 뛰어난 장인의 손길에 의해 갈고 다듬어져 마침내 예술적 아름다움에 다다른 식과는 거리가 멀다. 그리고 어느 순간 나는 얼결에 탄성을 지르고야 말았다.

"아아, 막둥이!"

그랬다. P선생의 웃음과 흡사 쌍둥이처럼 닮은 웃음은 바로 막둥이의 것이었다. 눈은 아예 감긴 채 입꼬리가 귀밑에 달라붙도록 얼굴 전체에 가득한 웃음이며, 그 속에 자신의 삶은 물론 다른 이들의 못다 살아낸 삶까지도 한꺼번에 녹아 스며드는 듯한 커다란 웃음이며, 그 웃음 위로 무슨 축복처럼 금은의 가루가 되어 덮이던 햇살까지, 영락없이 닮아 있었다.

서너 해 전인가, 나는 한 잡지사의 취재팀에 곁들여 충청도에 있는 양로원 비슷한 복지시설에 다녀올 기회가 있었다. 그 무렵 소위 사상범 출신으로 흔히 미전향 장기수로 불리며 삼사십년이 넘게 기약없는 감옥살이를 해오다가 마지막으로 풀려난 이들이 있었는데, 그이들 중에서 딱히 갈 데가 없는 한두 명이 이 복지시설에 수용되었고, 잡지사에서는 바로 그이들을 취재하는 것이 목적이었다. 그이들뿐만 아니라 이곳에 수용된 이들은 복지시설 입구의 자연석에 적힌 '얻어먹을 수 있는 힘만 있어도 그것은 주님의 은총입니다'라는 표어처럼 저마다 너나없이 가정이며 사회로부터 버림받은 지체부자유자나 정신박약자 같은 행려병자들이 대부분이었다.

바로 그 복지시설에서 나는 다름아닌 P선생과 쌍둥이처럼 닮은 막둥이의 웃음을 만난 것이었다. 돌이켜보면, 그에 앞서 내가 웃음의 주인공 막둥이를 마지막으로 본 것은 무려 30년도 훨씬 넘는 세월의 저편에서였다.

어린시절부터 장돌뱅이 악동들 사이에서 막둥이는 으레 이름 앞에 바보를 넣어 '바보 막둥이'로 불리었다. 그중에는 막둥이라는 이름도 없이 그저 '야, 바보야'라고만 부르며 아예 놀림감으로 삼는 아이들도 적지 않았는데, 정작 막둥이 본인은 자신이 놀림감이 되든 말든 별다른 관심을 보이지 않았다. 다만 막둥이의 어머니 해창댁만은 두 눈을 뒤집다시피 기겁을 하며 길길이 날뛰곤 했다.

"우리 막둥이가 우째서 바보여. 이 화냥년 씹구녕에서 나온 새끼덜아. 한번만 더 우리 막둥이를 바보라고 했다가는 모다 입구녕을 똥뎅이로 처발르고 말 테여."

해방이 된 무렵부터 좌익 물이 든 남편이 산사람이 되었다가 끝내 여순반란사건을 못 넘기자 달랑 핏덩이 하나만 껴안은 청상과부가 된 채 어물전 머리에서 옹기를 팔던 해창댁으로서는 막둥이에 대한 집념이 남다를 수밖에 없었을 것이다. 해창댁은 장사도 아예 팽개친 채 장돌뱅이 악동들을 뒤쫓을 때가 없지 않았는데, 이번에는 거의 난쟁이에 가까우리만큼 작은 키로 흡사 땅에 달라붙은 것처럼 뒤뚱거리며 걷는 해창댁의 걸음걸이 또한 막둥이 못지않은 놀림감이 되었다. 악동들은 복잡한 어물전을 이리저리 에돌며 느린 걸음의 해창댁을 놀려댔다.

"바본께 바보제. 우째서 바보여. 헤에, 막둥이 바아보오. 막둥이 엄니도 바아보오."

우리 같은 아이들이 보기에도 정신이 한참 모자란 것이 분명한 막둥이는, 요즈음의 의학상식으로 보자면, 태어날 때부터 일종의 정신박약이나 정신지체를 지닌 저능아인 셈이었다. 그러나 막둥이는 정신이 모자란 대신에 허우대만은 남달리 우람해서 해창댁은 물론이려니와 같은 또래인 우리보다 머리통 하나는 더 클 정도였는데, 우람한 허우대만큼 힘 또한 장사여서 일고여덟살의 어린 나이에도 어른들이 겨워하는 커다란 옹기들을 번쩍번쩍 들어올리고는 하였다.

막둥이의 우람한 허우대며 장사 같은 괴력을 아쉬워한 것은 비단 해창댁뿐만이 아니라 장터의 어른들 또한 마찬가지여서, 어쩌다 막둥이가 힘을 쓰는 것을 보면 쯧쯧, 드러내놓고 혀를 차는 이들도 없지 않았다.

"허어, 정신만 멀쩡했다면 나라에서도 알어주는 역발산 하나 나올 뻔했는디, 보면 볼수록 심이 아깝구먼그랴."

해창댁은 해창댁대로 막둥이의 정신이 그리 된 걸 자신의 탓으로 돌리며 만나는 사람마다 붙잡고 한탄을 해대고는 했다.

"에레서 열벵을 앓었는디, 아이고오, 이 무식헌 년이 그걸 몰르고 한약을 잘못 믹에가꼬, 무담시 멀쩡한 아그를 망체불었단 말이요오."

막둥이의 최종학력은 초등학교 1학년 중퇴였다. 말이 좋아 1학년 중퇴라지만, 입학한 지 미처 두 달도 채우지 못하고 그만둬야 했는데, 학교에서 퇴학을 당한 것이었다. 나와 같은 반이던 막둥이는 입학 첫날부터 학교 전체에서 대뜸 유명짜한 명물이 되어버렸다. 그것은 무엇보다도 막둥이의 남달리 우람한 허우대며 그 허우대에 걸맞지 않게 모자란 지능에 있었다. 1학년 신입생들뿐만 아니라 전교생들 중에서도 막둥이의 허우대를 넘어서는 학생이 별로 없었는데, 우리반 학생들의 맨 꽁무니에 붙어서 운동장을 행진하며 담임선생이,

"하나둘."

하면, 막둥이의 허우대만큼 우람한 목소리가 우리 반 전체의 목소리를 뚫고 유독 운동장 가득히 울려퍼졌다.

"넷넷."

그러면 담임선생은 기다렸다는 듯이 막둥이를 지적했다.

"정막동! 넷넷이 아니고 셋넷!"

막둥이가 여전히 우람한 목소리로 재빨리 담임선생의 말을 받았다.

"넷넷!"

제 이름을 쓰는 것은 물론이고 하나 둘 셋 넷, 숫자마저 헤아리기 어려웠던 막둥이가 간신히 흉내낸 것이 넷넷이었다.

우리 반 담임선생은 사범학교를 나오자마자 처음으로 우리 학교에 부임해온 여선생이었다. 일요일이었던가, 그 여선생이 마침 장구경을 나왔는지 역전통을 지나가고 있었다. 그런 여선생을 놀려먹기로 작정한 장터의 건달들이 돈을 보여주며 막둥이를 부추겼다.

"막둥아, 이거이 백환짜리란 것은 알겠제야?"

"씨이, 나도 알어, 백환짜리."

"저그 저 여선상 치마만 홀라당 위로 뒤집에뿌러라. 그라면 이 돈은 니 거이 된단 말다아. 막둥이 니는 심도 세고 용감항게 할 수 있겠제?"

"씨이, 나가 그란 것도 못할 줄 알고?"

장터 건달들이 부추기는 바람에 막둥이는 대뜸 여선생 앞을 막아섰다. 그리고 학교에서 배운 대로 먼저 꾸벅 인사부터 했다.

"선상님, 안녕, 하세요오?"

막둥이의 인사에 여선생이 반갑게 알은체를 했다.

"오오, 우리 정막둥이구나. 그래, 잘 놀았니?"

"예에."

막둥이는 대답과 함께 얼른 여선생의 주름치마 자락을 움켜잡고서는 훌쩍, 위로 젖혀올렸다. 그렇게 여전히 주름치마 자락을 잡은 채 길가에 서 있는 건달들을 돌아보았다.

"봐, 내가 했제?"

장터의 건달들뿐만 아니라 마침 장날을 맞아 모여든 숱한 장꾼들에게 치마를 걷어올려 팬티 구경을 시켜준 꼴이 된 여선생은 그만 스르르 땅바닥에 쓰러져내리고 말았다. 스승이 갓 되어 아직도 세상에 부끄러움이 많던 이 처녀 여선생은 결국 얼마 지나지 않아 다른 곳으로 전근을 가고, 막둥이 또한 자연스럽게 학교에서 퇴학을 당했다.

막둥이와 내가 서로 남다른 사이가 된 것은 바로 그해 겨울일 것이다. 해산물 도매상을 하며 장터에서도 제법 번듯한 기와집과 가게를 지니고 살던 우리집이 하루아침에 집은커녕 방 한칸조차 없는 쪽박 신세가 되어 길거리에 나앉아버렸다. 평소에 엉뚱한 구석이 없지 않던 의부가 어머니 몰래 밀수에 손을 대었는데, 그만 물건을 싣고 도착한 장성포 바닷가 현장에서 형사들에게 잡혀버린 것이었다. 의부가 붙들려가고 덩달아 의부와 동업관계에 있던 어머니마저 자금을 대준 공범으로 몰려 감옥에 가게 되었다. 어머니는 부랴부랴 집이며 땅이며 전재산을 팔아서 바치고 감옥에서 풀려나왔지만, 대신에 당장 갈 데가 없어진 우리 식구는 우선 뿔뿔이 흩어지는 수밖에 없었다. 어머니는 어머니대로 이웃집으로 가고, 누나는 누나대로 동무네로 가고, 나는 나대로 외가 쪽의 먼 친척이 되는 집으로 갔다.

내가 간 집에는 마침 풍을 맞아 왼쪽 팔이며 다리를 잘 쓰지 못한 채 거동이 불편한 바깥노인네가 있었다. 노인네와 나는 서로 촌수도 잘 헤아려지지 않는 먼 거리의 외숙질간인 셈이어서 부르기 쉽게 어머니가 하는 대로 용반아제라고 호칭했다. 그렇게 노인네의 방에서 곁붙이로 한겨울을 지내게 되었는데, 그 방에는 나말고도 막둥이가 먼저 곁붙이로 와 있었다. 옹기 수요가 별로 없는 겨울철이면 해창댁은 장터에서 삼사십리 떨어진 바닷가 친정 마을로 가서 해산물을 구해 구례나 곡성 근방의 산간지방을 돌며 곡물로 바꾸는 봇짐장수로 나섰는데, 막둥이는 그동안에 바로 작은할아버지뻘이 되는 노인네한테 맡겨진 것이었다.

노인네의 양쪽에서 곁붙이 노릇을 하게 된 막둥이와 나도, 굳이 촌수를 따져 어렵게 셈을 한다면, 서로 보일 듯 말 듯 아득한 거리에서 한방울쯤 피가 섞인 것인지도 모를 일이었다. 내가 노인네를 용반아제라고 부르자 막둥이 또한 덩달아서 용반아제라고 부르는 바람에 그렇지 않아도 거동이 불편하여 매사에 신경질적인 노인네의 심기를 한껏 사납게 만들었다.

"이눔, 이 짐생 같은 눔, 용반아제가 뭐여? 나는 니 작은할애비여, 이 불학무식헌 눔아아."

노인네의 심기가 사나워지건 말건 막둥이는 태평스러운 표정으로 코방귀까지 뀌었다.

"히잉, 대운이도 용반아제라고 부르는디?"

기어코 심통이 터진 노인네는 머리맡에 둔 회초리를 들어 사정없이 막둥이의 등짝을 후려쳤다.

"이, 이, 금수만도 못헌 놈, 대운이는 대운이고 니는 니여. 아무리 바보천치라고 허제만, 둘이는 촌수가 아조 달른 남남이란 것도 몰른단 말여? 어이구우, 니눔만 보면 조상님들이 지하에서도 눈을 못 감고 통곡을 허시겄다아."

노인네가 사정을 두지 않고 휘두르는 사나운 손속의 회초리가 등짝을 후려치는데도 불구하고 막둥이는 아주 무덤덤한 표정인 채, 흡사 무슨 날파리 한마리라도 쫓는 것처럼 손바닥으로 쓰윽, 등짝을 훑고는 그만이었다.

"씨이, 성가시게 왜 자꼬 때리는 거여?"

막둥이의 그런 태도가 노인네의 심기를 머리끝까지 치솟게 만들어 기어이 막말을 하게 하고야 마는 것이었다.

"어이구우, 우리 집안에 무신 액운이 끼여 말귀도 못 알아듣고 매도 몰르는 저런 인간 말종 같은 것이 튀어나왔을끄나아."

조손간의 티격태격을 지켜보며, 나는 순간적으로 가슴에 밀려오는 막둥이에 대한 어떤 경외(敬畏) 때문에 거의 숨이 멎는 듯한 기분이었다. 노인네의 매질에 대해 일말의 고통조차 느끼지 않는 듯한 막둥이가 숫제 무슨 동화 속의 영웅이나 왕자님들처럼 그다지도 위대해 보일 수가 없었다. 아직 어린 나로서는 정작 막둥이가 매에 둔감한 것은 일종의 정신지체나 정신박약의 영향일 수도 있다는 사실 따위는 아예 염두에조차 둘 수 없는 터였다.

아아, 노인네가 휘두르는 회초리의 사나운 손속이라니. 노인네에 곁붙이로 사는 내내 나는 밤이 되어 잠자리에 들 시간만 되면, 노인네가 휘두를 회초리에 대한 공포 때문에 잠이 들 때까지 몇번이고 내복에 오줌까지 지리며 전전긍긍해야 했다. 노인네가 기거하는 사랑방은 방이 넉넉하게 넓은 대신에 외풍이 만만치 않았는데, 방안의 온기가 아랫목에만 몰려 있는 새벽녘이면 추위를 느껴 나도 모르게 노인의 품으로 기어들고는 한 모양이었다. 그러면 노인네는 기다렸다는 듯이 회초리로 나의 정강이며 발목을 후려치고는 하였다.

"발목댕이 저리 안 치워? 어이구우, 에린 놈이 도대체 웬 발길질이 이리도 독하다냐아."

불행하게도 막둥이 같은 무신경을 지니지 못한 나는 노인네의 사나운 손속에 자다 말고 깨어나 낑낑거리며 울 수밖에 없었는데, 노인네는 그런 나에게 윗목에서 아무렇게나 퍼져 자고 있는 막둥이를 가리

키고는 하였다.

"저그 막둥이 잠 봐라. 초저녁에 잠자리에 든 그대로 엄마나 얌전하
게 자고 있냐아. 근디 니는 잠만 들었다 하면 나한티 기들어와서는 허
구헌 날 독한 발길질이니 나가 어디 내 멩대로 살다 죽겠냐."

잠자리에서말고도 나는 이따금씩 아침 밥상머리에서 노인네의 회
초리 세례를 받을 때가 있었다. 비록 같은 밥상이지만 대식가인 막둥
이에게는 아예 나의 두 배는 되는 밥이며 반찬이 따로 나왔고, 막둥이
는 그런 구별에 만족한 듯 노인네의 밥이며 반찬에 별 미련을 갖지 않
았다. 문제는 바로 노인네와 반찬을 함께 먹어야 하는 내 쪽이었는데,
그때까지 먹고 자는 데 별 어려운 고비가 없이 지내온 나로서는 아무
래도 반찬을 고르는 데 조심성이 없게 마련이었다. 장조림이나 갈치
자반 등 평소에 못 본 색다른 반찬이 올랐다 싶어 내 젓가락이 건너가
면 노인네는 기다렸다는 듯이 회초리를 들어 내 손등을 후려쳤다.

"손 저리 치워. 그건 니 같은 아그들이 묵을 거이 아녀."

내가 젓가락을 뻗쳤다가 노인네로부터 회초리를 얻어맞은 반찬 중
에는, 어른들 젓갈질로 겨우 한입 될까 말까 한 무슨 김치가 조그만
종지에 담겨 나온 것도 있었다. 나로서는 처음 대하는 것으로, 분명히
김치 같기는 한데 예사 김치와는 달리 참깨며 마늘 같은 양념 범벅에
다가 토막낸 낙지까지 고명으로 섞여 있어, 보기에도 여간만 군침을
돌게 하는 것이 아니었다. 노인네에서 달포 가량을 지낸 무렵 어머니
가 어렵사리 방 한칸을 마련하게 되어, 마침내 마지막 아침밥을 먹는
자리에서였다. 그날도 예의 예사롭지 않은 김치가 종지에 담겨 상에
올랐는데, 무슨 생각이 돌았는지 노인네가 불쑥 내 앞으로 종지를 밀
었다.

"아나, 이거, 대운이 니 다 묵어라."

종지에 담긴 김치를 입으로 넣는 순간, 뜻밖에도 나의 두 눈에서 걷잡을 수 없는 눈물이 쏟아져내리고 말았다. 내가 얼굴이 온통 눈물투성이가 되어서도 한입 가득히 우적우적 김치를 씹고 있자, 그때까지 잠자코 있던 막둥이가 끼여들었다.

"씨이, 나도 줘."

훗날 나는 그 김치가 바로 고들빼기 김치라는 것을 알았다. 그러나 그로부터 까마득한 세월이 흐른 뒤로도, 나는 그때처럼 맛있는 고들빼기 김치를 다시 만나지 못했다.

우연찮게 막둥이와 달포를 함께 지낸 뒤로, 나는 다른 아이들처럼 그를 함부로 대할 수가 없었다. 다른 아이들을 따라 막둥이 바보, 하며 놀려대기에는 한번 나의 머릿속에 박힌 그에 대한 경외가 매우 강했을 것이다. 그런 경외는 어린 나로 하여금 어쩌면 막둥이는 동화책의 왕자처럼 못된 마귀할멈의 마술에 걸려 제 모습을 잃어버린 것인지도 모르며, 언젠가 마술이 풀리는 날 누구보다도 늠름하고 훌륭한 제 모습을 나타낼지도 모른다고, 나름대로 한껏 상상의 날개를 펼치게 했다.

막둥이 또한 내가 그를 대하는 것이 남다르다는 것을 어렴풋이나마 느낀 모양이었다. 어쩌다 장터에서 서로 마주치면, 그는 다짜고짜 나를 덥석 껴안아올리고는 온몸을 흔들어대며 사뭇 요란하게 반가운 기색을 드러내고는 했다.

"대운아, 으히히히."

어디서든 나만 보았다 하면 부리나케 달려와 덥석 껴안아올려 일단 온몸을 흔들어대야 직성이 풀리는 막둥이 나름대로의 반가운 기색은,

훗날 내가 고등학교를 다니다 말고 장터로 내려와 건달들의 똘마니 노릇을 할 때까지 계속되었다.

스스로 고등학교를 자퇴하고 기꺼이 건달들의 똘마니가 된 무렵, 나는 사생아에다가 시골장터의 가난한 장돌뱅이 출신이라는 자신의 삶의 조건에 대하여 정도 이상으로 추악하고 음습하게 여기던 터였다. 당시 내가 치를 떨다시피 싫어했던 말들은 내일이니, 희망이니, 은총이니, 장미니, 영혼이니, 박하향기니, 5월의 아침이니 하는 따위들이었다. 그런 식으로 똘마니가 된 내가 자신에 대하여 취할 수 있는 일이란 한껏 자기혐오에 빠지는 것밖에 없었다. 그랬다. 나는 자기혐오에 빠져 허우적거리듯이 건달들의 싸움판에 뛰어들어 닥치는 대로 주먹을 휘둘렀다.

내가 천둥벌거숭이가 되어 어느 무죄한 시골사람에게 주먹을 휘두르는 것을 어쩌다 막둥이가 본 모양이었다. 한주먹에 쓰러져 발 아래 뒹구는 시골사람에게 찌익, 침을 뱉고 돌아서는 나를 막둥이가 막아섰다. 여느 때처럼 나를 덥석 껴안아올리는 대신에 그는 두 주먹을 불끈 쥔 채 나를 향해 부르르 온몸을 떨어대고 있었다.

"나, 나쁜 놈."

그렇게 온몸을 떨어대는 막둥이의 커다란 두 눈에는 나를 향한 것이 분명할 어떤 의아심과 배신감이 가득히 담겨 있었다. 그의 눈빛을 받는 순간, 나는 숨이 막히는 듯한 기분이었다. 막둥이에 대해서 저 동화책의 왕자와 같은 상상은 이미 버렸듯이, 그에 대해 가졌던 어떤 경외 또한 희미하게 색이 바랜 지 오래였다. 또한 노인네의 사나운 손속마저 무위로 돌려버리던 막둥이의 무신경은 고작해야 정신지체나 정신박약이 그 원인이라는 사실을 익히 알고 있는 터였다.

그럼에도 불구하고 막둥이의 눈빛을 받는 순간 나는 또다시 그에 대한 어떤 경외에 빠져들고 말았다. 저 의아심과 배신감으로 가득한 눈빛은 결코 바보의 눈빛이 아니다. 아니 바보의 둔감한 신경 따위와는 전혀 거리가 멀다. 그렇다. 평소에 나에 대한 애정이 없었다면 결코 저런 눈빛은 생기지 않는다. 아아, 도대체 어쩌자고 막둥이는 기껏해야 자기혐오에 빠져 주먹이나 휘두르는 나에게 저런 눈빛을 보내는 것인가. 그리고 나는 저런 눈빛을 받을 자격이나 있는 자인가. 나는 막둥이의 눈빛이 경외스러운 만큼 그의 눈빛을 받고 있는 자신이 수치스러웠다. 모르기는 해도 내가 좀더 일찍 건달들의 똘마니 노릇에서 벗어나고, 그리하여 자신의 출신성분과 나름대로 화해하는 법을 배우기 시작한 것은 막둥이에 대한 경외가 동기가 된 면도 없지 않을 터였다.

내가 대학에 들어간 해에 막둥이는 결혼을 했다. 마침 겨울방학을 해서 고향에 내려와 있을 때였는데, 사모관대를 하고 초례청에 서서 신부의 술잔을 받는 신랑 막둥이는 평소와는 달리 의젓한 모습이었다. 그런 막둥이는 어쩌다 나와 눈이 마주쳐도 소 닭 보듯 데면데면한 눈길이었다. 나는 씁쓸한 마음으로 그의 눈길을 받아들였다. 저 의아심과 배신감이 담긴 눈길 이후, 나는 막둥이에게서 덥석 나를 껴안아 올려 흔들어대는 식의 반가운 인사는 두번 다시 받아본 적이 없었던 것이다.

돌이켜보면 막둥이로서는 결혼을 하여 첫아이를 낳기까지의 별로 길지 않은 시간이 그의 생애 중에 가장 행복한 시기가 아니었나 싶다. 신부는 해창댁이 친정 마을 부근에서 돈을 주고 사다시피 구한 처녀였는데, 해창댁과 서로 견줄 만큼 작은 키에 왼쪽 눈에 눈알이 없이 숫제 무슨 구멍처럼 움푹 파인 애꾸눈이었다. 남다른 억척빼기로 옹기전과 함께 일수놀이도 벌여 이제 장터에다가 어엿한 기와집도 장만한 채 더이상 남부러울 것이 없는 해창댁은, 신부를 데려오자마자 당장에 병원으로 데려가 큰돈을 들여 눈에 개눈을 박아주어 적어도 겉으로만은 사대육신이 멀쩡한 며느리로 만들어냈다. 이제 이십대에 접어든 막둥이도 기골이 장대한 청년으로 힘을 쓰는 데는 장터의 누구도 자리를 넘볼 수 없는 막일꾼이 되어, 장날 아침이나 파장 무렵이면 벌교나 보성 같은 인근에서 온 장꾼들이 무거운 짐들을 트럭에 부리고 싣느라 여기저기서 막둥이를 애타게 소리쳐 불러댔다.

막둥이는 첫아이를 밴 신부가 어쩌다 장터에 모습을 나타냈다 하면 기다렸다는 듯이 어디서인지 모르게 쏜살같이 달려와 두 팔로 껴안아 올려 팽이를 돌리고는 하였다.

"으히히히히, 색시야아."

막둥이가 귀가 찢어져라 웃으며 좋아하면,

"오매, 왜 이란다요. 사람을 이르코롬 어지롭게 맹글어뿔면 나는 우짜라고 그란다요오."

허공으로 번쩍 치켜올려진 신부는 남보다 많이 짧은 팔다리를 허둥대고는 하였다. 그러면 옆에 있던 장꾼들이 이 갓된 부부를 향해 너나없이 한마디씩 부조로 던졌다.

"오매, 막둥이는 좋겄는 거. 저르코롬 이쁜 새악시를 얻어서."

"어디 막둥이만 좋당가. 새악시밖에 몰르고 저르크롬 낮밤도 없이 끼안고 산단디이."

막둥이의 첫아이는 아들이었는데, 그러나 세상에 태어난 지 미처 사흘을 넘기지 못한 채 딸각, 숨이 멎고 말았다. 그런데 해창댁에서 비롯하여 장터에 퍼진 소문으로는 아이가 자궁에서 나오는 순간부터 해괴하게도 마치 뱀이 똬리를 트는 것처럼 온몸을 비비 꼬더니 죽을 때까지 여전히 온몸을 비비 꼬더란 것이었다. 목숨보다 귀한 손주를 놓친 해창댁은 대뜸 입에 거품을 물었다.

"오매, 알토란 같은 내 손주. 내 손주는 기냥 죽은 거이 아녀. 구렝이, 구렝이 땜시여. 하문, 저 웬수녀르 당골레 새끼가 쥑인 거여. 오냐, 어디 두고 보자아. 내가 기냥 멜갑시 당허고만 있을 중 아냐."

'당골레 새끼'란 해창댁 작은방에 세들어 사는 당골레의 큰아들 춘근이를 가리키는 말이었는데, 그는 나와 함께 장터 건달들의 똘마니 노릇도 한 사이였다. 막둥이의 신부가 배가 보름달만큼이나 불러온 만삭 무렵에 춘근이는 부주의하게도 어디서 잡은 구렁이를 집으로 가져와 뒤뜰에서 산 채로 껍질을 벗겼는데, 어쩌다 그 광경을 목격한 신부가 놀란 나머지 그만 혼절을 한 채 벌러덩 뒤로 나자빠져버린 모양이었다. 해창댁이 구렝이 운운하며 손주의 죽음을 춘근이 탓으로 돌린 것은 그 이유에서였다.

손주를 잃은 해창댁의 깊은 원한에도 불구하고 춘근이의 일은 결국 당골레가 다른 곳으로 이사를 가는 것으로 끝났다. 그러나 한번 불어닥친 불행은 그 뒤로도 해창댁을 결코 그대로 피해가지 않았다. 첫아이를 날려버린 며느리 또한 해산자리에서 벗어나지 못한 채 반년 남짓 시름시름 앓더니 그만 아이의 뒤를 따라가고 만 것이었다. 그리하여 또다시 두 식구만 달랑 남겨진 해창댁은 만정이 떨어진 장터를 더이상 견뎌내지 못한 채 모든 것을 정리하여 친정 마을로 돌아갔다.

막둥이와 나 사이에도 바로 그 길로 소식이 끊겨버린 셈이었다. 아니, 그 사이에 막둥이에 대한 소식이 전혀 없었던 것은 아니었다. 구태여 찾아볼 가까운 일가붙이라고는 없는 고향이란 그만큼 멀게 여겨지게 마련이어서, 나 또한 사오년에 한번씩 그야말로 징검다리 건너 뛰는 식으로 고향을 찾아가고는 했는데, 그런 귀향길에서 무심코 막둥이의 소식을 흘려들은 것이었다. 소식으로는, 친정 마을로 돌아간 지 몇해 지나지 않아서 해창댁 또한 병이 들어 세상을 뜨자, 홀로 남겨진 막둥이는 어디 한군데 정착하지 못한 채 여기저기 떠돌아다니는 비렁뱅이 신세가 되었다고 했다. 그렇게 비렁뱅이로 변한 막둥이가 어느 해인가 불쑥 고향에 모습을 나타냈는데, 기골이 장대하던 막일꾼의 모습은 온데간데없이 이미 온몸에 병색이 완연한 행려병자가 되어 있더라는 것이었다.

  30년도 훨씬 넘어 다시 만난 막둥이는 내가 이제 막 지나치는 건물의 벽 아래에서 초겨울의 햇살을 받으며 해바라기를 하고 있었다. 복지시설에서 곁눈으로 훔쳐본 수용자들은 대부분이 누가 보아도 금방 행려병자나 비렁뱅이 출신이라는 것을 한눈에 알 수 있을 만큼 특유의 어딘가 짓눌린 듯 어눌하면서도 얼뜬 표정과 함께 부자유스러운 몸짓을 하고 있었는데, 건물 벽에 붙어앉아서 해바라기를 하는 이들도 마찬가지였다. 그렇게 어눌하고 부자유스러운 대여섯 명이 한무리가 되어 서로 체온이라도 나누려는 듯이 엉켜 있었는데, 그들 중 우연하게 나와 눈이 마주친 한명이 바로 막둥이였다.

  아니, 어쩌면 눈이 마주치기 전에, 나는 그들 중에서도 어쩐지 남달라 보이는 누군가의 기이한 자세에 먼저 눈길이 갔는지도 몰랐다. 누군가는 아예 땅바닥에 질펀하게 퍼질러앉아 내지르듯 두 발을 뻗고 있는 자세였는데, 함께 해바라기하는 이들 중에서 그만이 유일하게 신발도 양말도 없는 맨발이었다. 그의 그런 자세가, 기이하게도 나에게는 전혀 엉뚱한 의미로 반전된 것이었다. 이를테면 그의 자세는 자신의 안으로 내려간 누군가가 더이상 내려갈 곳이 없는 밑바닥에 다다라 마침내 이루어낸 평화 그 자체로 여겨진 것이었다. 내가 평화의 주인공을 찾아 눈길을 위로 더듬어 올렸을 때, 거기에는 결코 낯설지 않은 눈이 있었다.

나는 순간적으로 가슴이 오그라드는 듯한 충격과 함께 누군가의 앞에서 주춤, 발걸음을 멈추었다.

"니, 니, 막둥이지야?"

그러자 막둥이가 불현듯 나를 향해 활짝 웃어 보였다. 눈은 아예 감긴 채 입꼬리가 귀밑에 달라붙도록 얼굴 전체에 가득한 웃음이었다. 그리고 바로 그 웃음 위로는 무슨 축복처럼 초겨울의 햇살이 금은의 가루가 되어 내려쌓이고 있었다. 나는 그의 가득한 웃음 속에 이제껏 그가 살아낸 삶이며, 또한 해창댁이며, 그의 신부며, 심지어는 그의 첫아이까지, 그들이 못다 살아낸 삶까지도 모두 한꺼번에 녹아 있는 것을 보았다.

—『창작과비평』 2002년 봄호

정애 이야기

가메뚝이란 나의 외가가 있는 마을 이름이었다.
마을이라지만 모두 대여섯 채 정도 될까 한 집들이
그것도 한채 한채가 저마다 강둑을 따라 띄엄띄엄 떨어져 있는,
그리하여 마냥 적막하기만 한 곳이었다.
이를테면 가메뚝은 가까운 곳에 하구가 있는 강촌인데,
일찍이 식민지 시절에 바다를 막아 간척지가 된 드넓은
논들이 바둑판처럼 펼쳐지기 전에는 아무도 찾지
않는 버려진 바닷가였을 것이다.

정애 이야기

"혹시 작가분 대운씨 아니세요?"

흔히 소심한데다가 어딘가 찔리는 구석이 없지도 않은 중년남자가 그렇듯이, 어느날 느닷없이 낯선 여자의 전화를 받았을 때, 나 또한 왠지 모르게 겁부터 났다. 도둑이 제 발 저린다는 말처럼, 전혀 정체를 알 수 없는 여자가 정확하게 내 이름이며 직업 따위 신분을 알고 있다는 것이 우선 께름칙했던 것이다. 이 다음에는 무슨 난데없는 말이 튀어나올 것인가.

"그, 그런데요?"

나는 일단 뒤로 한발 물러서는 듯한 기분이 되어 말꼬리를 흐렸다. 그렇다. 나는 저쪽을 모르는데 저쪽에서 이쪽을 알고 있다는 것은 얼마든지 경계의 대상이 되는 것이다. 자신도 미처 헤아릴 수 없는 캄캄한 기억의 저편에서, 언젠가 그만 이 여자에게 뒷덜미 잡힐 무슨 짓을 저질렀는지도 모른다.

"그런데요라니, 야, 나 몰라?"

나의 께름칙한 기분에는 전혀 아랑곳없이 낯선 여자는 전화기 속에서 갑자기 말투를 바꾸었다. 그녀는 내가 자신이 찾던 당사자라는 것을 확인하자마자, 지금껏 어눌하게 더듬거리던 말투며 깍듯한 경어를 집어치우고 아예 해라로 나선 것이었다.

"누구……신데요?"

여자의 돌변한 말투에 나는 여차하면 도망칠 수 있도록 아예 두 발을 물러서는 기분으로 조심스럽게 되물었다.

"나, 정애야, 김정애."

"김정애……라구요?"

내가 여전히 더듬거리듯 조심스럽게 되묻자, 김정애라는 여자는 목소리의 톤을 한 옥타브 더 올렸다.

"야, 아무리 세월이 많이 흘렀다고는 하지만, 네가 이 김정애를 모르다니, 세상에, 너무 섭섭하다야. 너만은 적어도 언제까지나 나를 기억하고 있을 줄 알았는데……"

여자의 자신만만한 말투에 나는 이번에는 그만 등에 식은땀마저 흐르는 기분이 되고 말았다. 아무리 기억 속을 더듬어보아도 전혀 생경하기만 할 뿐인 이름의 주인공이 은근히 나와는 심상치 않은 사이였음을 시위하고 있다. 아아, 혹시 젊은 어느날 우연히 술에 취하여 맺은 짧은 하룻밤의 방탕이 오늘 드디어 그 결과를 드러내는 것은 아니랴.

"죄송하지만, 혹시 사람을 잘못 아신 것은 아닌가요?"

내가 조심스럽게 되묻자, 여자는 키득, 웃음마저 터뜨렸다.

"옴머, 발뺌을 하기는……"

"발뺌이라니요? 그, 그럴 리가……"

나는 정말로 여자에게 무슨 파렴치한 죄라도 저지르고 그 발뺌을 하고 있는 것처럼 숫제 목소리마저 떨려나올 정도였다.

"좋아, 발뺌이 아니라니까 그 말을 믿지. 정말로 모를 수도 있을 테니까. 돌이켜보면 우리가 서로 못 본 지 벌써 삼십년이 넘은 셈이야."

여자는 무슨 인심이라도 쓰듯이 내 말을 인정하더니, 문득 말머리를 돌렸다.

"역시 작가라서 보통 사람들하고는 다르더라. 일부러 그런 것은 아닌데, 네 소식을 알려고 신문사며 잡지사며 동창들이며 몇군데 연통을 넣었더니, 그동안 네가 살아온 것에 대하여 대충 알 만한 것은 다 알겠던데?"

여자의 말을 들을수록 점점 불안해지는 나의 마음에는 아랑곳없이 그녀는 제멋대로 엉뚱한 말을 서슴지 않았다.

"야, 그런데 너 정말로 그렇게 바람둥이냐?"

"………?"

"네 글을 보면 거의가 바람 핀 이야기뿐이던데? 야, 그렇게 바람 핀 이야기도 글이 된다는 것을 나는 네 글을 보고 첨 알았지 뭐냐? 물론 다른 작가들의 글은 아예 읽어보지도 않아서 너만 그런 것인지 아니면 다른 작가들도 다 그런 것인지 자세하게 알 수는 없지만. 평소에 나는 작가란 무슨 목사님이나 신부님들처럼 굉장히 훌륭하고 품행도 그만큼 방정해야 되는 걸로 알고 있었거든. 그런데 네 글은, 뭐냐, 여자관계뿐만이 아니라 다른 것들도 포함해서, 으음, 퇴폐적이라고 할까, 반도덕적이라고 할까, 하여튼 모조리 나쁜 짓뿐이던데? 어떻게 보면 작가가 참 용감하게 생각되기도 하지만, 한편으로는 꼭 그런 나쁜 짓들을 무슨 벼슬이나 한 것처럼 세상에 드러내놓고 광고를 하는 식이라야 되는 것인지, 하고 작가라는 이들이 싸잡아 이상하다는 생각도 들더라고."

"………"

"후웃, 그리고 보면 세상은 참 요지경 속이야. 네가 글을 쓰는 작가가 된 것이나, 작가가 되어서도 옛날처럼 여전히 나쁜 짓을 하고 있는 것이나. 초등학교 때도 너는 오죽 악동이었냐? 걸핏하면 약한 아이들이나 때리고 기집애들이나 울리고, 그러다가 교무실에 끌려가 선생님들한테 매나 맞고…… 아, 또 한가지 생각이 난다. 너, 사학년 땐가도 벌써 담배를 피우다 들켜 온 교실을 돌아다니며 '나는 담배를 피웠습니다, 나는 담배를 피웠습니다' 하고 광고를 했었지? 그 뒤부터 학교 졸업할 때까지 네 별명이 사고부장이 되었고…… 바로 그 사학년이 끝나고 통신표를 나눠줄 때 담임선생님이 너한테 말했던 걸 설마 잊어먹은 것은 아니지? 아무개는 성적은 우수하지만 품행이 단정하지 못해서 우등상을 못 준다, 하던 말 말이야."

여자의 말을 들으면서 나는 새삼스럽게 되살아오는 어떤 부끄러움 때문에 어쩔 수 없이 얼굴이 벌겋게 달아올랐을 것이다. 그렇게 얼굴이 벌겋게 달아오른 채, 나는 비로소 '아하, 이 여자는 내 초등학교 동창인 모양이구나' 하고, 여자의 신분에 대하여 대충 감을 잡을 수 있었다. 그러나 그렇듯 나에 대하여 미주알고주알 속속들이 알고 있는데도 불구하고, 그녀의 이름이나 얼굴 따위는 아직도 전혀 기억 속에 떠오르지 않았다.

"그러면 초등학교 동창인 셈인가요?"

내가 묻자, 여자는 다시 한번 '옴머', 하고 감탄인지 비난인지 모를 외마디 소리를 질렀다.

"그럼 너는 아직도 나를 모르겠다는 거야?"

내가 잠자코 있자, 여자는 혼잣말처럼 중얼거렸다.

"정말 모르는 모양이네."

혼잣말 끝에 여자는 잠시 침묵을 지키더니, 얼마 지나지 않아 다시 말을 이었다.

"그럼 너 혹시 마리보시는 기억나냐?"

"마리보시?"

마리보시란 일본말인데, 요즈음의 대한통운과 같은 운송업으로, 기차에 실을 화물을 수송하거나 혹은 기차에서 내린 화물을 맡아두는 곳이었다. 마리보시의 커다란 창고며, 창고 앞에 쌓여 있던 쌀가마니들, 그리고 그 쌀가마니 사이를 생쥐처럼 뒤집고 다니며 흩어진 쌀알들을 쓸어모으던 어린시절의 나……

"그래, 역전에 있던 마리보시. 그 마리보시가 내 집이었어."

여자의 말에 나는 비로소,

"아아."

하고 짧은 비명소리를 내었다.

"그래, 기억이 나. 정애, 김정애."

그러자 전화기 속에서 정애가 다시 또 한 옥타브 높은 목소리를 내었다.

"바보, 이제야 나를 기억해냈구나."

나는 전화기 속의 보이지 않는 정애를 향하여 머리까지 몇번이나 끄덕였다.

"그래, 이제 확실하게 기억이 나. 넌 언제나 눈썹을 덮을 듯 말 듯

반듯한 단발머리를 하고 다녔어."

"단발머리를 기억해낸 걸 보니까, 정말로 내가 기억이 나긴 난 모양이네."

정애도 감회가 새로운 모양이었다. 마리보시며 정애를 떠올리자 거기에 그녀의 아버지도 덩달아 떠올라왔다. 고혈압에다가 당뇨기마저 있어서 언제나 술에라도 취한 것처럼 불그스레한 얼굴로 돌아다니던 그녀의 아버지를 나는 어린시절부터 아제, 아제, 하며 따랐는데, 어른들은 태완씨라거나 아니면 일본식 호칭인 짐센이라고 부르기도 했다.

"너 우리 아버지한테 오줌, 참 많이도 팔아먹었지?"

정애가 문득 생각이 났다는 듯 불쑥 물어왔고,

"그, 그래."

나는 또다시 얼굴이 벌겋게 달아오르며 얼결에 말을 더듬었다. 그러자 기억의 저 먼 곳에서 대여섯살의 어린아이가 나타나 놋주발에 오줌을 누기 시작했다. 어린아이 앞에는 두 손으로 놋주발을 받쳐든 정애 아버지가 엉거주춤 앉아 있다. 벌써부터 마려웠던 오줌인지라 어린아이의 오줌발은 기세좋게 놋주발을 내려치고, 정애 아버지는 넋이라도 빠진 듯 어린아이의 오줌발을 구경하고 있다. 어른들의 말로는 어린아이들의 오줌이 바로 정애 아버지의 지병인 고혈압이며 당뇨기의 약이 된다고 했다.

"그놈, 오줌발 한번 좋고오."

정애 아버지의 감탄에 어린아이가 기다렸다는 듯이 한껏 자랑스러운 얼굴로 묻는다.

"아제, 내 오줌이 젤로 좋지?"

"그럼, 젤로 좋고말고."

어린아이의 오줌발이 멎자마자, 정애 아버지는 놋주발을 들어 단숨에 들이마신다. 오줌을 마시기가 무섭게 어린아이가 정애 아버지에게 손을 내민다.

"아제, 돈 줘."

어린아이의 손바닥에는 이내 동전 한닢이 떨어지게 마련이다. 정애 아버지는 어린아이의 자지를 손으로 쓰윽, 한번 쓰다듬어주는 것을 잊지 않는다.

"그놈, 귀엽기도 하지. 이따가 또 오줌이 마려우면 절대로 딴데서 누지 말고 얼른 여기로 와야 헌다아."

"알았어."

대답과 함께 어린아이는 뒤도 돌아보지 않고 눈깔사탕 가게나 아이스케키 장사에게 내달리게 마련이다. 그런 어린아이의 눈길에 이따금씩 마리보시 안집 대문께에 숨어 있는 역시 또래의 단발머리 계집아이가 잡히고는 했던가.

"아아."

나는 미처 자신도 모르는 사이에 고통스러운 신음소리를 내고 말았다. 기억이 단발머리 계집아이에게 미치자, 순간 누군가로부터 날카로운 비수로 찔리는 것같이 심장께에 걷잡을 수 없는 통증이 온 것이었다.

"야, 갑자기 왜 신음소리를 지르고 그래?"

정애가 전화기를 통해서 나의 엉뚱한 신음소리를 들은 모양이었다.

"아, 아무것도 아냐. 잠시 다른 생각 좀 하느라고."

나는 아무것도 아닌 것으로 정애에게 대충 얼버무렸지만, 그러나 나의 기억 속에 떠오른 어떤 장면은 결코 그런 식으로 얼버무려지지 않았다. 그랬다. 그 어떤 장면은 30년이 넘은 세월에도 불구하고, 기억 속에 떠오르자마자 나에게 걷잡을 수 없는 통증이 되었다. 그렇듯 나에게 아직도 선명한 통증의 장면을 어떻게 잊는단 말인가.

"그런데 웬일이야? 나한테 전화까지 다 하고……"

흡사 저 선명한 통증의 장면으로부터 도망이라도 치듯이, 나는 서둘러 말머리를 돌렸다.

"일년 전에 남편이 죽었어."

나의 물음에 대한 대답 대신 정애는 엉뚱한 말을 했다.

"남편이 죽었어?"

"그때부터 이상하게도 꼭 너를 만나야만 될 것 같았어."

"………?"

"정말이야. 너를 만나지 않고서는 이제부터 난 아무것도 못할 것만 같았어. 남은 삶을 어떻게 해야 할지 그만 막막해져버렸어. 그만둬야 하는 건지, 아니면 그래도 살아내야 하는 건지…… 갑자기 이런 허무 맹랑한 생각들이 떠오르는 거야."

"………"

"괜찮다면 한번만 만나주지 않을래? 한번이면 돼. 더이상 귀찮게 굴지 않을게. 너한테 뭐 한가지만 확인하고 싶어서 그래. 그뿐이야."

정애의 간절한 부탁 때문이 아니라, 나는 저 선명한 통증 때문에라도 정애를 만나지 않을 수 없었다. 나는 정애와 만날 시간이며 약속 장소를 정했다.

"참, 너, 조금 전에 신음소리를 냈을 때 말이야, 그때 문득 가메뚝이 생각난 거지?"

정애는 이제 막 전화를 끊으려다 말고, 나에게 기어코 저 선명한 통

증의 장면을 입밖에 드러내고 말았다. 내가 대답을 머뭇거리자 정애
는 다시 한번 확인을 했다.

"그렇지? 가메뚝이 생각났지?"

"그래."

"그럴 줄 알았어. 어쩐지 그런 것 같더라."

가메뚝이란 나의 외가가 있는 마을 이름이었다. 마을이라지만 모두
대여섯 채 정도 될까 한 집들이 그것도 한채 한채가 저마다 강둑을 따
라 띄엄띄엄 떨어져 있는, 그리하여 마냥 적막하기만 한 곳이었다. 이
를테면 가메뚝은 가까운 곳에 하구가 있는 강촌인데, 일찍이 식민지
시절에 바다를 막아 간척지가 된 드넓은 논들이 바둑판처럼 펼쳐지기
전에는 아무도 찾지 않는 버려진 바닷가였을 것이다.

가메뚝은 내가 살고 있는 면소재지에서부터 논두렁길을 타고 걷다
보면 어린아이의 걸음으로 삼십분 남짓 걸리는 거리였다. 서당 훈장
이던 외할아버지며 외할머니가 죽은 다음에는 외가에는 큰외삼촌이
살고 있었는데, 역시 가메뚝 마을답게 강둑 아래 달랑 한채만 외따로
떨어져 있었다.

내가 곧잘 가메뚝을 찾아간 것은, 무엇보다도 어머니와 누나와 나
이렇게 세 식구밖에 없는 우리집과는 달리, 나와 나이가 위아래로 고
만고만한 외사촌 형제들이 일곱 명이나 득시글거리는 번잡함이 좋아
서였다. 가메뚝에 가기만 하면 그렇듯 득시글거리는 외사촌 형제들과
함께 해종일 강에서 목욕을 하거나 모래밭에서 씨름을 하기도 하고,
그러다가 둑에 매어놓은 소를 타고 놀거나 쪽대로 물고기를 잡거나
했다.

외가가 자리잡은 곳은 강뿐만이 아니라 수로가 십자로 만나는 교차

점 옆이기도 했는데, 이 수로는 드넓은 간척지에 필요한 농수를 공급하기 위하여 일부러 만든 보성강 수력발전소에서부터 비롯하여 간척지를 빙 둘러 한바퀴 돈 다음에 하구로 빠지고 있었다. 평상시에는 수로에 물이 별로 없는 편이었지만, 어쩌다가 발전소에서 급하게 물이 쏟아져오면, 나와 외사촌 형제들은 어른들의 타박이며 매질에도 불구하고 저마다 풍덩풍덩 수로로 빠져들곤 했다. 그것은 무엇보다 급류로 뛰어들어 둥실둥실 물살 속으로 떠내려가는 재미를 어른들의 매질만이 아니라 다른 어떤 것과도 바꿀 수가 없기 때문이었다.

그런 외가에 가기 위해서는 그러나 나는 매번 오금이 저리는 것 같은 두려움과 무서움을 함께 겪지 않으면 안되었다. 면소재지에서 논둑길을 타고 한참을 걷다보면 드디어 들샘머리가 나온다. 이미 이 들샘머리에 이르러서부터 나는 차츰 오금이 저려오기 시작하는 것이다.

가메뚝의 첫 집이 있기도 한 들샘머리에는 미친년이 살고 있었는데, 미친년은 마침 내가 지나가기를 기다렸다는 듯이 무슨 괴이한 짐승의 울부짖음과도 같은 소리를 질러대어 나의 발길을 가로막는 것이었다. 항상 손발을 묶인 채 방안에서만 갇혀지내는 미친년은 어쩌다가 식구들의 감시가 소홀해지면 묶인 끈을 풀고 곧장 집을 빠져나갔다가 얼마 후에 아기를 밴 채 다시 돌아온다고 했다. 그리하여 아이가 태어나면 이번에는 목을 졸라서 죽여버린다고도 했다. 미친년의 울부짖는 소리에 놀란 내가 두 귀를 막다시피 한 채, 걸음아 나 살려라, 하고 뛰다보면, 얼마 지나지 않아 이번에는 문둥이가 사는 집이 나온다.

문둥이가 사는 집에 이르러서는 나도 이미 두 주먹에 하나씩 자갈돌을 드는 것을 잊지 않는다. 그것은 만일 문둥이가 쫓아오면 자갈돌을 던지고 도망쳐야 한다고 외사촌 형제들이 일러주었기 때문이다.

외사촌 형제들은 무엇보다도 문둥이는 우리 같은 어린아이들의 간을 가장 좋아한다는 말도 덧붙였다. 그러다보니 어느 때는 집에 문둥이가 있고 없고를 가리지 않고 사립문 안으로 일단 돌멩이부터 던져놓고 도망치기도 한다.

아아, 처음으로 문둥이를 보았을 때의 무서움이라니. 어느 해 겨울엔가 무심코 그 집을 지날 때, 사립문 옆에 앉아서 해바라기를 하고 있던 누군가가 고개를 들어 힐끔 나를 바라보았다. 눈썹이 없는 얼굴 전체가 고름이라도 잡힌 듯 빤질거리는 데 비해 콧날이 썩어문드러진 채 두 구멍만 움푹 파인 코는 그때까지 말로만 듣고 한번도 본 적이라고는 없는 달걀귀신이라고 믿기에 부족함이 없었다.

어렵사리 문둥이 집을 지나치면 이번에는 끝순이라는 봉사 처녀가 그 어머니와 함께 사는 집이 나온다. 봉사 처녀는 문둥이처럼 무섭거나 두렵지는 않지만, 그렇다고 마냥 좋은 기분일 수는 없다. 내가 지나칠 때마다 울타리도 없이 방 한칸에 부엌 한칸의 다 쓰러져가는 오두막 마루에 앉아 있던 봉사 처녀는 흰자위만 가득한 두 눈을 희번덕거리며, "지금 거기 가는 게 누구여?" 하고 물어와, 오금을 저리게 하는 것이다.

정애와 전화를 끊은 다음에도 나의 심장께에서 통증은 계속되었다. 나는 두 손으로 가슴을 부여안다시피 하면서 소파에 주저앉았다. 그러자 기억 속의 어떤 장면이 보다 선명한 빛깔과 형태로 그 모습을 드러냈다.

들판 가득히 보리들이 누렇게 익어가는 늦봄이었던가. 하늘을 향해 길게 키를 높인 강가의 백양나무에서는 뻐꾹새가 뻐꾹, 뻐꾸욱, 한가롭게 울고 있었다. 그리고 내 눈앞에서는 보리밭 고랑 사이에 한 여자와 어린 계집아이가 서로 부둥켜안은 채 흐느껴 울고 있었다. 바로 문둥이와 정애였다.

"이렇게 내 딸을 안아봤으니, 엉엉, 인자 나는 죽어도 여한이 없어야, 엉엉."

"엄니, 엄니이, 가지 마, 잉잉."

문둥이와 정애가 서로 부둥켜안고 우는 것을 눈앞에 빤히 보면서도, 나는 둘이 어머니와 딸 사이라는 것을 도무지 인정할 수가 없었다. 아니, 우리 3학년 1반에서도 가장 예쁘다고 소문난 정애와 달걀귀신 같은 문둥이가 어떻게 어머니와 딸일 수 있단 말인가. 그런 나는 정애가 문둥이를 껴안고 우는 것이 여간만 안타까운 것이 아니었다.

'저러다가 정애도 문둥이가 되는 것은 아닐까?'

외사촌 형제들의 말로는 문둥이하고 살갗만 닿아도 문둥이가 된다는 것이었다. 바보 같은 정애는 그것도 모르고, 서로 부둥켜안고 살을 비벼대며 울고 있다. 그런 정애가 다음에 문둥이가 된다면 그것은 순전히 내 탓이다. 내가 문둥이의 돈 백환짜리에 눈이 멀어 기어코 정애를 데려다준 탓이다.

그날도 역시 외가에 가기 위하여 문둥이 집 앞을 지날 때였다. 초등학교에 입학하면서부터는 문둥이 집에 돌을 던지는 일은 하지 않았지만, 그렇다고 그 집을 지날 때마다 두려움과 무서움 때문에 오금이 저려오는 것이 없어지지는 않았다. 그런데 그날따라 문둥이가 사립문에 기대어 있다가 나를 손짓해 부르는 것이었다.

"아가, 이리 좀 오니라."

"왜, 왜라우?"

나는 문둥이가 금방이라도 내 뒷덜미를 낚아챌 것 같은 두려움에 휩싸인 채 금방 온몸을 부들부들 떨며 묻지도 않은 말을 덧붙였다.

"오매, 나는 세 번밖에는 돌을 던지지 않았어라우."

"돌 던진 걸 나무랄라고 허는 거이 아니다."

문둥이는 여전히 사립문에 기대어 선 자세에서 고개를 살랑살랑 흔들었다.

"그라면 뭐, 뭣 땀시 그란다요?"

"나가 니한테 부탁할 일이 있어서 그런다야."

"피잇, 거짓말. 그라면 누가 속을 줄 알고……?"

나는 죽을 힘을 다하여 문둥이로부터 도망쳤다. 외가에 오는 도중에 고무신이 한쪽 벗겨졌지만, 까짓 고무신이 문제가 아니었다. 그러나 더 큰 문제는 저녁때 일어났다. 이제 막 고구마 반 좁쌀 반인 저녁밥을 먹고 난 후, 외사촌 형제들과 더불어 작은방의 이불 속에서 서로 간지럼태우기를 하던 중이었다. 잠깐 방 밖의 인기척에 귀를 기울이던 외사촌 형제 중의 하나가 문득 낮은 소리로 외쳤다.

"문둥이가 왔어야."

나는 대뜸 그 문둥이가 다름아닌 나를 찾아왔으리라는 것을 직감했다. 그리고 아니나다를까, 문둥이와 몇마디를 나누던 외삼촌이 마루에서 나를 불렀다. 뭔가 대단한 일이 벌어졌다 싶은 나는 문을 나서자마자 대뜸 눈물바람을 했다.

"잉잉, 외삼촌, 나는 돌 던진 것밖에는 암것도 잘못한 거이 없어라우. 잉잉."

"그거이 아니고, 니한테 부탁이 있당께 잘 들어봐라."

외삼촌이 나의 하는 양을 비스듬히 내려다보며 피식, 코웃음을 날리고는 안방 문을 열고 안으로 들어가버렸다. 이제 마루에는 문둥이와 나만이 남게 되었다. 문둥이는 마루 끝 토방에 선 채 나에게 뭔가를 내밀었다.

"마리보시에 사는 정애 알지야. 그 정애한테 이것 좀 갖다줘라잉."

"그거이 뭔디요?"

"필통하고 연필이어야."

"필통하고 연필을 왜 정애를 준다요?"

"그건 니가 알 필요가 없고, 반드시 마리보시 사람들 모르게 줘야 쓴다잉."

문둥이는 연필이 담긴 필통을 내 앞에 내밀면서 **빳빳한** 백환짜리 지폐를 따로 나에게 내밀었다.

"이건 니 심부름 값이어야."

초등학교 3학년의 어린 나이에 백환짜리 지폐는 그걸 물리치기에는 무척 큰돈이었다. 나는 문둥이가 다시 거두어들일까봐 백환짜리부터 얼른 받아들고 보았다. 이렇게 식은죽먹기 같은 심부름이 어디 또 있으랴.

"정애한테 필통만 갖다주면 되지라우?"

"잉, 글고, 만일에 정애가 니를 따라오겠다면 함께 오니라. 만약에 니가 정애를 데꼬오면 또 백환짜리 한장을 더 줄 텡께."

"정애만 데꼬오면 참말로 백환짜리 한장을 더 준단 말이요?"

"잉, 줄 텡께 꼭 데꼬만 오니라."

당시 아직 어린 나에게 도무지 풀 길이 없는 의문이 된 것은 필통을 받아든 정애가 두말도 없이 나를 따라나섰다는 사실이다. 그런 나에게 또다른 의문이 된 것은 물론 문둥이와 정애의 관계였다. 훗날 돌이켜보면, 당시 정애 어머니는 문둥병이 악화된 데다가, 마을 사람들의 성화로 더이상 가메뚝에서마저 살 수 없게 되자, 결국 소록도로 떠나게 된 것이었다. 그리하여 마침내 소록도로 떠나기 전에 정애 어머니는 마지막으로 정애를 보고자 한 것이었다.

정애와 정애 어머니와의 관계도 내가 차츰 성장하면서부터 쉽게 의문이 풀렸다. 정애 어머니가 언제부터 문둥병이 발생했는지는 알지 못한다. 그러나 적어도 정애를 날 무렵에는 정상인이었던 것이 분명했다. 마리보시의 주인인 김태완씨는 본부인에게서 아들을 생산하지 못하자 여기저기 과부나 가난한 처녀들을 기웃거리면서 씨받이 식으로 관계를 맺고 다닌 모양이었다. 정애 또한 정애 어머니가 처녀적에 그런 식으로 태어나서 태완씨의 호적에 입적된 것이었다. 마리보시에는 정애 외에도 그런 식으로 입적된 또다른 여자애가 있었는데, 더 훗날에는 마침내 태완씨의 오랜 노력도 빛을 보아 다 늦은 육십 가까운 나이에 이르러 아들이 입적되기도 했다.

약속장소에서 30년이 넘어 처음 본 정애는 전혀 중년의 나이답지 않게 젊고 화사한 자태였다. 그런 정애의 겉모습만 보아서는 일년 전에 남편을 잃었다는 중년 과부의 흔적은 전혀 찾아볼 수 없었다. 정애는 약속장소로 들어서는 나를 발견하자마자 손짓을 하며 밝게 웃어 보였다.

"여기야, 여기."

그리고 내가 자리에 앉기가 무섭게 말했다.

"너, 술도 잘 마신다던데, 어디 네가 알고 있는 그럴듯한 술집 없어? 음식도 함께 먹을 수 있는 곳이면 더 좋고."

미처 정애의 의도를 파악하지 못한 내가 얼핏 이맛살이라도 찌푸린 모양인지, 그녀는 못이라도 박듯한 어조로 말을 이었다.

"호오, 아무리 소문난 바람둥이라지만, 내 앞에서는 어쩔 수 없이 놀란 얼굴인데? 마치 무슨 낮도깨비라도 만난 것처럼. 너무 걱정하지는 마. 잡아먹지는 않을 테니까. 너는 내 앞에 앉아서 다만 술만 마셔주면 돼."

"술만 마시면 된다고?"

"이래봬도 나 술꾼이다. 비록 배우기 시작한 건 얼마 되지 않지만, 사람들이 왜 술을 맛있다고 하는지 그 이유를 금방 알겠던데?"

미사리 근방에 있는 조용한 까페에 자리를 잡자, 정애는 기다렸다는 듯이 나보다도 더 급한 속도로 술을 마시기 시작했다. 서너 잔을 거푸 스트레이트로 마신 후, 정애가 정색을 한 채 나를 정면으로 바라보았다.

"야, 내가 일부러 고향 사람을 만난 것은 중학교 졸업하자마자 도망치듯이 고향을 떠난 후로는 네가 처음이야."

"………?"

"물론 그 뒤로는 한번도 고향에 가보지도 않았고. 심지어는 아버지가 돌아가셨을 때마저도 안 갔어."

정애가 전화로 나를 찾고 그리하여 나와 함께 술을 마시는 이유를 나는 막연하게나마 어림짐작은 하고 있었다. 그것은 다름아닌 저 가메뚝 보리밭 이랑에서의 일일 것이었다. 아니, 좀더 정확하게 이야기한다면 바로 어머니에 대한 일일 것이었다. 그렇게 어림짐작하는 한, 정애의 입에서 어머니에 대한 이야기가 나올 때까지 잠자코 말을 들어주는 것이 그녀에게 내가 해줄 수 있는 전부일지도 몰랐다. 나는 그녀의 술 마시는 속도에 나의 것을 맞추며 그윽이 그녀를 지켜보았다.

"우리 남편, 어떤 사람인지 모르지?"

나의 어림짐작과는 달리, 정애는 뜻밖에도 먼저 남편에 대해 말머리를 꺼냈다.

　"우리 남편, 두 다리가 없어. 소위 말하는 상이군인이야. 직업군인인데 전방에서 무슨 작업을 하다가 지뢴가 뭔가로 사고가 나서 양쪽다 없어져버린 거지. 그런 걸 알면서, 바로 그것 때문에 일부러 택한 남편이었어. 내가 우습지?"

　말끝에 정애는 입술 왼쪽을 비틀어올리며 나를 향해 피식, 웃어 보였다. 그러나 나는 웃음과는 달리 이미 그녀의 두 눈이 젖어 있는 것을 알고 있었다.

　"처녀 때 나는 간호사였어."

　"………?"

　"너는 내가 왜 간호사가 되었는지 궁금하지 않아?"

　"왜인데?"

　정애의 물음에 따라 내가 반문하자, 그녀는 다시 한번 입술 왼쪽을 비틀어올렸다.

　"효녀가 되려고. 그렇게 간호사가 되어서 언젠가는 엄마의 병을 내 손으로 고쳐보려고. 그런데 정작 엄마는 간호사가 된 딸의 손길 한번 받아보지 못한 채 돌아가시고 말았어."

　정애의 두 눈에서 눈물이 크게 일렁이더니, 기어코 두 볼로 주르륵 쏟아져내렸다. 그러자 그녀는 일부러인 듯 목소리를 높였다.

　"어머, 내가 웬일이지? 벌써부터 이러면 안되는데……"

　정애는 금세 표정을 바꾸어 나를 향해 활짝 웃어 보였다.

　"이런 흉한 모습을 보일려고 널 불러낸 게 아니다. 정말이야."

　"알아."

나는 정애를 향해 몇번이고 고개를 주억거렸다. 그러자 정애는 나에게서 고개를 돌려 눈물을 훔치고는 다시 나를 향했다.

"요즘 들어 왜 그렇게 죽은 남편이 불쌍한지 모르겠어."

"⋯⋯⋯?"

"남편한테 아이도 하나 만들어주지 못했거든. 일부러 안 만들었던 거지."

"일부러?"

"그래, 일부러 안 만들었어."

"⋯⋯⋯"

"겁이 났어. 나한테서 태어난 아이에게 혹시 문둥병이 유전되면 어떻게 할까 하고. 내 핏줄 속에 돌아다닐지도 모를 병균이 아이한테까지 이어질 걸 상상만 해도 끔찍했거든. 물론 남편은 죽는 날까지 내가 문둥이 딸이란 사실은 몰랐지. 대신에 뭔가 내 자궁에 이상이 있는 것으로만 알고 있었으니깐."

"그랬구나."

양주 한병이 금세 동이 나고 다시 두 병째 접어들 무렵에 정애가 문득 정색을 하고 나를 바라보았다.

"그렇게 살았는데, 남편이 불구자라거나 아이가 없다거나 가까운 일가친척도 없이 숨어산다거나 하는 따위에는 아무런 불만도 없이 그렇게 잘 살았는데 말이야, 남편이 죽고 나서부터 내가 뭔지 모르지만 변하기 시작한 거야. 지금까지 그런 식으로 살아온 게 짜증스럽기도 하고 억울하기도 하고 한스럽기도 하고⋯⋯ 정말이지 이대로는 더이상 하루도 살아낼 수가 없는 것 같은 기분이 드는 것 있지? 결코 거짓말이 아냐. 지금까지 내가 살아온 날들에만 생각이 미치면 마치 숨이 목구멍에까지 차오른 것처럼 꽉 막혀서 숨조차 쉴 수가 없게 되는 거야."

"………"

"그런데 그때 왜 갑자기 네가 생각났는지 몰라. 너만 만나면 나의 그런 답답함이나 억울함이 풀릴 것 같더라구. 내 말이 무슨 말인지 알겠니?"

"………?"

언제부터인가 정애의 두 눈에서 기어코 눈물이 줄줄 흘러내리고 있었다. 눈물은 마치 무슨 봇물이라도 터진 것처럼 끊이지 않고 흘러내렸고, 정애는 결코 눈물을 닦을 염두도 없이 그냥 흘러내리는 대로 버려두고 있었다. 어쩌면 그녀는 자신이 그렇듯 많은 눈물을 흘리고 있다는 사실마저 자각하지 못하는지도 몰랐다.

"바보야. 너야말로 내가 문둥이 엄마와 만나고 있는 것을 본 유일한 목격자 아니니?"

"………"

"아주 시간이 많이 흐른 후에도 그날에만 생각이 미치면, 그리고 네 눈길에만 생각이 미치면, 나는 거의 고문을 당하는 기분이었어. 그래, 고문도 그런 고문은 다시없을 거야. 어쩌면 내가 고향을 떠난 후로 다시는 고향 근처에는 얼씬도 못한 것은 바로 너 때문이었는지도 몰라. 그렇게 삼십년이 넘은 시간 동안 너는 줄곧 나를 고문해온 셈이야. 그러니까 너는 그 보상으로라도 이제 내 증인이 되어야 해. 내 말 알겠니? 오늘 나는 너에게 더이상은 문둥이가 아니란 사실을 증명받아야 한다구. 이 바보야."

정애가 다그치는 바람에 나는 얼결에 고개를 끄덕였다. 그러자 그녀가 여전히 눈물을 흘리면서도 왼쪽 입가를 비틀어올리며 웃었다.

"네가 바람둥이라는 걸 알았을 때, 얼마나 다행스러웠는지 몰라. 나는 내 몸뚱아리 전체로 너에게 증명받고 싶은 거야. 내 말 알겠니? 이 바보야."

사촌아부지

비단 정룡이의 떨떠름한 기색만이 아니라 나로서도 어머니의
유골을 품에 안고 이곳까지 오기에는 결정이 쉽지 않았다.
애초에 20년도 넘게 낯선 땅의 공동묘지에 버려져
있다시피 한 어머니의 무덤을 파헤쳐 구태여 화장까지
한 것은 어머니에 대한 애증이며 한스러움 따위 얼키설키 맺힌
인연들을 그 한자락마저 생전에 남김없이 지우고
싶은 뜻이 없지 않았다. 그러다보니 이왕이면
사촌아부지의 것도 함께, 하는 바람이 생겼을 것이다.
사촌아부지와의 애증이나 원한 따위 은원관계라면
자식과 어머니와의 사이보다 더욱 깊었으면 깊었지
덜하진 않을 것이었다.

사촌아부지

"삼촌, 왜 이런 곳에까지 외할머니 유골을 뿌려요?"

몇해 전에 위암으로 세상을 뜬 누이의 큰아들 정룡이가 뭔가 떨떠름한 기색인 채 궁금증을 견디지 못하고 물어왔다. 이런 곳이라고 잘라 말하는 그의 눈앞에는 쑥대머리며 엉겅퀴며 개망초에다가 칡덩굴까지 한데 뒤섞여 그야말로 온갖 잡초들이 분잡(紛雜)을 이루고 있었다.

"왜 좀 엉뚱하냐?"

"엉뚱하다기보다는 으스스한 것이 어쩐지 대낮에도 귀신이 나올 것 같은데, 꼭 이런 곳에까지 유골을 뿌려야 하나 싶어서요."

"나도 기분이 좀 그렇다."

나는 정룡이를 향해 쉽게 고개를 끄덕였다. 어쩌면 그로서는 굳이 이 어지러운 잡초밭에까지 외할머니의 유골을 뿌리는 것이 자칫 불경스럽게 여겨질지도 몰랐다. 내가 그의 말에 별다른 이의를 달지 않자, 그가 오히려 한발 물러서는 기색이 되어 덧붙였다.

"어떻게 보면 무슨 집터였던 곳 같기도 한데……"

"맞아, 바로 내 사촌아부지 집이 있던 곳이다."

사촌아부지라는 생경한 단어에 대해 정룡이는 대뜸 두 눈이 휘둥그레진 채 말꼬리를 잡았다.

"사촌아부지요?"

나는 정룡이의 휘둥그레진 두 눈을 짐짓 외면했다. 외가에 대해서는 시시콜콜 어느 하나 모르는 것이 없다고 여겨왔던 그로서는 당연히 두 눈을 크게 뜰 만했다.

"이 넓은 세상에서 딱 나 혼자한테만 있는 그런 아부지였지."

나는 정룡이를 향해 비스듬히 웃어 보이는 것으로 그의 질문을 대충 얼버무렸다. 그리고 새삼스러운 눈길이 되어 잡초들을 더듬거렸다. 사람 키를 넘게 치성한 잡초들의 형상으로 보아 이미 한두 해 전에 만들어진 잡초밭이 아닌 성싶었다. 그렇듯이 네 귀가 날아갈 듯 번듯이 솟아오른 사촌아부지의 다섯 칸 기와집 또한 흔적조차 남기지 않고 잡초밭 속으로 사라진 것도 이미 한두 해 전이 아닐 터였다.

비단 정룡이의 떨떠름한 기색만이 아니라 나로서도 어머니의 유골을 품에 안고 이곳까지 오기에는 결정이 쉽지 않았다. 애초에 20년도 넘게 낯선 땅의 공동묘지에 버려져 있다시피 한 어머니의 무덤을 파헤쳐 구태여 화장까지 한 것은 어머니에 대한 애증이며 한스러움 따위 얼키설키 맺힌 인연들을 그 한자락마저 생전에 남김없이 지우고 싶은 뜻이 없지 않았다. 그러다보니 이왕이면 사촌아부지의 것도 함께, 하는 바람이 생겼을 것이다. 사촌아부지와의 애증이나 원한 따위

은원관계라면 자식과 어머니와의 사이보다 더욱 깊었으면 깊었지 덜하진 않을 것이었다.

나는 더이상 잡초들에 눈길을 더듬거리지 않고 유골상자의 뚜껑을 열어 손바닥 가득 유골을 움켜쥐었다. 그러자 손바닥을 타고, 어머니의 무덤 속에 들어가 두개골이며 척추며 골반 따위 유해를 만졌을 때의 어떤 온기가 또다시 전해져오는 기분이었다.

늘그막에 자식을 따라 낯선 땅으로 솔가해온 지 두 해도 지나지 않아 자식이 감옥에 간 사이 어머니 스스로 목숨을 끊은 곳이 경기도 화성 월문리였다. 그리고 역시 자식도 없이 월문리 뒷산의 공동묘지에 묻혔다. 그런 어머니의 무덤을 개장하여 수원 화장터에서 화장을 한 것이었다. 굳이 따로 인부를 부르지 않고 포크레인이 파헤친 무덤 구덩이에 들어가 손수 어머니의 유해를 수습한 것은 자식으로서 임종은 커녕 장례조차 치르지 못한 죄책감 때문이었으리라. 저승과 이승으로 나누어진 모자가 그렇게 서로 선 자리를 달리한 채 무려 20여년 만에 만났음에도 불구하고, 어머니의 유해를 만지는 자식은 뜻밖에도 일말의 거리감도 생기지 않았다.

포크레인에 의해 썩은 관이 드러나자 자식은 매부며 정룡이에게 손사래를 쳐서 뒤로 물러나게 했다. 어머니의 자칫 흉하게 변했을지 모르는 유해가, 누이가 죽은 후로 가뜩이나 심약해진 매부에게 무슨 흉살이라도 입게 할까 저어한 때문이었다. 풍수지리 같은 곳에서는 흔히 흉한 터에 자리잡은 유해들은 나무 뿌리들이 시체를 감싸고 있거나 아니면 아직도 살이 삭아내리지 못한 채 썩은 물에 흥건히 잠겨 있거나 한다지 않던가. 그렇지 않아도 무덤 주변에는 아카시아며 찔레 같은 악목이 덤불을 이루고 있었다. 아니, 비단 풍수지리뿐만이 아니라, 자식을 감옥에 둔 채 스스로 목숨을 끊은 날까지 이승에서 단 한 번도 좋은 날이 없었던 어머니에게, 자식은 저승에서의 자리 또한 좋으리라고 편하게 여길 수는 없었다.

썩은 관뚜껑을 들어올리자 마침내 어머니의 유해가 드러났다. 뜻밖에도 어머니의 유해는 주위에 무성한 악목의 어느 뿌리 한줄기에도 침범당하지 않고 아주 잘 삭아서 수의는 물론 머리칼이며 살집 하나 붙지 않은 채 뼈들만 고스란히 남아 있었다. 자식은 어쩔 수 없이 속으로 가슴을 쓸었다.

고맙수, 엄니.

일찍이 셋씩이나 전전한 남편에서부터 비롯하여 부모형제며 서로 성이 다른 남매에 이르기까지 어느 하나 심신을 편하게 해준 살붙이가 없이 마냥 박복한 여인네로 이승을 마친 어머니가 저승에서의 자리나마 좋은 터를 골라 곱게 유해를 삭혔다는 것이, 자식으로서는 눈시울이 뜨거워지리만큼 고맙게 여겨진 것이었다. 그래서였을까, 두개골에서부터 목뼈와 늑골을 거쳐 척추며 골반, 그리고 팔다리의 뼈들을 하나하나 들어내어 상자에 담으면서, 자식은 이상하게도 가슴이 설레는 기분이었다. 둥글게 휜 늑골을 만지면서는, 그렇지, 내가 대여섯살이 넘어 초등학교에 들어갈 때까지도 이 뼈를 어루만지며 젖을 먹었지, 널찍한 골반을 들어내면서는, 바로 이 안에서 내가 열달 동안 생명을 키우며 들어앉아 있었지, 팔다리의 잔뼈를 주워모으면서는, 그래, 바로 이 잔뼈들이 어느 한순간 쉴 틈도 없이 품을 팔아 나를 먹이고 입히고 높은 학교까지 나오게 해주었지…… 갖가지 뼈들을 만질 때마다 나는 마치 살아 있는 어머니라도 대하듯 어떤 온기마저 전해져오는 기분이었다.

어머니의 유해가 화장터에서 다시 몇줌의 유골이 되어 나오자, 지금껏 잠자코 있던 매부가 어딘가 못마땅한 표정으로 더듬거리듯 말문을 열었다.

"유골은, 어떻게 헐 작정이냐아?"

"어떻게 하긴…… 고향에 가서 어머니가 살던 집터랑 냇가, 그리고 배 타고 장사 다니던 바다에도 뿌려줄 생각이요."

"뭐시냐, 웬만하면 유골이라도 절에다가 모시제 그러냐? 니가 아는 스님들도 꽤 많다면서……"

자식은 매부의 말에 단호하게 머리를 저었다.

"절에다 모시는 것도 어쩐지 구차스럽소. 그냥 훌훌 뿌려뿔고는 아주 잊어뿔라요. 그거이 엄니한테도 좋을 것 같소."

다음날 새벽같이 정룡이를 데리고 고향에 오자마자 어머니가 나서 자란 가메뚝 외가의 집터며 냇가, 바다에 유골을 뿌렸다. 그리고 마지막으로 들른 곳이 바로 사촌아부지의 집터였다.

내 손을 떠난 유골들은 이내 치성한 잡초들 속으로 사라져갔다. 하얀 가루들이 엉겅퀴며 개망초, 쑥부쟁이 따위의 잡초 사이로 무슨 나비들처럼 훌훌 스며드는 것을 지켜보며, 나는 어쩔 수 없이 어디 먼 곳이라도 바라보는 시선이 되었을 것이다. 그렇게 마지막 한줌의 유골마저 흩뿌린 다음에, 이제 막 잡초밭머리에서 발길을 돌리려는 찰나였다.

나는 문득 잡초밭 어디인가에서 나를 바라보고 있는 낯익은 누군가의 눈길을 느꼈다. 결코 예사롭지 않은 누군가의 눈길을 느끼자마자 기다렸다는 듯이 한줄기 냉기가 등줄기로 흘러들어 소름끼치게 하는 것이었다. 이제 막 맞춤한 먹이를 발견한 한마리 굶주린 짐승의 눈빛.

그러자 잡초밭 어디에선가 이번에는 귀에 익은 누군가의 목소리가 들려왔다.

고맙구나잉. 잊어뿔지 않고 여그까지 다 찾어주다니, 흘흘흘.

사촌아부지였다. 나의 환청 속에서는 잡초밭의 어디인가에서 입꼬리를 교묘하게 말아올리며 비웃듯 흘흘거리는 그의 건성웃음까지도 역력하게 살아오는 것이었다. 그런 그를 향해 나는 고개를 설레설레 저어댔다.

아니오. 생전에 뵈었으면 더 좋았을 걸 그랬수. 그래서 좋아하는 술이라도 실컷 드시게 했어야 했는데……

나를 바라보는 사촌아부지의 눈길이 이따금씩 예사롭지 않게 빛난다는 것을 깨달은 것이 언제부터인지는 정확하지 않다. 그렇듯이 내가 그를 일컬어 사촌아부지라고 부른 것이 언제부터인지도 정확하지 않다. 모르기는 해도 그의 눈길에서 예사롭지 않은 빛을 발견한 것과 그를 사촌아부지라고 부르기 시작한 것은 얼추 비슷한 시기에 맞물려 있을 것이다.

사촌아부지의 눈길과 관련된 삽화 한장면이 기억난다. 대여섯살 되는 무렵의 어느 해 설날이었다. 조끼며 마고자까지 곁들인 한복을 설빔으로 멋지게 차려입은 내가 마침 내린 눈이 녹은 진창을 이리 뒹굴 저리 뒹굴 하고 있다. 갓 입은 설빔이 흙투성이가 되도록 진창에 뒹굴면서도, 나는 엉거주춤 앉아 있는 사촌아부지의 손에 애오라지 눈길을 매달고 있다. 사촌아부지의 손에는 빳빳한 백환짜리 한장이 다름아닌 바로 나를 향해 팔랑거리고 있는 것이다.

"옳제, 옳제, 잘헌다아. 그래, 요번에는 뒤로 한번 더 딩굴고……"

차례 끝에 음복한 술이 과했던 것일까, 불그데데 취기가 피어오른 얼굴로 사촌아부지가 나를 불렀다. 나는 마침 가게 앞에 있는 어물전 마당에서 아이들과 어울려 동전치기를 하고 있었다. 내가 영문을 모르는 채 그를 바라보자 그가 씨익 웃으면서 조끼 주머니에서 백환짜리 지전 한장을 꺼내었다. 그러고는 백환짜리를 오른손 엄지와 검지 사이에 긴 채 나를 향해 팔랑거려 보였다.

"이 돈 갖고 잪지야?"

사촌아부지의 말대로 '갖고 잪은' 마음이야 굴뚝 같았지만, 나는 얼씨구나 그에게 달려드는 대신에 일단 한발 뒤로 물러서고 보았다.

"아침에 세뱃돈은 받었는디……?"

"세뱃돈은 세뱃돈이고, 나 말만 들으면 이 돈도 준다 이거여."

사촌아부지의 말에 나는 더이상 백환짜리의 유혹을 견디지 못한 채 그에게 두 발 더 다가서고 말았다. 아침에 그에게서 받은 세뱃돈은 고작 십환짜리 두 장이었던 것이다.

"뭐, 뭔 말인디요?"

사촌아부지가 이번에는 바로 나의 코앞에 대고 백환짜리를 팔랑거려 보였다.

"저그 진창 있지야. 저그서 시 번만 딩굴어라."

"시, 시 번만 딩굴면 참말로 배, 백환을 준단 말이여라우?"

백환짜리에 어울리게 내가 해내기에는 꽤나 어려운 무슨 심부름 따위인 줄 알았던 나는 사촌아부지의 어이없는 요구에 말까지 더듬고 말았다. 나는 그에게 다시 한발 더 다가서며 다짐을 받았다.

"참말이지라우? 시 번만 딩굴면 되지라우? 절대로 난중에 딴말하는 거 아니지라우?"

"하문, 참말이제, 나가 뭐 할라고 에린 니한테 거짓말을 할 거이

나?"

마침내 사촌아부지와 나 사이에 괴이쩍기 짝이 없는 교환이 이루어졌다. 그가 시키는 세 번이 아니라 자청해서 그 배가 훨씬 넘게 진창을 뒹굴고 난 후에, 나는 발딱 일어서서 그 앞에 다가섰다.

"이, 인자 됐지라우?"

사촌아부지가 나를 향해 입꼬리를 교묘하게 말아올리며 씨익, 웃어보였다. 그리고 나는 어린 내가 보기에도 결코 예사롭지 않은 그의 눈길과 마주하게 되었다. 그의 눈길을 마주하는 순간 나는 자신도 모르는 사이에 진저리를 쳤을 것이다. 입꼬리를 말아올리는 웃음과는 달리, 그의 눈길에는 어린 나로서는 도무지 감당할 수 없는 사납고 무서운 빛이 감돌고 있었던 것이다.

"잉, 됐고말고. 인자 이 돈은 니 거이다. 흘흘흘, 아나, 얼릉 와서 받어."

그토록 탐을 냈던 백환짜리가 나의 바로 코앞에서 팔랑대고 있는데도 불구하고, 나는 선뜻 사촌아부지에게서 돈은 낚아채지 못하고 있었다. 일찍부터 영악한 장돌뱅이가 되어 소악패 노릇을 톡톡히 해온 나로 하여금 주는 돈마저 못 챙기게 하는 것은 다름아닌 그의 사납고 무서운 눈빛 때문이었다. 내가 잠시 머뭇거리는 순간, 가게 문이 열리며 어머니가 득달같이 뛰어나왔다.

"오매, 초하룻날 아침부터 이거이 뭔 일이여?"

일단 사태를 파악한 어머니는 대뜸 사촌아부지를 지목했다.

"이놈의 인사가 에린아그한테 시방 뭔 짓을 한 거여?"

어머니가 나타나자 사촌아부지는 얼렁뚱땅 나의 손바닥에 백환짜리를 쥐여주고는 어머니를 향해 손사래를 쳤다.

"이 사람아, 내가 뭔 짓을 하기는 뭔 짓을 해? 지가 좋아서 헌 짓을 갖고 왜 나한테 뒤집어씌우려는 거여. 흘흘."

"아이고, 이녁 심뽀를 누가 모를까봐서? 자석한테 때깔나게 해입힌 것도 기냥 못 넘기는 밴댕이 소갈딱지 아녀?"

"어허, 그거이 아니랑께. 저 아그가 어디 내가 억지로 시킨다고 들을 아그여?"

"이녁이 안 시켰으면? 그래 멀쩡한 아그가 미쳤다고 진창에서 딩군단 말여?"

"이 사람아, 애먼 나한테 역정 부리지 말어. 나가 억지로 그런 거이 아니랑께."

"오매, 오매, 동네 사람들아, 이 놀보 심뽀 잠 보소오. 아무리 지가 맹근 자석이 아니라제만 서로 식구가 되야서 한솥밥 묵은 지가 발써 언젠디 아작까장 의붓앱씨 티를 낸당가아."

어머니가 본격적으로 싸움판을 벌일 기미를 보였고, 사촌아부지는 여느 때와는 달리 흘흘거리며 뒤로 꽁무니를 뺐다.

"어허, 이 예펜네가 정초부터 생사람 잡겄구만그랴. 흘흘."

사촌아부지는 여전히 손사래를 치며 슬글슬금 뒷걸음질을 치더니 이내 어디론가 사라지고 말았다. 그리고 나는 그 대신에 어머니의 화풀이 대상이 되어 호된 매타작을 당해야 했다. 설날 아침부터 매타작을 당하면서도, 나는 기이하게도 온몸에 쏟아지는 부지깽이의 아픔보다는 그의 예사롭지 않은 눈빛이 더욱 강하게 눈에 어른거리는 것이었다.

당시에는 몰랐지만, 훗날 자주 사촌아부지의 그런 눈빛을 대하면서, 나는 마침내 하나의 이미지를 떠올릴 수 있게 되었다. 이제 막 맞춤한 먹이를 발견한 한마리 굶주린 짐승의 눈빛. 바로 그 눈빛이 무려 50년의 세월이 지난 아직까지도 잡초밭 어딘가에 살아남아서 나를 노려보고 있는 것이었다.

나는 자꾸 눈앞에서 어른거리는 사촌아부지의 환영을 지우기라도 하듯 머리를 흔들고는 잡초밭머리에서 발길을 돌렸다. 그러자 불현듯 뱃속 저 어디인가부터 목구멍이라도 태울 것 같은 격심한 갈증이 솟구쳐왔다. 나는 뒤따르는 정룡이를 돌아보았다.

"어차피 오늘중으로는 서울로 못 올라갈 텐데 일찌감치 어디 가서 자리잡고 술이나 푸지 않으련? 오랜만에 실컷 취해보게."

"술이라면 나야 언제든지 좋지요."

사십이 훌쩍 넘어 이제 슬슬 대머리 증상이 나타나기 시작한 정룡이는 입가에 사람좋은 웃음을 벙긋거리며 쉽사리 나의 말에 따랐다. 어머니의 유골을 어디 그럴싸한 공원묘지에나 묻지 않고 강이나 바다에 뿌려버린다는 것 자체를 못마땅하게 여긴 매부 대신에, 그는 동네 아주머니들 너덧 명을 모아 가내수공업을 하는 공장일마저 접어두고 차를 몰아 나를 따라나선 참이었다.

바닷가 한곳의 모텔에 잠자리를 마련한 우리는 당연한 것처럼 근방의 작은 횟집을 찾아들었다. 그리고 이윽고 서로 첫잔을 부딪게 되었을 때, 내가 짐짓 큰소리를 냈다.

"아이고, 앓던 이라도 빠진 것처럼 시원하다아."

"뭐가 그렇게 시원한데요?"

"니 외할머니도 그렇고, 또 사촌아부지도 그렇고…… 이제 나도 죽을 때까지 두 발 길게 뻗고 자겠다."

말끝에 나는 새삼스러운 눈길로 정룡이를 건너다보았다. 그런 나의 눈길에는 어쩔 수 없이 일종의 물기 같은 것이 젖어 있을지도 몰랐다. 그렇게 말없이 한동안 건너다보자, 이윽고 그가 간지럽다는 듯이 슬쩍 나의 눈길을 피하며 소주잔을 비웠다.

"삼촌, 아까부터 삼촌 눈이 좀 이상한 거 알아요?"

"내 눈이 어때서?"

"마치 여자한테 그런 것처럼 은근하고 끈적끈적하고…… 무슨 무드 어쩌구 하는 야릇한 눈이에요. 사람 징그럽게."

정룡이가 뭐라고 하거나 말거나 나는 여전히 새삼스러운 눈길로 그를 건너다보았다.

"원, 자식이 별걸 다 가지고 트집을 잡네. 인마, 이런 날 삼촌이 무드 좀 잡는다고 안될 건 또 뭐냐?"

"안될 거야 없지만…… 하필이면 대상이 나니까 그렇지요."

정룡이의 말에 내가 손사랫짓을 했다.

"틀렸어. 니가 아니고…… 니 엄니다."

"엄마요?"

"그래, 니 엄니 말이다."

"호오, 엄마라구요?"

"대여섯살 때인가, 니 엄니가 울 엄니 몰래 죽도록 나를 팬 적이 있지."

"그런데요?"

정룡이는 무드 어쩌고 하던 것과는 전혀 예상이 빗나간 내 말에 다소 맥이 풀린다는 표정으로 다시 물었다.

"죽어라 나를 패던 니 엄니가 시방 많이 보고 싶구나야."

정룡이는 불현듯 히잇, 웃음소리를 내었다.

"다른 기억도 많을 텐데 하필이면 죽어라 하고 삼촌을 때리던 엄마가 보고 싶은 이유는 뭐요?"

나는 정룡이의 질문을 무시한 채 말머리를 돌렸다.

"아까 할머니의 유골을 뿌린 그 잡초밭 주인 있지?"

"그 사촌아부진가 뭔가 하는 사람 말예요?"

"그래."

"………?"

"그이를 아부지라고 부른다는 것이 바로 내가 니 엄니한테 맞은 이유였다."

"정말로요?"

정룡이가 긴가민가한 표정으로 나를 흘끔거렸고, 나는 무심코 고개를 돌려 횟집 창밖으로 펼쳐진 바다 풍경에 눈길을 주었다. 다도해의 맑은 물빛 위로 차츰 저녁노을이 지피기 시작하고 있었고, 노을 속에 무슨 보랏빛 꽃잎처럼 여기저기 섬들이 흩뿌려져 있었다. 나는 그 섬들 사이로 한가롭게 떠가는 화물선 한척을 눈으로 쫓아가며 말했다.

"사촌아부지라는 이가 사실은 의부였거든."

나의 말에 정룡이가 피잇, 코웃음을 쳤다.

"에이, 삼촌도…… 그렇게 의부라고 하면 될 걸 사촌아부지니 어쩌니 어렵게 말해서 잠깐 헷갈렸잖아요."

나는 비로소 고개를 돌려 정룡이를 건너다보았다.

"왜, 의부에 대해서는 진작에 알고 있었냐?"

"그 사람이라면…… 엄마한테 적잖이 얘기를 들었지요."

정룡이가 내 말에 아는 체를 했고, 이번에는 내가 짐짓 호기심을 보였다.

"호오, 뭐라고 했는데?"

"엄마가 암이 말기가 되어 줄곧 누워서만 지내다보니 그만 마음이 약해져서 그런지, 평소에는 잘 안하던 어린시절 이야기도 곧잘 하곤 했어요. 오늘은 누가 보인다, 오늘은 또 누가 보인다, 이러면서요. 그런데 그런 식으로 어쩌다 그 사람만 화제에 오르면 엄마는 제풀에 흥분을 못 참고 누웠던 자리에서 벌떡 일어나며 치를 떨곤 했어요. 허구헌 날 외할머니를 그렇듯 때릴 수가 없었다고…… 사람이 아닌 짐승이라고…… 어쩔 때는 엄마라도 나서서 그를 죽여버리고 싶은 적이 한두 번이 아니었다고…… 엄마는, 그 뭐이냐, 이센 그 인간, 그래요, 이센 그 인간, 하고 부르면서, 죽어서라도 다시 만날까 무섭다고까지 했어요."

"니 엄니라면…… 그럴 만도 했겠지."

나는 다시 창밖으로 고개를 돌려 섬들 사이로 뱃길을 따라 사라져가는 화물선의 느린 궤적을 뒤쫓았다. 그러자 그 궤적 언저리에서 문득 누이의 목소리가 환청으로 살아오는 것이었다.

이 바보 멍텅구리 같은 새끼야. 아무리 어리다제만 그르케도 속창아리가 없냐? 이센 저 인간은 절대로 우리 아부지가 아니란 말여. 이센이 아무리 돈을 줌서 꼬세도 절대로 아부지라고 불르면 안돼야. 앞으로 한번만 더 아부지라고 불렀다가는 봐라. 오늘 맞는 매는 아무것도 아녀. 그때사말로 니 죽고 나 죽는 거여.

누이의 목소리에 이어 기다렸다는 듯이 어린아이의 찢어질 듯 악을 써대는 영악한 목소리가 함께 들려왔다.

잉잉, 엄니도 아부지라고 불러라고 그랬는디?

아무리 엄니가 아부지라고 불러라 해도 아부지가 아닌 것은 아닌 것이여. 니는 아부지도 아닌 사람을 아부지라고 부르다가 이 담에 진짜 아부지를 만나면 우쩨께 할래?

그라먼 뭐이라고 불러?

나모냥 기냥 이센이라고 불러.

나하고 열한살 차이가 나는 누이는 사촌아부지에 대해 장터의 장돌뱅이들 사이에 불리는 이센이라는 왜식 호칭으로 시종 고집해나갔지만 나로서는 차마 그럴 수가 없었다. 어머니나 사촌아부지 둘 다 벌써 처녀티가 나는 누이한테는 무르면서도 웬일인지 나한테만은 회유와 협박을 번갈아가면서 줄곧 아버지라고 부르기를 강요하는 것이었다. 어쩌면 호칭문제에 대해서는 어머니가 더 적극적이지 않았나 싶다. 훗날 돌이켜보면 어머니는 당신 나름대로의 깊은 뜻이 없지도 않았던 것 같다. 기실 어머니로서는 당신에게서는 물론 본댁의 본처에게서도 전혀 자식을 생산하지 못한 사촌아부지가 혹시나 질투심에 사로잡힌 나머지 언제 나를 해하려 들지 모른다는 막연한 우려에서, 될 수 있으면 그의 품안에 나를 넣어두는 식의 방편을 취했을지도 몰랐다.

나는 자꾸 정룡이의 얼굴 위에 겹쳐 어른대는 누이의 환영을 떼치며 말문을 열었다.

"니 엄니는 나더러 의부를 아부지라고 못 부르게 하고, 또 니 외할무니는 아부지라고 부르라고 하니까, 두 사람 사이에서 시달리던 끝에 궁리해낸 것이 바로 사촌아부지였어야. 당시 어린 나에게 사촌이란 말은 가짜라는 말과도 같았으니까. 그때 내 동무들 사이에는 한집에 사는 진짜 형이 아닌데도 사촌이라면서 형, 형, 하는 애들이 있었거든. 아직은 사촌형이란 촌수관계를 알지 못했던 나는 그걸 보고, 아하, 만일 진짜아부지가 따로 있고 가짜아부지가 따로 있다면, 그 가짜

아부지야말로 사촌형처럼 사촌아부지다, 하고 궁리를 낸 거지."

"히힛, 삼촌도 참…… 아무리 그래도 사촌아부지는 너무 심했네요."

"왜, 우습냐? 내가 의부를 사촌아부지라고 부르자 처음에는 장터 사람들이 모두 너처럼 웃어대느라고 정신이 없었지. 심지어 니 엄니까지도 웃었고. 당사자인 사촌아부지나 니 외할머니도 비록 남들처럼 드러내놓고 웃지는 않았지만 입가에 쓴웃음은 내물었어. 사촌아부지는 흘흘흘, 고놈 참 머리 한번 비상하게 썼네그랴, 하고 칭찬 비슷한 말도 해줬고. 그런데 중요한 것은 니 엄니나 니 외할머니나 두 사람이 똑같이 그 사촌아부지라는 호칭에 대해서는 더이상 시비를 걸지 않았다는 점이야. 사촌이라는 지점에서 두 사람이 그만 타협을 한 거지. 니 엄니는 어딘가 코믹하기까지 한 사촌아부지라는 호칭이 어쩐지 의부를 우스꽝스럽게 만드는 것 같아서 그걸로 만족했는지도 몰라. 그 뒤로 나한테 의부는 줄곧 사촌아부지가 된 거고."

나의 말에 히히, 히히힛, 연달아 웃어대던 정룡이가 어느 순간 정색을 했다.

"삼촌, 그런데 왜 하필이면 그런 사람 집터까지 찾아와 유골을 뿌렸어요? 내 생각에는 엄마도 엄마지만 외할머니도 별로 좋아하지 않을 것 같은데요."

정룡이는 다분히 비난기가 섞인 듯한 말투였다. 나는 그런 그를 향해 씨익 웃어 보였다.

"이상하게도 말이다. 나는 아주 어렸을 때부터 니 엄니와는 달리 사촌아부지를 미워할 수만은 없었어야. 그렇다고 물론 내가 사촌아부지를 좋아했다는 말은 아니다. 나로서도 지금껏 사촌아부지가 좋다거나 친근하게 느껴진 적은 단 한번도 없었으니까. 허지만 딱히 이렇다하게 그이가 밉지도 않았어. 니 엄니에 비해 나는 그이의 면면을 어느 정도 이해하는 편이었다고나 할까."

"그럼 외할머니에 대한 그 사람의 폭력도 이해하는 편이었어요?"

정룡이의 목소리는 순간적으로 날카로워져 있었다. 나는 잠자코 고개를 끄덕였다.

"그것도 그래. 니 외할머니에 대한 사촌아부지의 폭력도 한편으로는 가슴 아픈 데가 없지 않았지."

"호오, 가슴 아픈 데가 없지 않았다니…… 엄마가 돌아가셔서 다행이지, 만일 생전에 삼촌의 그런 이야기를 들었다면 난리가 났겠는데요."

"그럴지도 모르지. 돌이켜보면 사촌아부지가 니 엄니한테는 증오의 대상이었지만, 나한테는 증오보다는 좀더 다른 것이 있지 않았나 싶다. 이를테면 그이의 폭력에 대한 공포 같은 것. 거기에다가 일말의 외경까지도 조금은 섞여들고, 나중에 폭력을 휘두를 수밖에 없는 인간적인 약점까지도 뒤섞여버리게 되어서는…… 그이에 대한 감정이 그만 복잡해져버렸어. 결국 어디까지가 그이에 대한 증오고 또 어디까지가 그이에 대한 연민인지, 경계마저 애매해져버린 거야. 따지고 보면 니 엄니도 속내에는 그 사람에 대한 증오만이 있는 건 아니었을 게다. 아무리 그이를 증오한다고 해도 결국 그이와 우리는 몇십년 동안 한솥밥을 먹은 한식구 사이이기도 했으니까."

나는 다시 창밖으로 고개를 돌렸다. 언제까지나 제자리에 머무르고 있을 것 같던 화물선은 바다의 풍경에서 어느 사이에 지워지고 흔적이 보이지 않았다. 아마 섬들 사이로 스며들었거나 아니면 수평선 너머로 꼬리를 감추었을 것이다.

나는 거의 무의식적이듯 앞에 놓인 소주잔을 들어 입안 깊이 털어 넣었다. 그런 나의 눈앞에는 사라진 화물선의 궤적 대신에 환영이듯 또다시 사촌아부지의 예사롭지 않은 눈길이 어른거리고 있었다. 이제 막 맞춤한 먹이를 발견한 한마리 굶주린 짐승의 눈빛. 그랬다. 그에게 나는 항상 한마리 맞춤한 먹이였다. 그렇게 내가 그에게 먹이이듯이 그 또한 내가 그 앞에 얼쩡거리는 한, 언제나 한마리 굶주린 짐승일 수밖에 없었을 것이다.

어머니가 얼굴이 피투성이가 되어 사촌아부지의 한손에 머리채를 붙잡힌 채 나뒹굴고 있다. 그의 나머지 손이며 발은 닥치는 대로 어머니의 몸뚱이를 후려패고 짓밟는다. 어머니 또한 두 팔을 휘둘러 그의 러닝셔츠 따위를 찢어대며 필사적으로 저항한다. 두 사람은 누가 누구랄 것 없이 서로가 한몸이 되어 조금치도 물러서지 않고 살기가 등등하게 맞서 있다. 밖에서는 누이가 선불 맞은 멧돼지처럼 길길이 뛰며 목청껏 외쳐댄다. 동네 사람들아, 오매애, 시방 이센이 우리 엄니를 죽이요오. 누이가 아무리 목이 터져라 외친들 그러나 장터의 누구도 이 유명짜한 부부의 싸움에는 얼씬하지 않는다. 마치 5일장처럼 닷새 걸러 한번씩 있다시피 한 이들 부부의 거칠고 극악한 싸움에는 이미 이골이 난 것이다. 잡것들, 잘 처묵고 배딱지가 따땃항께 그런 거여. 우리모냥 묵을 거이 없어봐라. 아무리 싸울라고 해도 심이 부쳐서 못 싸운당께.

결국 사촌아부지의 사나운 손속을 더이상 견뎌내지 못한 어머니가 피투성이가 된 채 혼절을 하여 나자빠지는 식으로 싸움이 끝날 때까지, 어린 나만이 애오라지 방 한구석에 웅크리고 앉아 두 눈 한번 깜박이는 법도 없이 음전히 구경하고 있다. 내가 언제부터 그런 식으로 두 사람의 싸움을 구경하게 된 것일까. 아마도 처음에는 두 사람의 싸움이 벌어지기 전에 미처 방에서 빠져나가지 못한 채, 숨다시피 방 한구석에 몸을 숨긴 채 지옥 같은 싸움의 과정을 처음부터 끝까지 억지로 보아내야만 했을 것이다. 그런가 하면 한참 싸움에 몰두한 두 사람에게는 어쩌다 방 한구석에 남아 있게 된 내 존재란 아예 눈에 들어오지도 않았을 것이다.

어머니와 사촌아부지 사이에 싸움만 벌어졌다 하면 우선 밖으로 뛰쳐나가, 동네 사람들아, 목청껏 외쳐놓고 보는 누이와는 달리, 나는 단 한번도 싸움에 끼여들어 사촌아부지를 욕하거나 어머니를 편들어본 적이 없다. 또한 소리를 내어 울음을 터뜨린 적도 없다. 그렇게 나는 숨결조차 흩트리지 않고 고스란히 두 사람의 싸움을 보아낸다. 그러나 내가 외면상 두 사람의 싸움을 고스란히 보아넘긴다고 해서 나의 내면에서까지도 두 사람의 싸움을 평온하게 보아넘긴 것은 결코 아니다. 그렇다. 싸움은 결코 두 사람 사이에만 있었던 것이 아니다. 어린 나의 내면에서는 두 사람보다 더 극악한 싸움이 벌어지고, 그야말로 목숨을 건 사생결단의 치열한 순간들이 지나고 있다.

흔히 어린아이들에게 자신이 도저히 감당할 수 없는 폭력처럼 어마어마하고 무시무시한 공포가 또 있을까. 그것도 바로 자신의 코앞에서 펼쳐지고, 이제 조금만 지나면 금방이라도 자신에게 차례가 올 것만 같은 폭력에 대하여, 어린아이가 할 수 있는 일은 무엇이 있을까. 어린 나의 내면에서 일어난 사생결단의 싸움은 바로 다름아닌 사촌아부지의 폭력과 그 폭력이 불러일으킨 어마어마하고 무시무시한 공포였다. 공포는 어린 나의 상상력으로는 도무지 헤아릴 수가 없는 크기와 무게의 어떤 가위눌림이 되어 나를 짓누르고, 나는 온몸을 꼼짝달

싹하지도 못한 채, 눈앞에 펼쳐진 지옥의 풍경을 바라보며 나름대로 사생결단의 싸움을 계속해야 했다.

아아, 그때 나는 차라리 밖에서 동네 사람들에게 목이 터져라 외쳐 대는 누이가 얼마나 부러웠던가. 또한 나는 차라리 사촌아부지의 혹독한 매질 끝에 피투성이가 되어 그만 혼절해버리는 어머니마저 얼마나 부러웠던가. 훗날까지도 나는 어린 내가 그렇듯 지옥의 정경 속에서 처음부터 끝까지 맨정신으로 온전히 견뎌낼 수 있었다는 것이 스스로도 도무지 납득이 되지 않았다.

무슨 액운처럼 전혀 내 의사와는 무관하게, 나는 곧잘 사촌아부지와 어머니의 싸움에 말려들고는 했다. 두 사람은 으레 내가 깊게 잠든 틈을 타서 싸움을 벌이고는 했는데, 갑자기 터져나오는 고함이며 비명소리에 화들짝 놀라 깨어나면, 어느새 살기등등하게 뒤엉켜 있는 것이었다. 그러면 나는 미처 밖으로 도망칠 겨를도 없이 우선 손쉬운 대로 방구석을 찾아 몸을 웅크리게 마련이었다. 싸움의 발단이란 것이 대부분 밤늦게 만취해 돌아온 사촌아부지가 어머니에게 시비를 걸면서 비롯되는 것이어서, 이미 잠들어 있던 나로서는 아예 싸움을 피하고 말고 할 겨를도 없었다.

사촌아부지의 어머니에 대한 시비야 겉으로는 늘상 동업관계인 장사의 서로 틀린 셈 따위였지만, 그러나 정작 안으로는 그 원인이 나라는 것쯤은 두 사람뿐만 아니라 누이와 나마저도 잘 알고 있는 사실이었다. 본처와 어머니에게서도 자식을 생산하지 못한 사촌아부지는 틈나는 대로 여기저기 다른 여자들에게도 손을 써보지만, 결국은 모두가 헛된 수고로 끝나는 모양이었다. 사촌아부지도 이따금씩은 실수 비슷하게 속내를 드러내고는 했다. 그래, 이년아, 나는 자석이 없다

아. 시방 니가 나한티 자석 우세를 하년 모냥인디. 오냐. 인자 알겠다아. 자석을 둘이나 둔 니년이 겔국 내 등골을 몽조리 빼묵고는 난중에 니기들끼리만 호강하겠다 이거 아녀.

언제인가 사촌아부지와 어머니의 싸움에 말려든 끝에 나는 그야말로 절대절명의 위기를 맞은 적이 있었다. 여느 때와 다름없이 방구석에 있는 듯 없는 듯 한껏 몸을 웅크리고 있던 내가, 싸움에 몰두해 있던 그의 눈길에 우연찮게 잡혀든 것이었다. 나와 눈이 마주친 순간, 그는 미처 사태가 파악이 안된 듯 그저 멍한 눈이었다. 그는 치열하던 싸움도 잊어버린 듯 그렇게 한동안 멍한 눈으로 나를 바라보더니 이윽고 그의 눈빛이 차츰 야릇하게 변하기 시작했다. 아마도 그는 뒤늦게나마 나의 존재를 알아차린 모양이었다. 한마리 맞춤한 먹이. 그랬다. 언제나 눈앞에 얼쩡대며 자신의 어떤 굶주림만을 확인시켜주던 바로 그 먹이가 이렇듯 가까운 거리에서 이렇듯 생생한 피냄새를 풍기며 그 존재를 드러낸 적이 또 있으랴. 나의 존재를 알아차린 그의 눈빛에서는 대뜸 시퍼런 살기가 넘쳐나왔다. 그리고 나는 자신이 절대절명의 순간에 놓여 있는 것을 온몸으로 깨달을 수가 있었다.

"오매, 내 새끼야, 후딱 도망쳐라. 후따악."

어머니 또한 사촌아부지의 예사롭지 않은 살기를 느꼈던 것일까, 두 손으로 그의 허리를 움켜잡은 채 황급하게 외쳤다. 그러나 어머니의 외침과 달리 나는 손끝 하나 까딱할 수가 없었다. 나는 이미 저 어마어마하고 무시무시한 크기와 무게의 어떤 가위눌림에 온몸이 포박당한 것이었다. 그렇듯이 나를 향해 발톱을 세운 채 결정적인 기회를 노리고 있는 한마리 굶주린 짐승 앞에서 내 의지로 할 수 있는 것이란 아무것도 없었다.

어쩌면 나는 사촌아부지의 시퍼런 살기보다도, 나의 어린 상상력으로는 도무지 헤아리기가 불가능한 크기와 무게의 가위눌림을 더이상은 견뎌낼 수 없었을 것이다. 그리하여 나는 그가 당장 시퍼런 살기로 무슨 일이든지 저질러주기를 차라리 바라는 마음이었을지도 몰랐다. 그의 살기가 나를 비록 죽음에 이르게 할지라도, 아니, 그 이상의 어떤 고통을 가해온다 하더라도 당장 가위눌림에서만 벗어날 수 있다면, 나로서는 기꺼이 그쪽을 택했을 것이다.

그런 마음이 되자마자, 뜻밖에도 나는 아무런 생각도 나지 않는 일종의 무아상태에 빠져들어갔다. 그리고 나는 바로 그런 무아의 눈길로 사촌아부지를 바라보았다. 스스로의 의지로서는 아무것도 할 수 없는 상황에서 차라리 어떤 선택권을 그에게 돌려버린 순간, 나는 그만 자신도 모르게 생각이 모두 텅 비워져버린 것인지도 몰랐다. 흔히 사자나 표범 같은 육식동물에게 뒤쫓기던 한마리 노루가 끝내 도주의 길이 막히자 오히려 뒤쫓던 상대방을 향해 그대로 주저앉아서 생사의 선택권마저 넘겨버린 채 아예 모든 것을 체념하듯이, 어쩌면 나도 그런 식이 아니었을까.

그런 체념의 순간 나는 이미 자신의 내면에서 어떤 싸움이 끝난 것을 깨달았다. 비록 눈앞에서는 사촌아부지의 시퍼런 살기가 여전히 나를 향해 번득이고, 그렇게 절대절명의 순간이 계속된다고 해도, 그리하여 그것들이 끝내는 나를 죽음에까지 몰아간다 하더라도, 일단 그에게 선택권을 넘기고 생각을 텅 비워버린 지금, 나로 하여금 어마어마하고 무시무시한 공포 속에서 사생결단으로 끝없이 도주하게 하던 내면의 극악한 싸움은 어떠한 흔적도 없이 사라져버린 것이었다.

나의 눈길은 여전히 무아의 상태였을 것이다. 바로 그때였다, 사촌

172

아부지의 눈길이 사뭇 흔들린 것은. 나를 바라보는 눈길이 흔들렸다 싶은 다음 순간 그는 무슨 눈부신 장면이라도 대한 것처럼 질끈 눈을 감았다가 다시 떴다. 그리고 이번에는 머리마저 크게 한바퀴 돌려보더니 다시 한번 나의 눈길을 확인했다. 그러고는 도무지 이해 불가능한 어떤 것이라도 본 것처럼 어리둥절한 표정이 되는 것이었다.

"니, 니가 있었다 이거제?"

뜻밖에도 사촌아부지는 침울한 목소리로 힘없이 중얼거렸다. 그리고 나에게서 눈길을 돌렸다. 그렇게 눈길을 돌리는 짧은 순간, 나는 이미 그의 눈빛에서 시퍼런 살기가 사라져버린 것을 확인할 수 있었다. 나에게서 눈길을 돌린 그는 자리에서 벌떡 일어서더니 그 길로 방문이 떨어져나갈 만큼 힘껏 열어젖히며 횡허케 밖으로 나가버렸다. 그가 어머니와 싸움마저 포기한 채 방문을 열고 나가버리자, 막연하게나마 나는 자신이 그와의 어떤 겨루기에서 힘든 고비를 넘겼다는 것을 깨달을 수가 있었다.

정룡이와 함께 사촌아부지에 대한 이런저런 이야기에 몰두하는 동안에 시간이 적잖이 흐른 모양이었다. 얼결에 창밖을 보니, 어느새 하늘과 바다의 경계를 무너뜨리며 어둠이 가득히 몰려와 있었다. 바다 위에 보랏빛 꽃잎처럼 여기저기 둥둥 떠 있던 섬들 또한 희미한 윤곽만 남긴 채 이제 막 어둠속에 파묻히는 중이었다. 그 섬들의 희미한 윤곽에 겹쳐 방문 밖 어둠속으로 사라져가던 사촌아부지의 뒷모습이 다시 한번 살아왔다.

나는 창밖의 어둠처럼 갑작스럽게 몰려오는 취기를 느끼며 정룡이에게 눈길을 돌렸다.

"내가 수수께끼를 하나 내련?"

"내보세요."

정룡이는 난데없이 웬 수수께끼냐는 듯 심드렁한 기색이었다.

"어릴 적에 니 엄니뿐만 아니라 나 또한 이 세상에서 가장 무서운 사람은 사촌아부지였을 게다."

"그래서요?"

"그런데 그 사촌아부지는 이 세상에서 누가 가장 무서웠을까?"

정룡이가 비로소 다소 긴장한 표정이 되어 나의 질문에 관심을 보여왔다.

"글쎄요, 엄마 말에 의하면 장사꾼들 사이에 한가닥 하는 쌈패로 이름이 났던 모양인데…… 그런 사람이 특별히 무서워했던 누구라도 있었나요?"

"글쎄다, 그걸 가르쳐주면 어디 수수께끼가 되냐? 허긴 어린 나이부터 일찍이 호가 난 악바리였다지 뭐냐. 문래동 이모가 아직 살아 계셨을 때의 말로는 한번 싸움이 붙으면 하루이틀이 아니라 며칠을 두고 진드기처럼 달라붙어서 상대방을 질리게 만들어 마침내 항복을 받아내고는 했다는구나."

"아니, 이모할머니가 어떻게 그런 걸 다 알아요?"

정룡이는 이제 수수께끼보다는 이모의 이야기에 차라리 관심이 생기는 모양이었다.

"응, 당시 내 외할아버지가 서당 훈장이셨는데, 사촌아부지는 거기 학생이었다더라. 이모 이야기로는 공부를 못해서 툭하면 할아버지에게 혼이 난 주제에 허구헌 날 쌈질이었대요. 그러면서 귓속말로 나한테 뭐라고 하는 줄 아니? 그이가 글쎄, 총각시절부터 울 엄니를 좋아해서, 엄니라면 죽고 못 산다며 물불을 가리지 않고 막무가내로 쫓아다녔다지 뭐냐. 만약 내 외할머니만 아니었다면, 그때 당시에 그이는 이미 울 엄니와 맺어졌을지도 몰랐대요. 당시 내 외할머니는 인근에 아라사 병정이란 별명으로 그 명성이 자자할 정도로 사나운 여걸이었다니까. 오죽했으면 외할아버지가 외할머니한테 몇번인가 수염까지 뽑혔다는데. 그런 외할머니한테만은 그이의 악바리도 더이상 통하지 않았던 모양이야."

"가만있자, 그럼 그 사람이 세상에서 가장 무서워했던 게 나한테는 증조외할머니 되는 그 아라사 병정이란 분이란 거예요?"

"아니, 내가 태어날 무렵에는 외할아버지며 외할머니 모두 이 세상 사람이 아니셨는걸."

"그럼 또 누구예요? 무슨 힌트라도 줘야지, 수수께끼치고는 너무 황당하잖아요."

"아마, 내 생부쯤이 있을 텐데, 생부라는 이가 비록 인근의 건달 출신인데다가 노름꾼에 아편중독자로 감옥을 들락거렸다지만, 사촌아부지한테 어머니를 빼앗기고 나서도 이렇다하게 큰 소동 한번 일으키지 못한 걸 보면, 모르긴 해도 그이의 악바리에는 견디지 못하고 순순히 물러선 모양이니, 거기도 아닌 게 분명하고."

"에이, 하나마나한 얘기를 왜 해요? 그러고 보니 삼촌은 별 재미도 없는 걸 가지고 수수께끼니 뭐니 하면서 빙빙 돌리고 있어. 그러지 말고, 자, 빨리 정답을 말해요. 아니면 아예 말구요."

정룡이가 떼치듯 대답을 강요했고, 나는 순순히 응했다.

"사촌아부지가 가장 무서워했던 사람은, 바로 나였어."

나의 말에 정룡이는 자기가 잘못 들었나, 하는 얼굴로 되물었다.

"삼촌이라구요?"

"그래, 바로 나야."

"에이, 말도 안돼."

"말도 안되지만 사실이야."

거듭된 나의 주장에 정룡이는 나의 말을 믿어야 할지 말아야 할지 곤혹스러운 표정이 되어 있었다. 나는 그런 그를 외면한 채 훌쩍 창밖으로 눈길을 던졌다. 이제 사방이 온전히 어두워진 가운데, 희미한 윤곽만으로 남아 있던 섬들 근방에는 서너 개의 불빛이 돋아나 있었다. 바로 그 서너 개의 불빛에 겹쳐, 사촌아부지의 뒷모습이 아직까지도 사라지지 않은 채 내 눈길을 기다리고 있었다.

훗날 이따금씩 사촌아부지의 그런 뒷모습이 떠오를 때마다, 나는 그날 밤 어쩌면 그 또한 비단 어머니하고뿐만이 아니라 그의 내면에서도 나처럼 사생결단의 극악한 싸움을 했는지 모른다는 생각을 하고는 했다. 그리고 그 또한 자신의 상상력으로는 도무지 헤아릴 수가 없는 크기와 무게의 어떤 가위눌림에 짓눌려 있었는지도 모른다고. 그와 함께 그로 하여금 그토록 사생결단의 싸움을 하게 하고, 가위눌림에 짓눌리게 한 상대방은 다름아닌 나인지도 모른다고.

내가 절대절명의 위기를 넘긴 그날 밤 이후, 한동안 사촌아부지는 우리집에 발걸음이 뜸하였다. 그렇듯이 두 사람 사이에 싸움이 일어나는 횟수도 차츰 줄어들고, 막상 싸움이 붙었다 해도 서로 사생결단으로 살기등등하게 맞서던 예전과는 달리 치고받는 주먹질이나 발길질도 어쩐지 힘이 빠진 느낌이었다. 그러자 나로서는 두 사람이 마지못해 싸우는 흉내나 내는 것처럼 싱겁게까지 여겨지는 것이었다. 싸움이 끝나는 것도 외견상으로는 어머니가 피투성이가 되어 나자빠지는 식은 여전하였지만, 그런 끝맺음마저도 어딘지 모르게 허술한 구석이 없지 않았다.

어느날인가, 사촌아부지는 어머니를 향해 맹렬히 주먹을 휘두르다 말고, 문득 나를 돌아보았다. 기이하게도 그는 한껏 주먹을 휘두르던 사람답지 않게 지루한 표정이었다.

"니도 잘 봤지야아, 니 엠씨가 몬자 슬슬 내 복장 지르는 꼴을. 그란 디도 쌈이 붙으면 겔국 나만 나쁜 놈이 되고 마니 이거이사말로 사람 환장할 노릇 아녀."

사촌아부지는 나에게 무슨 애원이라도 하듯이 간절한 어투였다. 모르기는 해도, 나는 그때 비로소 내가 그렇듯이 그 또한 나를 두려워한다는 것을 보다 분명하게 알았을 것이다. 그러나 그가 도대체 어린 나의 무엇을 두려워하는지에 대해서는 전혀 요령부득이었다. 어쩌면 미처 나 자신도 모르면서 나 또한 그가 감당하기 힘든 어떤 어마어마한 폭력을 지닌 것인지도 모를 일이었다.

내가 초등학교에 다닐 무렵이었을 것이다. 사촌아부지가 한번은 술에 만취한 채 어머니에게 아예 싸움이라고도 할 수 없는, 숫제 어거지 식의 시비를 걸어온 적이 있다. 아니, 어쩌면 시비라기보다는 거의 생떼에 가까웠다. 생떼의 내용이 너무 황당하여 어머니나 누이마저 코웃음을 치고 말았지만, 정작 그만은 전혀 만취한 사람답지 않게 더할 수 없이 진지한 얼굴로 자신의 주장을 되풀이하는 것이었다.

"쟈의 눈이나 코나 입을 봐라. 어디 한나 나하고 닮지 않은 데가 있는가 말이여. 아무리 생각하고 또 생각해도 쟈는 첨부터 내 아들이여. 그걸 자네가 시방까장 속에온 것뿐이여. 쟈는 백번을 죽었다 깨어나도 이씨가 틀림없어. 이씨가 아니면 내 손에 장을 지져."

어머니는 애초부터 하얀 눈으로 사촌아부지를 흘기며 아예 신칙도 않으려 들었다.

 "씨도 안 맥히는 소리 하들 말어. 사람 같지 않은 인사하고 살다봉께 난중에는 벨 소되야지 같은 소리를 다 듣게 되네. 저 아이 돌이 다 되야서 이녁을 만난 것은 하늘도 알고 땅도 알어. 아무리 실없는 인사라제만 공연히 비싼 돈 내고 술 처묵고는 그르코롬 쓰잘데기없는 말이나 하고 줗을까."

 "야, 이년아, 잠자리 일이사 하늘하고 땅이 우찌께 안단 말이여? 그거이사 천하에 니년하고 나밖에 몰르는 일 아니겄어?"

 "워이워이, 웬 동네 개가 요로코롬 시끄럽게 짖어싼다냐?"

 어머니는 급기야 사촌아부지를 동네 개로 취급하려 들었는데, 기이한 것은 여느 때 같으면 틀림없이 머리채를 낚아채고 매타작부터 하고 볼 그가 전혀 손을 쓸 기색이 없이, 오로지 자신의 주장만 되풀이하는 점이었다.

 "니년이 뭐라고 해도 저 아이는 이씨여. 두고 봐라. 나가 널 당장에 호적을 파서 이씨로 바꽈놓고 말 테니."

 두 사람이 하는 양으로 보아, 누가 거짓말을 하는지는 너무나 명백했다. 그러나 나는 생떼를 쓰는 사촌아부지를 차마 어머니나 누이처럼 아예 하얀 눈으로 무시하거나 무슨 동네 개로 취급할 수는 없었다. 그의 말을 듣고 있자, 어린아이답지 않게 한가닥 비애감이 날카로운 칼날처럼 작은 가슴을 오려내는 것이었다. 그렇게 한가닥 비애감에 가슴을 오려내면서, 나는 이번에는 보다 확연하게 그에 대한 나 자신의 폭력의 존재를 인정할 수가 있었다.

 다음날 나는 마침 누이가 없는 틈을 타서, 부엌에 있는 어머니에게 조심스럽게 한가지 제안을 했다.

"엄니, 사촌아부지 말대로 나 성을 이씨로 바꾸먼 안되까?"

이제 막 밥솥의 뚜껑을 열어 밥에 뜸이 들었는가 확인하던 어머니는 손에 솥뚜껑을 든 채 그대로 부엌 바닥에 철버덕 주저앉고 말았다.

"니 시방 뭔 소리여? 그 쳐죽일 인사가 또 돈을 줌시롱 너한테 성을 바꾸자고 꼬시다냐?"

"아녀, 아녀, 그거이 아녀. 이번에는 참말로 사촌아부지하고 상관이 없이 나 혼자 생각한 거랑께."

어머니는 솥뚜껑을 집어던지고 당장에 부지깽이부터 찾고 보았다.

"이 사람 못 될 놈의 새끼야, 시방 니가 이 엠씨한테 뭔 짓을 한 중이나 아냐? 아냐, 차라리 이 엠씨를 쥑에라. 이 엠씨를 쥑이고 나서 이씨로 바꽈라."

"아이고, 엄니, 나가 잘못했어라우."

나의 제안이 정작 뜻과는 다르게 뭔가 단단히 잘못되었다는 것을 감지하자마자 나는 어머니의 부지깽이를 피해 다람쥐처럼 재빨리 부엌 밖으로 도망쳤다.

무슨 정기적인 행사처럼 벌어지던 사촌아부지와 어머니의 싸움은 그후 몇해 지나지 않아 어머니가 아예 사촌아부지와의 동업관계를 청산하면서 소강상태로 접어들었다. 사촌아부지는 인근의 해산물 도매상을 하면서 한편으로는 뱃길을 이용하여 멀리 속초나 주문진까지 나다니며 오징어나 명태 따위 윗녘 장사를 했는데, 십년 가까이 그와 함께 동업을 하던 어머니가 아예 윗녘 장사를 집어치우고 집 근방의 5일장을 맴도는 소매상으로 주저앉고 만 것이었다. 어머니는 어물전머리에서 거적을 깔고 역시 거적만한 차일을 친 채, 김이며 미역, 멸치 따위를 파는 보따리장수가 되었다. 그런 어머니가 안쓰러워 다른 장사

치들이,

"아이고, 대처로 나돔시롱 큰돈을 만지던 사람이 요로코롬 코딱지 묻은 돈쪼가리를 시고 있게 될 중은 우찌게 알었당가."

하고 어설픈 위로라도 할라치면, 어머니는 당장에 두 손을 휘휘 내젓고는 했다.

"아이고, 이 예펜네야, 몰르는 소리 하들 말어. 댑데 진작에 윗녘 장시를 작파 못한 것이 후회된당게. 빛 좋은 개살구여. 고상은 고상대로 쎄빠지게 하고 놈 존 일만 시킴서도 난중에는 애먼 소리만 들었제잉. 시방이사 나넌 요로코롬 속 펜한 것이 꼭 앓던 이빨이라도 빠져뿐 것 같당게."

어머니가 사촌아부지와의 동업관계를 청산한 것과 우리 식구가 집을 잃고 남의 집 단칸방 셋방살이로 나선 것은 동시에 일어난 일이었다. 어떻게 보면 동업관계를 청산한 것은 기실 두 사람 모두의 뜻은 아니었을 것이다. 평소에도 엉뚱한 구석이 없지 않던 그가 목돈을 크게 한번 벌어보겠다며 밀수에 손을 대었는데, 그만 물건을 싣고 도착한 장생이 바닷가 현장에서 형사들에게 붙잡히고 말았다. 그러자 그는 보란 듯이 어머니를 끌고 들어갔고, 그에게 돈을 대준 것이 공범이 되어 어머니는 결국 그와 함께 감옥에까지 가게 된 것이었다. 어머니는 부랴부랴 집이며 땅이며 전재산을 털어바치고 어렵사리 감옥에서 빠져나오자, 그 길로 그와의 동업관계를 깨끗이 청산했다.

두 사람 사이에 동업관계가 사라지자, 우리집을 찾는 사촌아부지의 발길도 차츰 뜸해져갔다. 그리고 어느 해인가 그가 젊은 여자를 또다른 첩으로 맞아 아예 본댁에 들어앉히면서부터는 숫제 발길을 끊다시피 소원하게 되었다. 어머니 또한 내가 성장해감에 따라, 마냥 어정쩡

하기만 한 그와의 내연관계를 새삼스럽게 남부끄러워하며 내 눈치를 살피고는 했다. 그러다가 마침내 내가 결혼을 하게 되자 어머니는 그와의 사이에 남아 있던 마지막 실낱 같은 내연관계도 끊어버린 채, 고향에서 솔거하여 나를 따라 경기도 화성의 낯선 땅에 늙은 몸을 부린 것이었다.

나로서도 사촌아부지의 얼굴을 마지막으로 본 것이 언제인지 분명하지가 않다. 대학에 다닐 때만 해도, 방학을 맞아 고향에 내려가면 한두 번씩 얼굴을 보고는 했는데, 아마 그것이 마지막이었을 것이다. 대학을 졸업하고 사회생활을 하기 시작한 후 어머니마저 내 곁으로 솔가하고 나서는 나는 아예 고향에마저 갈 일이 없어져버렸으므로 그의 얼굴 또한 자연스럽게 보지 않게 되었을 것이다.

사춘기를 거쳐 청년시절을 지나면서 어쩌면 나는 사촌아부지와 얼굴을 마주치는 것뿐만 아니라 그에 대한 소문을 전해듣는 것마저도 거의 무의식적으로 피하지 않았나 싶다. 사춘기로 접어들어 자신의 출신성분에 눈뜨면서부터, 그는 나에게 어쩔 수 없이 가장 터부시하고 싶은 인물이 되어버렸다. 가난한 시골의 장돌뱅이 사생아라는 출신성분만으로도 자신의 삶이 버거운 나이에 그마저 인정한다면 나는 출신성분에 의붓자식이라는 치욕스러운 혹을 또하나 덧붙여야 할 것이었다.

사촌아부지의 얼굴을 마지막으로 본 것이 언제인지 분명하지 않듯이, 그가 언제 죽었는지도 분명하지 않다. 다만 90년대에 들어선 어느 해인가, 한 신문사에서 연재하던 명작의 고향이니 어쩌니 하는 인터뷰 기사 때문에 기자와 함께 얼핏 고향에 들른 적이 있었다. 그때 집안의 먼 형님뻘 되는 이를 찾아보게 되었는데, 그가 지나치는 말로 우연히 사촌아부지의 소식을 전해주는 것이었다.

"간암인가 뭐인가로 배가 남산만해져서는 헐떡헐떡함시롱 나한티 와가꼬는 자네 연락처를 묻드란 말이시. 나가 요래저래 눈치를 봉께 그래도 자네를 자석이라고 신세를 잠 지고 잪어하드랑께. 참말로 뻔뻔시러운 인사여. 돌아가신 자네 엄니한티 한 짓을 생각한다면 감히 자네를 찾을 맘이 났겄는가. 그때 나가 우찌께든 알아보믄 자네 연락처쯤이야 못 알아보겄는가마는 그 인간 심뽀가 고약해서 딱 띠어부렀네. 그 인간이 그렇코롬 자네를 찾고 나서도 한핸가 더 있다가 집안 살림을 한나도 남김없이 몽조리 거덜내고 딱 동냥치 꼴이 되야서 뒈져뿌렀구만잉."

형님뻘 되는 이의 말을 들으면서 나는 사촌아부지가 저 옛날 나를 자신의 아이라며 부리던 생떼라도 대한 것처럼 불현듯 칼날 같은 한 가닥 비애감이 가슴을 오려내는 것을 느껴야 했다. 어쩌면 그는 배가 남산만한 암 말기환자가 되어 참담하게 죽는 순간까지도, 결국 나라는 존재가 지닌 폭력과 그 폭력의 어마어마하고 무시무시한 공포나 가위눌림에서 벗어나지 못한 것인지도 몰랐다.

사촌아부지에 대한 이런저런 이야기를 나누다가 내가 잠깐 상념에 든 사이에, 정룡이는 얼굴이 벌겋게 술에 물든 채 연신 고개를 끄덕이며 선잠에 빠져 있었다. 그러나 내가 이름을 부르자 그는 언제 졸았냐는 듯이 번쩍 눈을 떴다.

"삼촌, 어디까지 이야기했지요?"

불현듯 장난기가 발동한 내가 되물었다.

"넌 어디까지 들었는데?"

"글쎄요, 그게 글쎄, 그 사람이 삼촌을 무서워한다던가……"

정룡이는 대답을 흐리는 대신에 손바닥으로 머리통을 만져 보였고, 나는 그에게 턱짓을 해 보였다.

"사촌아부지는 사촌아부지고…… 시간도 적잖이 흐른 것 같은데, 이제 그만 자리에서 일어나야지?"

나의 말에 정룡이가 기다렸다는 듯이 팔목의 시계를 들여다보더니 놀란 척했다.

"어어, 열시가 넘었네. 벌써 이렇게 됐나?"

밤바다 저 멀리에서 초저녁까지도 보이지 않던 어등(魚燈)이 몇낱 졸듯이 깜박이고 있었다. 방파제 곁을 지나 모텔로 가는 밤길을 밟으면서, 정룡이가 이제는 완연히 선잠이 깬 목소리로 나에게 말을 걸어 왔다.

"삼촌은 그 사촌아부지라는 사람한테 어떤 연민까지도 느끼는 모양이지만, 아무래도 나는 엄마 편인가봐요. 연민이란 말 자체가 그 사람한테 쓰기에는 어쩐지 거북하게 느껴져요."

"니 엄니는 좋겠다."

"그건 왜요?"

"너 같은 아들을 둬서."

문득 나는 자신도 미처 원인을 모르는 어떤 거부감이 정룡이를 향해 가슴 저 밑바닥에서부터 무슨 연기처럼 뭉글뭉글 살아오는 것을 느꼈다. 나는 애써 그에게서 고개를 돌렸다. 어쩌면 나의 그런 거부감은 그가 아니라 정작 누이를 향한 것인지도 몰랐다. 그런 거부감 때문이었을까, 미처 생각하지 못했던 말이 불쑥 입에서 튀어나오는 것이었다.

"만약에 니 엄니가 듣는다면 지금 당장 무덤 속에서 벌떡 일어나 뛰쳐나올 이야기가 아직 남아 있지."

"뭐, 뭔데요?"

"지난번 니 외할머니 기일 때, 기억하냐?"

"기억하지요. 불과 몇달 전 일인데요 뭐."

"그때 네가 물었지. 왜 젯밥을 세 그릇씩이나 놓았느냐고."

"그거야 외할머니 저승 동무들이 함께 드실 거라고 했잖아요."

정룡이의 말에 나는 고개를 절레절레 저었다.

"저승 동무들이 아니다."

"그러면……"

잠깐의 침묵 끝에 정룡이가 다시 말을 이었다.

"그 중에 한그릇은 바로 사촌아부지라는 사람 거란 말예요?"

"그래, 어머니, 생부, 그리고 사촌아부지."

정룡이는 어쩔 수 없이 말문이 막히는 모양이었다. 그의 침묵이 길어지자 나는 그에게서 고개를 돌려 밤바다 멀리에서 졸듯이 깜박이고 있는 어등을 바라보았다.

—『문학동네』 2001년 가을호

폰개 성

폰개 성에 대한 내 기억의 첫머리는 그가 큰아버지를
얼싸안고 애절하게 울부짖는 장면이다.
"아이고, 아부지이, 엉엉, 시상에 이거이 뭔 일이다요, 엉엉."
폰개 성은 금방 눈물로 범벅이 되어버린 얼굴을 하고서도,
두 손으로는 쉬지 않고 큰아버지의 팔이며 다리를 주무르고 있다.
그러나 큰아버지는 비스듬히 모로 누운 자세에서 꼼짝도 하지 않는다.
팔꿈치와 무릎을 서로 잇댄 채 한껏 몸을
웅크려 새우등을 하고 있을 뿐이다. 그런 큰아버지는 영락없이 세상 모르고
깊이 잠든 모습이다. 옆에는 눈에 익은 나무궤짝과
함께 비료부대 종이로 싼 쇠고기 한덩이가 가지런히 놓여 있다.

폰개 성

폰개 성에 대한 내 기억의 첫머리는 그가 큰아버지를 얼싸안고 애절하게 울부짖는 장면이다.

"아이고, 아부지이, 엉엉, 시상에 이거이 뭔 일이다요, 엉엉."

폰개 성은 금방 눈물로 범벅이 되어버린 얼굴을 하고서도, 두 손으로는 쉬지 않고 큰아버지의 팔이며 다리를 주무르고 있다. 그러나 큰아버지는 비스듬히 모로 누운 자세에서 꼼짝도 하지 않는다. 팔꿈치와 무릎을 서로 잇댄 채 한껏 몸을 웅크려 새우등을 하고 있을 뿐이다. 그런 큰아버지는 영락없이 세상 모르고 깊이 잠든 모습이다. 옆에는 눈에 익은 나무궤짝과 함께 비료부대 종이로 싼 쇠고기 한덩이가 가지런히 놓여 있다.

큰골 방죽 바로 아래이다. 둑길에는 동네 아이들이 길게 늘어서서 구경을 하고 있다. 내 눈길 또한 아이들과 같은 위치에서 폰개 성을 바라보고 있는 걸로 보아, 어쩌다가 나는 그만 아이들 편에 서 있게 된 모양이다. 아이들 중에 누군가가 더이상 참지 못하고, 폰개 성더러 들으라고 넌지시 한마디 던진다.

"폴쎄 죽었는디……"

누군가의 말에 아이들이 저마다 고개를 끄덕여 동조를 하고 나선다. 그러나 서 있는 위치가 뭔가 어정쩡하고 애매한 나는 아이들과는 달리 화들짝 놀라고 만다. 폰개 성이 큰아버지를 붙들고 애절하게 울부짖는 것을 두 눈으로 직접 보면서도 내가 쉽사리 그에게 가세하지 못하는 것은, 어쩌면 아직껏 큰아버지의 죽음을 실감하지 못하기 때문인지도 모른다. 아니, 실감하지 못하기 때문이라기보다는 도무지 인정할 수 없기 때문인지도 모른다.

오늘은 내가 열한살이 되는 설날 아침이다. 그리고 설날은 비단 나 같은 어린이뿐만 아니라 누구에게나 넘쳐나는 음식과 세뱃돈과 화기애애한 얼굴로 주고받는 덕담만이 있어야 한다. 바로 그런 설날 아침에 하필이면 큰아버지가 죽는 일 따위는 벌어질 리 없다. 나는 눈앞에 벌어진 사태가 거의 분하기까지 한 마음이다. 그러면서도 나는 언제부터인가 모르게 어쩐지 눈시울이 뜨거워져오는 것을 막지 못한다. 기어코 두 눈에 눈물이 고이고, 나는 얼핏 하늘을 바라보며 크게 숨을 들이쉰다.

새파랗게 얼어붙은 하늘을 겨울바람이 쌩쌩, 거칠 것 없이 내달리고 있다. 겨울바람에 휘말려 어디선가 방패연 하나가 수직으로 곤두박질친다. 그렇게 방패연이 곤두박질치는 새파란 하늘 어디선가 큰아버지의 술취한 목소리가 들려온다.

"몬자 큰골로 올라갈 테여? 이 큰아부지는 오랜만에 동무를 만났는디, 시방 이 자리서 하늘이 두 쪽이 난다고 해도 기냥 갈 수가 없구만. 큰아부지가 딱 한잔만 걸치고 일어설 테닝께, 지달리지 말고 몬자 올라가더라고. 가서 큰엄니보고 나가 금방 뒤따라온다고 전해라잉."

파장 무렵이 되어 서둘러 짐을 거두어 나무궤짝을 메고 일어선 큰아버지가 동무를 만난 것은 어물전머리에서였다. 이제 막 푸줏간에 들러 쇠고기 한근을 끊은 다음에 어물전으로 해서 장터를 빠져나가려던 참에 동무를 만난 것이었다. 이미 전작이 있던 두 동무는 서로 얼싸안다시피 부둥켜안고 누가 먼저랄 것도 없이 서둘러 가까운 선술집으로 들어갔다. 큰아버지는 덩달아 함께 들어간 나를 구태여 등을 떠밀다시피 하며 선술집 밖으로 밀어냈다.

"공부하는 학상은 이런 곳에 들어오면 안된다는 법도 몰른당가? 여그는 학상이 배울 것이라고는 눈곱만큼도 없는 데여. 만약에 어무니라도 이 꼴을 보면 당장에 나를 우찌께 생각할 거잉고?"

혼자서 시오릿길이 넘는 큰골까지 갈 엄두가 나지 않아 막무가내로 버티다가 내가 그만 선술집을 나선 것은 어무니 운운한 큰아버지의 마지막 말 때문이었다. 술이라면 자다가도 벌떡 일어나 진저리를 쳐대는 어머니의 성정을 나라고 모를 리 없었다. 어머니에게 술이란, 나로서는 전혀 기억에도 없는 생부이거나 혹은 술에 취했다 하면 으레 주먹부터 휘두르고 보는 의부에 다름아니었다. 그런 어머니한테 비록 큰아버지와 함께라지만 내가 선술집에 어정거렸다는 소문이 들려서 좋을 일은 눈곱만큼도 없을 것이었다.

비단 술뿐만이 아니라 매사에 걸핏하면 어머니는 나에게 생부의 일을 걸고 넘어지기 일쑤였다. 내가 어쩌다 아이들과 싸우거나 학교수업을 빼먹어 말썽이라도 생기면 어머니는 숫제 두 눈을 허옇게 뒤집고는 했다.

"아이고, 서방 복이 없는 년이 어디 자석 복이라고 있을 거이여. 될 성부른 낭구는 떡잎부터 알어보드라고, 아직 귀싸댕이에 피도 안 마른 것이 우짜면 그루코름 지 애비가 허든 숭헌 짓만 골라 헌당가? 오매, 오매, 징헌 거, 허구헌 날 고주망태에다가 노름꾼에다가 쌈박질에다가 그것도 모질라서 난중에는 아편쟁이까지…… 시상에 숭악한 짓만 골르고 골라서 지 애비가 나를 골벵들이둥만 인자는 그 새끼가 나서서 기냥 내 멩줄마자 끊어놀라고 헌당께. 아나, 니 애비를 닮을 바에는 일찌감치 나를 쥑에라, 쥑에."

선술집을 나온 내 귀에 이제 막 주모를 향해 호기롭게 외쳐대는 큰아버지의 목소리가 울려왔다.

"아짐씨, 여그 막걸리 한사발씩만 주시요잉."

큰아버지는 5일장을 돌아다니는 신기료장수였다. 장날이면 싸전머리에서 헌 구두며 운동화를 수선했는데, 아무리 밑창이며 코가 너덜너덜해져버린 구두나 운동화일지라도 일단 큰아버지의 손에만 들어가면 금방 새것으로 둔갑을 하게 마련이었다. 터지고 구멍이 난 구두에 가죽을 잘라붙이고 밀랍을 입힌 실로 서걱서걱 꿰매가는 큰아버지의 잽싼 손놀림을 옆에서 보고 있노라면 무슨 요술을 보듯이 마냥 신기하기까지 했다.

큰아버지가 언제부터 떠돌이 신기료장수가 되었는지는 자세히 기억할 수 없다. 아마도 내가 초등학교를 다니기 전부터였지 않나 싶다. 그렇듯이 나에게는 큰아버지 하면 으레 싸전머리의 전봇대 아래 까맣게 손때가 묻은 나무궤짝을 의자 삼아 깔고 앉아 있는 모습이었다.

큰아버지에게 어린 내가 불쑥 손을 내민다.

"큰아부지."

나의 목소리에 큰아버지는 비로소 고개를 들고 주름투성이의 얼굴 가득히 함박웃음을 담는다.

"허어, 우리 세금쟁이가 이번 장도 안 잊어뿔고 찾아왔단 말이제?"

큰아버지가 주섬주섬 감색 한복 조끼의 주머니를 뒤지고, 나는 뒤쫓기기라도 하듯이 성급하게 재촉한다.

"빨랑 줘. 꾸물대다 들키면 나는 맞어죽는단 말여."

"아니, 우리 귀여운 세금쟁이를 누가 감히 쥑인단 말여?"

"치잇, 바로 엄니제 누구여? 한번만 더 큰아부지한테 돈 타내면 때레죽인다고 했단 말여."

큰아버지가 이윽고 십환짜리 지전 한장을 건네주면, 나는 혹시나 어머니한테 들킬세라 뒤도 돌아보지 않고 횡허케 내뺀다. 언젠가 큰아버지에게 돈을 타내는 것을 목격한 어머니는 근래에 없던 매타작까지 해가며 혹독하게 나를 혼냈던 것이다.

"아나, 차라리 문딩이 콧구녕에서 마늘을 빼묵제 큰아부지한테서 돈을 뺏어야? 지끔 그 냥반 헹펜이 우짠 줄 알고 장마다 날강도같이 버젓이 돈을 뺏는 거이냐? 그 냥반 헹펜에는 니한테 뺏기는 단돈 십환도 속으로는 피눈물이 날 거이다. 이 속알탱이 없는 새끼야."

"오매, 엄니, 나가 뺏은 거이 아니고 큰아부지가 아이스께끼 사묵으라고 줬단 말여."

"아이고, 이 싹퉁머리없는 새끼가 터진 입이라고 말 둘러대는 것 잠보소. 오냐, 좋다, 그라면 니가 손도 안 벌리는디 큰아부지가 일일이 쫓아댕김서 니한테 돈을 주더냥잉?"

어머니로부터 예사롭지 않게 혼쭐이 났지만, 그러나 가까스로 걸음마를 익힌 어린아잇적부터 뺀질뺀질한 장돌뱅이로 호가 난 나로서는 이 손쉬운 돈줄을 호락호락 포기할 수가 없었다. 몇년을 두고 큰아버지 말마따나 세금쟁이 노릇을 톡톡히 해온 나에게, 큰아버지는 어머니의 매타작 몇번으로는 결코 물러설 수 없는 소중한 돈줄이었던 것이다.

어린 내가 도무지 이해할 수 없는 한가지는 바로 큰아버지에 대한 어머니의 태도였다. 어머니는 생부라면 혹시 꿈에라도 나타날까 두렵다는 듯이 치를 떨며 하나부터 열까지 비난으로 일관하면서도, 큰아버지에 대해서는 전혀 반대였다. 내가 보기에도 이건 두 사람을 너무 심하게 차별한다 싶을 정도로, 큰아버지에 대한 어머니의 태도는 어느 하나 없이 각별했다.

어머니의 태도 중에서도 이해가 안되는 또하나는 바로 설날이나 추석 같은 명절이며 그리고 무슨 할아버지나 할머니의 제삿날이면 으레 나를 큰아버지한테 보낸다는 점이었다. 생부와 마찬가지로 단 한번도 본 적이 없는 할아버지며 할머니의 제사에 가야 한다는 것은 나로서는 뚱딴지 같다 못해 뭔가 억지스럽기도 했다. 그런데도 어머니는 바로 나를 큰아버지한테 보내는 문제로 의부와 대판 싸움을 벌여 피투성이가 되는 것도 마다하지 않았다.

"이년이 지금 누구 복장을 지르는 거여, 뭐여? 시방 니가 무신 맘으로 그놈 집 제사며 명절 때마다 버젓이 니 새끼를 보내는 거여? 나가 고자가 되야서 후사가 없기 땀시 죽어 귀신이 되야서도 물밥도 못 얻어묵을 거라는 것을 시방 니년이 나 앞에 우세하고 있는 거 아녀? 아나, 이년아, 지 새끼를 이만큼 맥에살레 키워논 것이 누군 중이나 알고, 시방 천벌 맞을 짓거리를 하는 거이냐? 오냐, 어디 천벌을 맞기 전에 몬자 내 손에 뒈져봐라."

의부가 대뜸 어머니의 머리채를 낚아채며 길길이 날뛰었다. 당시 어머니와 함께 해산물 도매상을 하던 의부는 서로간에 돈계산이라도 틀려 시비가 붙는 날이면 곧잘 손찌검을 해서 어머니를 피투성이로 만들곤 했는데, 그런 의부의 손속도 이번에는 그 혹독함이 여느 때와는 달랐다. 일찍이 어린 나이부터 둘 사이의 싸움질을 흡사 닷새마다 어김없이 돌아오는 장날처럼 흔하게 보며 자란 나인지라 웬만하면 못 본 척했는데, 그런 나로서도 이번에야말로 어머니가 죽어나자빠지는 것은 아닐까 하고 은근히 걱정이 될 지경이었다. 그러나 어머니 또한 절대로 뒤로 물러나지 않았다.

"오냐, 때레쥑에라. 나가 이녁 손에 죽으면 죽었제, 한나밖에 없는 내 새끼를 근본도 모르는 장갓 쌍것으로 맨들 수는 없어야."

나로서는 무슨 근본 운운하는 어머니가 당연히 이해되지 않았다. 아니, 이해가 되지 않을뿐더러 심지어 변덕을 부리는 것처럼 여겨지기까지 했다. 마치 철천지 원수라도 되는 것처럼 틈만 나면 생부 욕을 해대면서도 한편으로는 의부에게 피투성이가 되면서까지 기필코 나를 큰아버지한테 보낸다……

큰골은 큰아버지댁뿐만 아니라 둘째아버지며 사촌형제들로부터 당숙이며 육촌형제들에 이르기까지 거의 자작일촌으로 벌족한 집안을 이루고 있었다. 그런 벌족한 집안에서 웬일인지 큰아버지댁만은 달랑 방 두 칸에 부엌 한 칸뿐인 초가삼간이었다. 게다가 그 초가삼간마저 아직 새 이엉을 얹지 못한 낡은 지붕이 한쪽으로 비스듬히 기울어지고 있어서, 누가 보아도 궁한 살림이 남김없이 드러나는 정경이었다.

내가 흉내뿐인 사립문을 혼자서 들어서자, 기다렸다는 듯이 큰어머니가 방문을 열어젖혔다.

"아니, 우찌께 해서 혼자 오는 거이여?"

"잉, 큰아부지가 금방 뒤따라온다고 함서 나보고 몬자 가라고 하등만."

내 말이 끝나기가 무섭게 큰어머니는 손에 쥐고 있던 장죽을 놋재떨이에 쨍 소리가 나게 내리쳤다.

"아이고, 이놈의 술구신이 보나마나 그새를 못 참고 어린 아그를 혼자 보낸 것이겄제?"

"아녀, 아녀, 큰엄니, 그거이 아녀. 나랑 함꾼에 어물전을 나오는디 동무를 만났단 말여."

"동무는 무신 얼어죽을 놈의 동무! 헌다 헌다 헝께, 이 영감탱이가 섣달 그믐날까장 넘의 염장을 지르고 있네. 글 안해도 그놈의 술 땜시 날레뿐 그 빤닷한 집이며 논밭만 생각하면 시방 당장에 쎗바닥을 물고 자젤이라도 해뿔고 싶은 마음뿐이여. 어디 오기만 해봐라. 나가 오늘은 시상없어도 기냥 넘어가덜 않을 테여."

큰어머니가 본격적으로 큰아버지를 구실삼아 잔소리를 늘어놓을 낌새를 보이자, 이윽고 폰개 성이 나섰다.

"엄니, 지가 한번 싸게 장터까지 갔다와볼께라우?"

폰개 성의 말에 큰어머니는 오히려 방에서 마루로 나앉으면서까지 손에 든 장죽을 휘둘러댔다.

"냅둬라, 냅둬. 이 추운 날 니는 뭔 죄가 났다고 장터까장 가서 영감탱이 뒤치다꺼리를 맡는단 말이여? 나도 인자부터는 영감탱이가 술독에 빠져 죽든 말든 암시랑 안헐란다."

큰어머니는 말끝에 기어코 곡성을 터뜨렸다.

"아이고오, 한나밖에 없는 우리 폰개럴 중핵교도 못 보낸 마당에, 이 속창시 없는 인사는 뭐이 좋다고 허구헌 날 술타령인고오."

큰아버지가 밤이 깊어져도 오지 않자, 폰개 성이 그만 집을 나섰다. 줄곧 구시렁대며 큰아버지를 향해 날을 세우던 큰어머니마저도 폰개 성을 더이상 만류하지 못했다. 나는 폰개 성이 사립문을 열고 섣달 그믐밤의 깜깜한 어둠속으로 사라지는 것을 지켜보았지만, 그러나 그가 돌아오기까지 기다리지 못한 채 어느새 밀려오는 잠 속으로 빠져들고 말았다.

어쩌다 큰아버지댁에 오면 나는 으레 그런 식으로 잠 속으로 빠져들고는 했다. 부엌에서는 떡이며 고기들이 익어가는 구수한 냄새가 풍겨나고, 안방의 제상에는 벌써 곶감이며 사과며 북어포 같은 마른 차림들이 진설되어 있다. 큰아버지는 여느 때와는 달리 사뭇 근엄한 표정으로 묵묵히 알밤을 깎는다. 그렇듯 제사를 앞둔 달콤하고 넉넉하면서도 한편으로는 어딘지 모르게 신비하기조차 한 분위기 속에서 차츰 밤이 깊어간다. 이른바 할아버지며 할머니 같은 조상의 넋들이 오는 시간이라는 자정 무렵을 기다리는 것이다. 나는 그러나 단 한번도 제사를 지낼 때까지 기다리지 못한 채, 매번 나도 모르는 사이에 잠 속으로 빠져들고 말았다. 그리고 제사 지낼 준비를 모두 끝낸 큰아버지가 깨워서야 일어났다.

"자, 인자 그만 인나서 할아부지한테 절을 드레야제?"

내가 선잠이 깨어 손등으로 눈을 부시고 보면, 어느새 큰아버지댁 뿐만 아니라 둘째아버지며 막내 작은아버지까지 가까운 일가들이 모두 비좁은 방안에서 북적대고 있다. 미처 방에 들어오지 못한 여자들은 방 앞의 좁은 마루에서 옹송그린다. 이윽고 제사가 시작되면 큰아버지는 잊지 않고 나부터 챙긴다.

"자, 내 옆에 오니라."

그러고는 제사를 지내는 틈틈이 어린 나에게 망자의 함자며 제사의 절차 같은 것을 자상하게 설명한다. 그런 설명 끝에 큰아버지는 비단 나에게 들으라고 하는 것만은 아닌, 엉뚱한 한마디를 빼놓지 않는다.

"어디서 어떠끄롬 살든지간에 저마둥 타고난 근본을 잊어뿐다치면, 건 사람노릇이라고 헐 수가 없는 거이제."

큰아버지는 아침이 되어도 돌아오지 않았다. 뭔가 사태가 심상치 않은 것을 깨달은 일가들까지 나서서 밤새도록 몇번씩이나 장터를 오갔지만, 어디에서도 큰아버지를 찾지 못한 모양이었다. 그리고 아침 늦게서야 엉뚱하게도 동네 아이들에 의하여 장터를 오가는 길과는 전혀 동떨어진 방죽 아래에서 발견되었다. 동네 아이들 중의 하나가 그만 줄이 끊어져 날아가는 연을 뒤쫓아가다가 바로 방죽 아래에서 큰아버지를 발견한 것이었다. 후에 들은 이야기로는 술에 취한 큰아버지는 깜깜한 밤길을 걷다가 길을 잘못 들어 방죽 아래로 들어섰고, 너무 추운 나머지 잠시 쉬었다 간다는 게 그만 잠이 들어버린 것이었다.

큰아버지가 죽은 후 얼마 되지 않아 폰개 성은 큰어머니와 함께 큰 골을 떠나 순천으로 이사를 갔다. 큰아버지의 외아들인 폰개 성 위로는 시집을 간 순자와 숙자 두 누님이 있었는데, 남편이 순천에서 순경으로 있는 순자 누님이 폰개 성을 옆으로 불러들인 것이었다.

큰아버지의 제삿날이 되자 어머니는 역전에서 순천으로 가는 사람을 수소문하여 인편에 나를 맡겼다. 폰개 성 집은 법원 가까운 주택가의 한가한 골목길에 있었는데, 두어 평 될까 말까 한 가게와 그 가게에 딸린 골방이 전부였다. 이를테면 담뱃가게를 하는 셈이었다. 가게에는 비단 담배뿐만 아니라 눈깔사탕이며 센베이과자며 꽈배기 등이 담긴 둥근 유리병 서너 개가 진열되어 있었지만, 그러나 어린 내가 보기에도 귀가 빠진 것이 분명한 가게는 장사가 되는 낌새라고는 아예 없었다.

골방 안의 한구석에 있는 앉은뱅이책상에는 무슨 통신강의록이라는 책들이 책꽂이에 꽂혀 있었는데, 아마도 중학교 과정인 듯싶었다. 중학교에 진학하지 못한 채 큰골에 있는 서당에서 한문을 배운 폰개 성이 순천에 오면서 늦게나마 나름대로 독학의 길을 찾은 모양이었다. 그러고 보면 폰개 성과 나는 다섯살 차이였는데, 내가 새해 들어 중학교에 들어가면 서로 공부의 단계가 비슷하게 될지도 몰랐다.

내가 폰개 성을 다시 보게 된 것은 그로부터 거의 십년 가까운 세월이 지난 후였다. 그 무렵 얼핏 전해들은 소식으로는, 폰개 성이 철도 공무원이 되어 전주역에서 역무원으로 근무하고 있다는 것이었다. 그동안 나 또한 광주에서 고등학교를 마치고 이제 막 대학시험을 치른 참이었다. 그런데 폰개 성이 큰골에 있는 처자에게 장가를 들게 된 것이었다.

나에게 형수가 될 처자는 지방에 있는 여학교를 다닌 관계로 어쩌다 장터에서 서로 한두 번 얼굴을 마주친 적이 있는 사이였다. 남달리 키가 작고 체격도 왜소한 폰개 성과는 달리 그 처자는 얼굴도 달덩이처럼 예쁜데다가 살집도 맞춤으로 통통하여 흔히 말하는 부잣집 맏며느릿감이었다. 또한 처자의 집안은 농토도 적지 않은 중농에다가 장인 될 이가 인근에서는 내로라 하는 대목(大木)으로 이름을 떨치는 남부럽지 않은 처지였다.

후에 알았지만, 신랑 쪽으로서는 자칫 넘쳐난다 싶은 이 혼사가 서둘러 이루어진 것은 장인 될 이가 애오라지 폰개 성의 성실성에 반한 때문이었다. 그래서 그런지 신부 집에서 혼례가 진행되는 내내, 장인 될 이는 풍채 좋은 얼굴에 싱글벙글 흐뭇한 웃음을 감추지 않았다.

폰개 성의 결혼식에서 나는 무엇보다 신랑측 우인대표가 나서서 하던 축사의 한 대목이 지금도 잊혀지지 않는다.

"신랑 판기군은 일찍이 아메리카로 유학을 하여 하바도 대학하고도 대학원을 함께 졸업하고 석사 박사 학위까지 모두 받아온 대한민국의 유능한 젊은이로서 현재는 우리나라 기간산업 중에서도 으뜸이라 할 수 있는 철도 현장에 뛰어들어 역무원으로 근무하고 있는바, 가히 그 장래가 촉망되며……"

엉뚱하지만 나는 그때에야 비로소 폰개 성의 원래 이름이 판기라는 것을 알았다. 그동안 나는 큰아버지며 큰어머니가 으레 폰개, 폰개, 하길래 그것을 제 이름으로 알았던 것이다. 그렇게 원래 이름을 알았다고는 하지만 그러나 어릴 때부터 이미 입이며 귀에 익숙해져버린 폰개를 하루아침에 판기로 뒤집을 수는 없는 노릇이었다. 나는 판기라는 원래 이름을 알고 난 뒤에도 으레 폰개 성, 폰개 성, 하고 불러버릇했다.

철도공무원이 된 뒷배경에 대해서, 아주 훗날 폰개 성은 정색을 하고 한가지 사실을 고백했다.

"나가 평생 동안 양심에 찔리는 일이 딱 하나 있는디, 그건 바로 철도공무원이 될 때 가짜로 고등학교 졸업증명서를 만든 사실이네. 당시에 나는 보통고시 공부를 하고 있었는디, 역시 독학으로만은 한계가 있드란 말이시. 거그다가 어무니는 차츰 나이가 드시고. 그란디 그때 나를 좋게 봐준 고시학원 선생이 나한테 철도공무원 시험이라도 보라고 권하들 않겄는가? 그람서 실력으로 따지자면 어렵잖게 합격을 할 거인디 졸업장이 문제인께 그것도 자기가 맨들어주겄다는 거이여. 우짜겄는가? 할 수 없이 그 학원 선생이 마련해준 가짜 졸업장을 갖고 시험을 봤제."

폰개 성은 쓴웃음을 짓고는 다시 말을 이었다.

"그란디 그 졸업장이 결국은 끝까지 말썽이드란 말이시. 전주역에서 근무할 땐디, 암것도 모르고 덜컥 승진시험을 봤덜 않겄는가. 그렇게 승진시험에 합격을 헝게 이번에도 뜬금없이 최종학교 졸업장을 요구하더란 말이시. 어쩌겄는가? 나야 초등학교 졸업장이 바로 최종학교 졸업장인디…… 아무리 생각해도 나가 급한 김에 한 번은 남을 속였지만 두 번을 속일 수는 없드구만. 그래서 그만 사표를 쓰고 말었네."

폰개 성이 장가를 들고 나서 5, 6년의 세월이 흐른 다음이었다. 때마침 내가 신춘문예에 당선이 되어, 양력 설날 아침 신문에 대문짝만하게 사진이 실렸을 때였다. 당시에 내가 묵고 있던 영등포 문래동의 누님 집으로 폰개 성이 불쑥 찾아왔다. 누님이 재봉일을 하고 매형이 다림질을 하며 부창부수하는 세탁소의 문을 열고 들어서는 폰개 성은 얼굴뿐만 아니라 온몸이 어떤 흥분과 감격으로 한껏 들떠 있었다.

"이건 자네만이 아니고 우리 가문의 영광이네. 인자 우리 가문도 자네 때문에 비로소 빛이 나기 시작하네그랴. 생각 같아서는 당장에 고향에 내려가 거리 곳곳마다 프랑카드라도 걸어놓고 싶네."

폰개 성의 말에 누님이 먼저 나섰다.

"오매, 신춘무넨가 하는 거이 그르코롬 큰 베슬이다냐?"

"하문이라우. 누님은 몰르겄제만, 그거이 옛날로 치자면 장원급제와도 같은 거이요."

"오매, 그라면 인자부터는 우리 엄니도 그동안 언 손발 붐서 이고 댕기던 미역장시 보따리를 내팽개쳐뿌러도 되겄네?"

나는 누님한테서 어머니 말이 나오자마자 대번 찔끔하여 애꿎은 폰개 성에게만 속으로 눈을 흘겼다. 그런 나는 그가 나타난 것 자체가 차라리 난감한 기분이었을 것이다. 누님 말마따나 그 무렵 어머니는 장사에서만큼은 의부와 아예 갈라서서, 혼자 인근 5일장을 돌아다니며 난전을 편 채 미역이며 김 따위를 파는 보따리 행상을 하는 중이었다.

어머니가 보따리 행상을 하는 동안에, 한편 나는 흡사 수천수만 마리의 벌떼들이라도 머릿속에 들끓는 것처럼 모든 생각들이 고통스럽고 캄캄하기만 한 이십대 언저리의 문학청년 시기를 보내고 있었다. 흔히 문학을 잘못 이해한 문학청년들이 으레 무슨 통과의례처럼 빠져들게 마련인 퇴폐주의며 탐미주의의 함정을 나 또한 벗어날 수는 없었다. 아니, 벗어나기는커녕 사물을 제대로 직시하는 길이란 오직 퇴폐주의와 탐미주의밖에 없다며 자칭 맹신도가 되어 부도덕하고 위악적인 행패를 일삼고 있었다.

바로 그런 나에게 폰개 성은 느닷없는 가문의 영광을 들고 나선 것이었다. 돌이켜보면 사춘기 이래 나에게 가문이란, 얼굴도 미처 알 수 없는 생부를 둔 사생아에다가 의부의 눈칫밥을 먹고 자라난 치부이자 치욕의 근원에 다름아니었다. 그렇듯 가문 자체를 치부와 치욕으로 여기며 부도덕하고 위악적인 행패를 일삼는 나와, 그런 나에게 가문의 영광을 다짐하는 폰개 성의 관계는 어쩔 수 없이 일막의 코미디에 방불했다.

그때부터 폰개 성은 매번 나에게 난감한 존재가 되었다. 당연한 것처럼 나는 될 수 있는 한 그를 멀리하려 들었다. 그 무렵 그는 예의 최종학교 졸업장이라는 마음의 짐을 끝내 견뎌내지 못하여 철도공무원직을 그만둔 다음, 서울로 올라와 택시운전사가 되어 있었다.

그해 늦가을이었다. 광화문에서 문인들이 모여 '자유실천 문인선언문'을 낭독하는 일종의 데모를 하는 자리에 우연히 내가 끼여들게 되었다. 일찍이 문학청년 시절부터 동고동락해온 시인 이시영과는 당시에 흑석동 연못시장 근처 하숙집의 한방에 동숙하고 있었는데, 그가 나를 데모현장에 데리고 나온 것이었다. 솔직히 말한다면, 나는 절반은 순전한 호기심에서 그리고 나머지 절반은 친구의 권유를 거절하지 못해서, 어디 내로라 하는 문인선배들이 자유실천이란 것을 어떻게 선언하나 구경이나 하자고 나온 자리였다. 나로서는 자신이 감히 그런 자리에 끼여들어 다른 문인들과 함께 '자유실천' 운운할 자격이 있다고는 아예 생각조차 못했다.

방관자 비슷하게 나온 자리지만, 그러나 나의 가슴 한켠에서는 막연하게나마 당시의 박정희정권을 향한 분노 같은 것이 전혀 없지만은 않았다. 그것은 무엇보다도 그해 초에 있었던 이른바 '문인간첩단 사건' 때문이었다. 그때 박정권은 소설가 이호철 정을병, 평론가 임헌영 등을 간첩이라고 잡아들여 감옥에까지 보냈는데, 시국이며 역사를 보는 눈이 거의 까막눈이다시피 한 내가 보기에도, 다른 사람은 몰라도 이호철 선생만은 절대로 간첩이 아니었다. 내가 그렇게 단정한 것은 대학에서 그의 강의를 받은 제자의 입장인데다가 몇번인가 술자리도 함께한 적이 있어서, 부드러운 한편 은근히 겁도 많은 그의 성정을 익히 알기 때문이었다. 나의 단순한 생각으로는 그처럼 부드럽거나 겁이 많은 사람은 절대로 간첩이 될 수가 없었다.

훗날 시절이 이상하게 변하여 이번에는 내가 걸핏하면 비밀기관에 불려다니는 신세가 되었는데, 조사를 받다보면 으레 언제부터 불순한 사상을 갖고 반체제활동을 시작하게 되었는가를 묻는 질문이 나오게 마련이었다. 그러면 나는 기다렸다는 듯이 이호철 선생이 포함된 '문인간첩단 사건'을 예로 들고는 했다. 세상에 멀쩡한 문인들까지 간첩으로 모는 정권이라면 더이상 다른 것은 보지 않아도 그 속을 빤히 알 수 있다는 것이 나의 정해진 대답이었다.

어쨌든 아무런 마음의 결심도 없이 그야말로 방관자의 입장에서 이시영을 따라 참석한 자리였는데, 데모현장에서 어물어물하는 바람에 시인 고은 조태일 이시영, 소설가 박태순 이문구 윤흥길 등과 함께 나 또한 기관원들에게 붙잡혀 종로경찰서까지 끌려가게 되었다. 그리하여 난생 처음으로 경찰서의 정보과에서 시멘트 바닥에 무릎을 꿇린 채 이른바 조서라는 것을 썼다. 그런데 바로 그 자리에서 나는 대번에 고은 선생한테 핀잔을 듣는 일을 벌이고 만 것이었다.

나를 조사하는 형사는 나이가 쉰살이 족히 넘어 보이는 중늙은이였는데, 어찌나 문장이며 철자법이 틀리던지 나는 무릎까지 꿇린 상황에서도 도저히 그냥 보아넘길 수가 없었다.

"아저씨, 이건 철자법이 틀렸네요. 아가 아니라 어라고 해야 하지 않아요? 여기 시옷도 그냥 시옷이 아니고 쌍시옷이고요."

"어어, 그런가? 역시 글을 많이 배운 문인들이라 잡범들하고는 뭔가 달라도 다르구먼."

형사들이 잠시 쉬러 가서 잠깐 문인들끼리만 있을 틈이 나자, 고은 선생이 드러내놓고 얼굴을 찌푸린 채 나를 바라보았다.

"지금 여기는 우리 문학에서 중요한 역사가 탄생하는 현장입니다. 그런 자리에서 짭새를 보고 아저씨가 뭡니까, 아저씨가? 체통을 차리세요."

이를테면 고은 선생은 다분히 문인이라는 신분의 격을 떨어뜨리는 나의 언동과 함께 적과 아군마저 구별하지 못하는 한심한 역사인식을 나무랐던 것이다. 나는 속으로 공연한 이시영만 욕했다. 아무리 생각해도 처음부터 내가 낄 자리가 아니었던 것이다.

얼마나 지났을까, 대충 조사가 끝났다 싶을 무렵에 정보과의 문이 열리더니 어찌된 영문인지 폰개 성이 난데없이 얼굴을 들이밀었다. 가죽점퍼를 입은 그는 방금 뉴스를 들어서 알고 찾아왔다면서 아직도 흥분한 기색을 억누르지 못한 채, 고은 선생을 비롯해서 문인들에게 두루두루 깍듯한 인사를 건넸다.

"저는 저기 있는 사람의 집안 형이 됩니다."

폰개 성은 문인들에게 두루 인사를 하고 맨 나중으로 나에게 왔다.

"역사는 이 일을 반드시 기록에 남길 거이네. 나는 누구보다 동생이 자랑스럽네."

또 그놈의 역사인가 싶어, 나는 소태라도 씹은 얼굴로 폰개 성을 외면했다. 고은 선생으로부터 다름아닌 역사 운운하며 핀잔을 받은 지 불과 몇분 후였다. 다시 한번 두루두루 인사를 마친 그가 정보과 문을 열고 나서기가 무섭게, 옆에 있던 이문구 선배가 나에게 작은 소리로 물었다.

"어이, 거기 형이라는 사람, 혹시 택시운전사 아녀?"

나는 놀란 눈이 되어 되물었다.

"아니, 어떻게 알았어요?"

"탁 들어올 때부터 첫인상에서 기름냄새가 줄줄 풍기더라니깐. 건 그렇고, 거기한테도 저렇게 예의범절이 반듯한 형이 있었던 거여?"

그때부터 다시 3년의 세월이 지났다. 그동안 나는 미처 마음의 준비도 없이 얼결에 결혼이라는 것을 하게 되었는데, 막상 결혼을 하고 보니 혼자가 아닌 둘이란 것의 무게가 만만치 않았다. 게다가 이렇다할 직장도 없어서 생활고 또한 예사롭지 않은 나로서는 하루하루가 힘든 나날일 수밖에 없었다. 그럼에도 불구하고 나는 아직껏 남아 있는 문학청년 시절의 부도덕하고 위악적인 버릇 때문에 무슨 밥벌이를 할 엄두조차 내지 못한 채 하릴없는 파락호가 되어 밤낮없이 애꿎은 술이나 축내기 일쑤였다.

그날도 나는 낮술에 얼큰히 취한 상태에서 묘령의 여자와 함께 택시를 탔는데, 문득 운전사가 나에게 시비를 걸어오는 것이었다.

"손님, 보아하니 결혼도 하신 것 같은데, 이렇게 벌건 대낮에 꼭 술을 드셔야겠습니까?"

무슨 꼴같잖은 운전사가 다 있나 싶어 취한 눈을 들어 바라보니, 백미러 속에서 폰개 성이 웃지도 않고 나를 바라보고 있었다.

폰개 성은 그날 아예 영업을 포기해버린 채 자기 집으로 나를 데리고 갔다. 내 옆에 있던 묘령의 여자는 아무래도 불길한 낌새를 알아채고 미리 차에서 내린 다음이었다. 그의 집은 뜻밖에도 개포동에 있는 열평짜리 주공아파트였다. 나는 그의 집에 들어서자마자 기쁜 나머지 소리를 질렀다.

"어어, 폰개 성, 몇해 안 보는 사이에 벼락부자가 됐네?"

폰개 성은 다소 민망한 얼굴로 고개를 저었다.

"벼락부자가 된 건 사실인디, 그거이 내가 번 돈이 아니네."

폰개 성의 이야기를 들어보니, 큰골의 육촌형님 중에 해방되던 무렵 일찍이 집에서 송아지 한마리를 훔쳐가지고 여비를 마련하여 일본으로 밀항한 이가 있었는데, 바로 그가 일본에서 큰 공장을 하는 부자가 되어 일시 귀국을 했다는 것이다. 과연 그는 금의환향한 이답게 일가들 중의 어려운 사람들에게 기꺼이 선심을 아끼지 않았는데, 그런 식으로 폰개 성에게도 물경 이백만원의 차례가 돌아온 것이었다. 그 이백만원은 더도 아니고 덜도 아니게 딱 열평짜리 아파트 값이었다.

폰개 성을 택시 안에서 우연히 만난 지 얼마 되지 않아, 이번에는 그가 일부러 내 집까지 찾아왔다. 그리고 무작정 함께 갈 곳이 있다면서 나를 잡아끄는 것이었다. 할 수 없이 그를 뒤따라가보니, 그곳은 당시 한창기라는 이가 발행인으로 있던 '뿌리깊은 나무'라는 잡지사였다. 그의 말로는 집안끼리 오래 전부터 교분이 있는 한창기라는 이와 이야기가 다 되어 있으니, 나더러 취직을 하라는 것이었다. 그의 하는 양으로 보아, 허구한 날 술이나 마시며 파락호 행세를 하는 나를 더이상 두고 보다 못해, 그동안 여기저기 돌아다녔던 게 틀림없었다.

폰개 성과 함께 한창기라는 이를 만나니 그는 잠자코 편집부로 나를 보냈다. 내가 편집부로 가자, 맙소사, 거기에는 평소에 서로 호형호제하며 터놓고 지내던 윤구병 형이 나를 기다리고 있었다. 그의 얼굴을 보는 순간 나도 모르게 몇걸음 뒤로 물러났지만, 그러나 이미 때는 늦어버렸다. 폰개 성을 따라나서면서, 나는 윤구병 형이 '뿌리깊은 나무'의 편집장으로 있다는 사실을 순간적으로 깜박했던 것이다.

사람이 좋은데다가 남달리 특이한 용모라서 술집 같은 허물없는 장소에서 만나면 늘 내 놀림을 받던 윤구병 형은 숫제 안면을 바꾸어 자못 근엄한 표정이었다. 모르긴 해도 애써 웃음을 참고 있는 것이 역력

했는데, 두꺼운 영한사전과 함께 나에게 무슨 영어 원서를 내미는 것이었다. 그의 말인즉슨 시간은 얼마든지 줄 테니 원서의 한 페이지만 번역을 해보라는 것이었다. 그는 평소와는 달리 나에게 깍듯한 서울 말씨에다가 존칭마저 썼다.

"천천히 하세요. 마음 푹 놓으시고요."

옆에서 알짱대는 윤구병 형의 음흉한 속마음을 내가 모를 리 없었다. 얼핏 그가 눈앞에서 사라지자마자 나는 살그머니 의자에서 엉덩이를 들고 줄행랑을 놓았다. 영어라면 고작 중학교 1학년 실력을 넘지 못할 내가 더이상 꾸물거릴 곳이 아니었다. 그후로 한동안 나는 술집 같은 곳에서라도 그를 마주칠까봐 여간만 고심을 한 게 아니었다. 만일 우연히라도 마주친다면 악동같이 짓궂은 심성으로 보아, 그날 애써 참았던 웃음을 한꺼번에 터뜨리며 나를 골탕먹일 게 분명했다.

그 일이 있고 난 뒤에도 폰개 성이 비슷한 일로 다시 나를 찾아온 적이 있었다. 그리고 나도 더이상 그를 참아내지 못했다. 나는 그를 따라나서기는커녕 그동안 쌓였던 난감한 감정까지 포함하여 모진 막말도 서슴지 않았다.

"폰개 성, 참말로 답답허요잉. 폰개 성이 정 이런 식으로 나를 곤혹스럽게 만들 양이면, 앞으로 나는 두번 다시 성 얼굴을 안 볼라요잉."

어쨌든 그후로 폰개 성은 나의 취직문제 같은 것에는 더이상 관여하지 않게 되었다. 그러나 그가 이른바 가문의 가형으로서 동생인 나에 대한 관심마저 거둔 것은 아니었다. 그는 나와 관련된 문단의 행사는 물론이려니와 심지어는 가까운 친구며 문인들의 경조사에까지 일일이 얼굴을 들이밀었다.

언제부터인가 폰개 성은 택시운전을 그만두고, 이번에는 무슨 전자회사 사장의 자가용 운전기사가 되었다. 매사에 원리원칙을 중요시하는 이들이 흔히 그렇듯 융통성마저 별로 없는데다가 남들처럼 악착스럽지도 못한 그로서는 그동안의 영업용택시 운전사 노릇이 여간만 힘들지 않았을 것이다. 어쩌다 하소연이라도 하듯이 흘린 그의 말에 의하면, 그는 다른 운전사들이 당연하게 여기는 합승이나 승차거부 같은 가벼운 범법행위마저 해본 적이 없었다. 그런 그의 수입으로는 가족들의 생활비는 고사하고 납입금을 채우기에도 벅찼을 것이 뻔했다.

폰개 성이 전자회사에 취직을 한 지 얼마 되지 않아, 내 인생에 있어서 커다란 전기가 된 이른바 '80년의 봄'이 되었다. 그때 나는 삼십대 중반의 다 늦은 나이에 복학생이 되었는데, 무엇보다도 교원자격증을 따서 어디 면소재지에 있는 농업고등학교 같은 곳에서 국어선생을 하고 싶어서였다. 대학에 진학할 학생들이 단 한명도 없는 농업고등학교에서 선생노릇을 하면서, 입시지도 대신에 연애편지 쓰는 법도 가르쳐주고 은근슬쩍 술도 가르쳐주면서 때로는 가까운 냇가에 데리고 나가 함께 천렵도 하겠다는 다분히 낭만적인 기분이었다.

나의 낭만적인 기분과는 달리, 대학교 안에 무슨 복학생협의회 같은 것이 만들어지면서 일이 차츰 엉뚱한 방향으로 흘러갔다. 5월 어느날 문득 정신을 차리고 보니, 나는 학생들이 서울역까지 진출하여 '유신잔당 장례식'을 지내는 데모대의 선두에 서 있는 것이었다. 그 결과나는 나중에 전두환씨를 비롯한 군부세력들이 조작한 이른바 '김대중 내란음모 사건'에 연루되는 빌미를 주게 되었다.

폰개 성을 다시 만난 것은 내가 그 사건에 연루되어 10년이라는 징역형을 받고 3년 가까운 감옥살이를 하다가 형집행정지로 석방된 다음이었다. 내가 집으로 돌아온 지 며칠 되지 않아 득달같이 달려온 그는, 아니나다를까, 흥분과 감격에 겨운 얼굴로 또다시 난감한 한마디를 빼놓지 않았다.

"장하네. 비록 고생은 했다고 하지만, 역사는 반드시 이 일을 뒤집어 영광스러운 일로 기록할 것이네. 두고 보게나. 자네 때문에 또 한번 우리 가문이 빛날 거이네."

폰개 성은 이윽고 어머니의 장례식에 대한 것으로 화두를 옮겼다.

"비록 동생이 없었지만, 작은어머님 장례식만큼은 내로라 하는 어느 누구 못지않았네. 많은 분들이 오셔서 모두 내 일처럼 거두어주셨구만. 그중에서도 영화감독 이장호 선생님과 작가 이문구 선생님이 앞장서서 궂은 일을 도맡아주셨네. 동생은 특히 이 두 분의 은혜를 잊어서는 안되네."

폰개 성의 말에 나는 하릴없이 고개만 끄덕거렸다. 내가 감옥에 갇혀 있는 동안에, 어머니는 자신으로서는 도무지 이해할 수 없는 엄청난 죄명을 뒤집어쓴 자식에 대한 비통함을 견디다 못한 나머지 끝내는 스스로 목숨을 끊고 만 것이었다.

이런저런 말끝에 폰개 성은 문득 지나치는 어투로, 자신이 지금 전자회사의 총무과 서무주임으로 있다는 사실을 밝혔다. 그의 말이 선뜻 믿겨지지 않은 나는 긴가민가 데면데면한 눈길로 그를 주시했다. 고작 초등학교밖에 졸업하지 못한 운전기사 출신에게 난데없이 총무과 서무주임이라니.

"아니, 어떻게 그런 일이 일어날 수 있다요?"

나의 노골적인 물음에 폰개 성은 먼저 애매모호한 웃음부터 웃고 보았다.

"허허허, 글쎄, 그거이 말일세, 허허허……"

갑자기 말투마저 어눌해져버린 폰개 성의 설명에 의하면, 경기도 안성 등지의 서너 곳에 공장이 있어서 중소기업으로는 비교적 상위권에 드는 이 전자회사는 그 자본이 일본 계열이었는데, 우연한 기회에 사장에게 그의 한문실력이 인정되어 총무과 서무주임으로 발탁되었다는 것이다. 사장은 그를 총무과에 서무로 근무시키면서도 출퇴근에 한해서만은 여전히 자신의 자가용을 몰도록 했다.

폰개 성의 설명을 듣는 순간, 나는 비로소 고개를 끄덕였다. 어떤 회사든지 총무과 서무주임 자리라면 무엇보다도 사장의 신임을 필요로 할 터였다. 그렇듯이 사장은 어쩌면 그의 한문실력보다는 거의 우직하리만큼 매사에 원리원칙만을 중요시하는 그의 올곧은 심성을 발견하고, 거기에 전적인 신임을 준 것인지도 몰랐다. 그후로 몇년이 더 흘렀을 때 폰개 성은 어느덧 전자회사 총무과장이 되어 있었다.

한편 나는 몇몇 문인들이 보다 좋은 일을 해보자면서 저마다 조금씩 출자를 하여 만든 어느 출판사의 주간으로 근무하고 있었다. 그런 어느날 폰개 성한테서 전화가 왔다. 한달 전에 회사를 그만두고 영등포 문래동에다가 조그만 공장을 차렸다는 것이다.

내가 공장이라는 곳에 가보니, 불과 네댓 평 될까 말까 한 가게 안에 낡은 선반기계 하나가 달랑 놓여 있었다. 쇠를 깎아서 각종 기계의 부속품으로 쓰이는 베어링을 만들어낸다는 선반기계에 공원인 듯싶은 청년과 함께 매달려 있던 폰개 성이 나를 발견하고는 기름때 묻은 얼굴에 얼핏 웃음을 만들어 보였다. 그러나 정작 그의 웃음 띤 얼굴을 보는 순간, 나의 눈에는 난데없이 웬 할아버진가 싶을 정도로 얼굴 가득히 자글거리는 주름살만 보일 뿐이었다.

"어서 오게."

불과 몇달 전과는 달리 매우 수척해진 모습에 미처 할말을 잃고 서 있는 나에게, 폰개 성이 두 손에 끼고 있던 면장갑을 벗으면서 다가왔다. 그러고는 선반기계 바로 위에 다락처럼 공간을 내어 마련한 한평 남짓한 사무실로 나를 데리고 올라갔다. 책상 하나에 의자 두 개가 놓여 있을 뿐인 사무실에서 나는 어쩔 수 없이 비난이라도 하듯 물었다.

"아니, 그 전자회사에서 쫓겨나기라도 한 거요?"

"그건 아니여. 나 스스로 그만둔 거이네. 회사하고는 전혀 무관하게 피치 못할 사정이 생긴 것뿐이여."

폰개 성이 잠깐 얼굴에 그늘을 만들더니 다시 말을 이었다.

"이야기를 하자면 길지만 한마디로 하자면, 순천 순자 누님 큰사위가 그만 사업을 하다가 망한 때문이네. 그 바람에 빚보증을 선 매형네는 풍비박산이 나고 급기야 나까지 이렇게 나서게 되었구먼."

순자 누님 큰사위의 빚잔치를 하는 마당에서 겨우 선반 하나만 건질 수가 있었는데, 폰개 성이 인수하지 않으면 그나마 놓치게 되자 결국 떠맡게 된 모양이었다. 이를테면 이 낡은 선반 하나에 순자 누님 일가의 목숨줄이 달려 있었다.

"어쩌겠는가? 다른 사람도 아닌 피붙이가 어려움에 빠졌는디 나만 살자고 모른 체할 수가 있었는가? 아무리 봐도 나밖에는 나서줄 사람이 없는디 당연히 회사를 그만두고라도 나서야제. 다만 나한테 재산까지 맡길 만큼 신임을 하던 사장님한테는 지금도 뵐 낯이 없구먼."

자나깨나 공장일에 매달리던 폰개 성은 반년을 미처 넘기지 못하여 피를 토하며 선반 위에 쓰러지고 말았다. 병원에 가니 기관지염에다가 위암 증상까지 보인다는 진단이 나왔다. 기관지가 나빠져서 피를

토한 것은 그렇다 치고, 공장일을 맡기 시작하면서부터 무슨 음식이
든지 먹었다 하면 토해내는 식으로 식사마저 거의 못한 모양이었다.
서둘러 병원에 입원했을 때는 남달리 왜소한 체격이 급기야 40킬로그
램 안팎을 맴돌아 이미 사람꼴이 허물어져버린 후였다. 그나마 다행
인 것은 정밀진단을 해본 결과 위 쪽은 암이 아니라 무슨 신경성거식
증으로 병명이 나온 것이었다. 남달리 허약한 몸으로 애오라지 공장
일에 매달린 나머지 무리하게 신경을 쓰다보니 급기야 그런 희귀한
병까지 얻은 것이었다.

폰개 성이 애쓴 보람도 없이, 그가 쓰러지자 공장은 그대로 문을 닫
고 말았다. 그는 병원에 입원한 지 석달이 넘어 가까스로 혼자서 몸을
움직일 상태가 되자 서둘러 퇴원을 했다. 그런 그에게 엎친 데 덮친
격으로, 개포동의 열평짜리 아파트까지 날아가는 일이 벌어졌다. 마
침 그의 처남 되는 이가 대목이었던 아버지의 뒤를 이어 전라도 광주
에서 건축업을 하고 있었는데, 사업을 망해먹고 도망치는 바람에 은
행에 담보로 넣어준 아파트가 하루아침에 날아가버린 것이었다.

폰개 성은 소리소문없이 안양의 변두리에 있는 다세대주택의 방 두
칸짜리 반지하 셋방으로 이사했다. 그리고 아직 힘든 일에 나서지 못
하는 그를 대신해서 이번에는 부인이 남의 식당에 종업원으로 나섰
다. 이때 그의 슬하에는 1남 3녀의 자녀들이 있었다.

공장에서 쓰러진 후로부터 일어난 모든 일을 폰개 성은 누구에게도
알리지 않아, 나는 아주 훗날에야 비로소 그 사실들을 알게 되었다.
모르기는 해도, 남달리 고지식한 그의 성정으로는 자신이 할 수 있는
한 누구의 일이라도 앞장서서 도와주는 식과는 달리, 정작 자신이 다
른 사람에게 조금이라도 피해를 입히는 식은 견딜 수 없었을 것이 분

명했다.

폰개 성이 예전의 전자회사에 복직하게 된 것은 우연하게 그의 어려운 형편을 전해들은 사장의 배려에서였다. 사장은 아무런 일도 없었던 듯이 그를 총무과장 자리에 다시 앉혔다. 그리고 그후 몇년이 지나지 않아 회사가 확대 개편되는 과정에서, 사장은 그를 총무부장 자리까지 끌어올렸다. 그때까지도 사장은 여전히 그에게 출퇴근 때의 운전기사 노릇을 맡기고 있었다.

폰개 성의 총무부장 승진 소식을 들은 내가 기쁜 나머지 농담을 했다.

"도대체 사장이 그토록 폰개 성을 신임하는 비결이 뭐요? 혹시 남달리 아부를 잘하는 거요, 아니면 뇌물을 잘 쓰는 거요?"

"동생도 알다시피 내가 남보다 잘하는 거이 뭐이겠는가? 남들보다 많이 배웠는가? 남들보다 말을 잘하는가? 그렇다고 남들보다 돈이 많은가? 남들보다 조금이라도 나은 거이 있어야 아부라도 하든지 뇌물이라도 바치든지 하제. 만약에 그런 나한테도 재주가 딱 한가지 있다면, 남의 돈은 단돈 일원도 넘보지 않는다는 것뿐이네."

폰개 성은 바로 총무부장이 된 지 얼마 지나지 않아, 회사일에 분주한 와중에도 불구하고 직접 나를 찾아왔다. 그리고 이번에는 거두절미한 채 다짜고짜 말했다.

"동생이 바쁜지 알면서도 부탁허네. 나한테 이틀만 시간 좀 내줘야 쓰겄네. 아무 말 말고 나를 따라나서게. 긴히 갈 데가 있네."

폰개 성의 기세로 보아서는 막상 내가 거절을 해도 억지로라도 끌고 갈 눈치였다. 그가 전에 없이 거세게 나오는 바람에, 나는 나를 데려가는 곳이 어딘지, 그리고 무슨 이유 때문인지 따위를 따져묻지도 못하고 말았다. 하릴없이 그를 따라 전라선 밤열차를 타면서, 나는 그의 억지로 밀어붙이는 기세보다는 뭔가 거부할 수 없는 완강한 힘에라도 휘말려들고 만 기분이었다.

밤새도록 달린 열차가 아침에 정거장에 우리를 내려놓자, 폰개 성은 플랫폼에서 비로소 나를 데려온 이유를 밝혔다.

"나한테는 셋째 작은어머니시고 자네한테는 또 한분의 어머님이기도 하신 분이 지금 세상을 뜨려 하고 계시네. 돌아가신 셋째 작은아버님에 대한 자네의 심정이 남달리 복잡하다는 것을 모르는 바는 아니네. 복잡하기는 지금 사경을 헤매고 있는 분에 대한 심정도 마찬가지일 거이네. 물론 자네의 이복형제들에 대한 것도 마찬가지일 테고. 그러듯이 가문이라거나 피붙이에 대한 자네의 유달리 냉담한 마음을 헤아리지 못하는 것도 아니네. 어쨌든 그런 것들이 자네 입장에서는 단지 상처로만 여겨질 테니까 말이네. 허지만 가문이나 피붙이가 자네가 생각하는 것처럼 오로지 부정적인 것만은 아닐 거이네. 주제넘을지 모르지만 나는 바로 자네에게 그걸 가르쳐주고 싶어서 이번에 자네를 데리고 온 거이네."

폰개 성이 나에게 만나기를 강요하고 있는 이는 이를테면 내 생부의 본부인인 셈이었다. 그의 말마따나, 나로서는 먼데서 들려오는 풍문처럼 얼핏얼핏 생부 집안의 일들을 전해들었을 뿐, 그렇게 막연히 세 명인가 되는 이복형제들이 있다는 것만 알고 있었을 뿐, 그러나 살아생전에 생부 집안 사람들과 만나는 일이 있으리라고는 단 한번도 생각해본 적이 없는 적막한 관계였다. 그는 흘끔 내 기색을 살피더니 다시 말을 이었다.

"무엇보다도 자네는 글을 쓰는 작가가 아닌가? 만약에 자네가 나처럼 평범한 사람이라면 구태여 자네를 여기까지 데려오지도 않았을 거이네. 자네가 이번 기회마저 놓친다면, 자네는 세상을 살아내면서 가문이나 피붙이에 대해서는 끝까지 부정적으로만 생각하고 말 것 같아서였네. 나같이 못 배운 사람 생각에도, 좋은 작가라면 그런 부정적인 생각은 없애야 되는 거이 아닌가? 자, 아무 말 말고 작은어머님을 만나세. 어쨌거나 지금으로서는 살아 계신 피붙이로는 자네에게 유일한 어른인 셈이네. 제발 부탁하건대, 돌아가시기 전에 얼굴이라도 뵙게나."

나는 한동안 폰개 성의 얼굴을 물끄러미 바라보았다. 그러자 문득 그를 따라 밤열차를 탈 때 느꼈던 어떤 완강한 힘의 정체라도 발견한 듯한 기분이었다. 그런 나에게는 그가 갑자기 나의 키를 훨씬 넘어서는 무슨 거인처럼 여겨지는 것이었다. 나는 흡사 자포자기라도 하는 심정으로 그에게 고개를 끄덕여 보였다.

"까짓 것, 그럽시다. 별별 일 다 겪은 이 나이에, 나를 세상에 있게 해준 양반의 색시 얼굴 한번 보는 것이 뭐 대수겠소."

"고맙네."

고백하자면, 나는 폰개 성이 내 주변을 얼쩡대며 나에게 가문의 영광 운운할 때마다, 어쩔 수 없이 난감한 한편으로 은근히 업수이여기는 마음도 없지 않았다. 이를테면 그가 자신이 이루지 못한 삶의 어떤 정체성을 다름아닌 나에게서 찾고 있다는 식이었다. 그런 그가 오늘처럼 오히려 나의 키를 훨씬 뛰어넘는 거인으로까지 여겨지는 날이 오리라고는, 나는 상상조차 하지 못했다.

폰개 성이 작지만 그런대로 아담한 시골집으로 들어서서 안방의 방문을 열었다. 그는 방을 들어서며 마지막 쐐기라도 박듯이 나를 돌아보았다.

　"자, 어서 들어와 어머님을 뵙게."

　이윽고 나는 이른바 '어머님'이라는 이를 보았다. 풍을 맞은 지가 벌써 몇달이 넘어, 서거나 앉기는커녕 말도 못한다는 그녀는 이미 절반쯤은 시체가 된 형상으로 아랫목에서 이불에 덮여 있었다. 나는 무릎을 꿇고 엎드려 그녀에게 절을 했다. 그러자 폰개 성이 시늉인 듯 그녀에게 말을 건넸다.

　"작은어머님, 이 사람이 누군지 알아보겠소?"

　폰개 성의 질문에 지금껏 나를 향해 두 눈만 커다랗게 치뜨고 있던 '어머님'이 불쑥 입을 열었다.

　"내, 내, 아들인디, 나가 왜 몰라!"

　그러자 어느새 몰려와 방문 밖에서 기웃거리고 있던 동네 아낙네들 사이에서 탄성이 터져나왔다.

　"오매, 용반떡이 말을 다 하네. 시상에, 자석이 왔다고, 시방까장 닫았던 입이 열려뿐구만잉. 이녁 배를 앓음시롱 낳은 자석은 아니라제만 그래도 자석은 자석인 모냥이네."

　한세기가 저물어가는 연말이었다. 오랜만에 폰개 성에게서 전화가 걸려왔다.

　"동생, 어쩐가? 오늘 별일이 없으면 내 집에 오지 않을 텐가?"

　"아니, 무슨 일이라도 있어요?"

　"별일은 아니고, 내가 얼마 전에 김포 쪽에 작은 아파트 하나를 마련해서 이사를 했네. 그래서 겸사겸사 저녁이나 함께헐라고 그러네."

　"그럼 집들이인 셈이요?"

　"허허, 그런 셈인가?"

"폰개 성, 참말로 축하하요. 긍께 다시 집을 마련한 거이 도대체 얼마 만이다요?"

어떤 감격 때문에 나는 그만 자신도 모르는 사이에, 평소에는 아예 잊고 지냈던 전라도 사투리를 거침없이 쓰고 있었다. 돌이켜보면, 폰개 성은 개포동의 열평짜리 아파트를 날려버린 후 십년이 훨씬 넘도록 안양 변두리의 방 두 칸짜리 반지하 셋방에서 지낸 셈이었다. 그는 거기에서 네 자녀들을 모두 길러 대학을 졸업시키고, 그중에 큰아이는 결혼까지 시켰다.

내가 김포 변두리에 있는 폰개 성의 서른한평짜리 아파트에 도착하자, 이미 많은 일가붙이들이 몰려와 있었다. 거기에는 폰개 성 일가를 비롯하여 사촌형제들은 물론이며 바로 나의 이복형제들까지도 끼여 있었다. 나는 그들 모두와 기꺼이 인사를 나누었다. 이른바 나의 또 한분의 어머니가 죽은 것을 계기로 나는 이미 이복형제들과 서로 자연스럽게 오가는 사이가 되어 있었다.

저녁을 먹고 잠시 차를 나누는 자리에서, 폰개 성이 짐짓 지나치는 듯한 어투로 말했다.

"사실은 내가 얼마 전에 회사에서 이사가 되었네."

"이사요?"

"그렇네. 이사라지만, 뭐 별건 아니네. 부장으로 있으면 내가 내년으로 정년퇴직을 하게 되니까, 사장님께서 한 삼년 더 일한 다음에 나가라면서 슬그머니 올려준 자릴세. 사장님의 말씀이 그래서 할 수 없이 따랐지만 어쩐지 내가 앉아서는 안될 자리에 앉은 것같이 회사 안의 다른 사람들에게 그만 누를 끼치고 만 심정일세."

폰개 성은 씁쓸한 뒷웃음을 남기고는 문득 말머리를 돌렸다.

"자네는 자유업이니까 잘 모르겠지만, 얼마 전부터 회사마다 국민 연금제도라는 것이 시행되고 있네. 총무부에 있으면서 이 제도를 자세히 들여다보니까, 없는 사람들이나 나이가 많은 사람들을 돕는 제도치고 이 국민연금처럼 좋은 제도가 다시없더란 말이시. 그런디 자영업자나 젊은이들 쪽에서는 별로 이 제도를 좋아하들 않더구만. 그래서 나름대로 궁리 끝에, 내가 정년퇴직을 하면 받을 연금 중에서 그동안 회사에서 부담해온 금액 전부를 기금에 보태기로 했네. 어떻게 보면, 내가 분수도 모르고 이런 생뚱맞은 마음을 묵게 된 것에는 다 늙도록 회사에 남게 된 부끄러움도 없지는 않을 거이네."

이야기 끝에 폰개 성은 문득 생각이 났다는 듯 여기저기 흩어져 있던 사람들을 모두 거실로 모이게 했다. 그리고 정색을 하고 말했다.

"이왕에 우리 일가들이 모인 자리니까, 이걸 계기로 뭐랄까, 한 집안의 종손으로 평소부터 지녀왔던 몇가지 생각을 밝혀야 쓰겠구먼. 모두 알다시피 나야 배움도 없고, 돈도 없이, 이제야 겨우 늘그막에 살아낼 집 한칸 마련한 못난 사람일 뿐이네. 그렇듯이 평생에 단 한번도 우리 가문에 빛을 내본 적이 없네. 그런 사람이 입이 열 개인들 무슨 할말이 있을까만, 그럼에도 불구하고 나름대로 몇가지 생각만은 없지 않았네."

폰개 성은 말을 중단하고, 무심코 부인과 아이들 쪽을 바라보았다.

"내 식솔들에게는 미리 말해두었지만, 이 자리에서 다짐을 하는 의미에서 다시 한번 밝히겠네. 우선 내가 죽은 다음에도 자식들에게 내 유산을 단 한푼도 남기지 않을 거이네. 그리고 내 시신은 안구며 쓸만한 장기들은 필요한 사람에게 기증을 한 다음에 화장을 하라는 것이네. 정히 뭔가 하고 싶다면 고향 동네의 뒷산에 추념수(追念樹) 비숫하게 나무나 한그루 심으면 되네. 일가들 중에서 다른 사람들도 하고 싶은 사람이 있으면 얼마든지 하라는 의미에서 동네 뒷산에 몇평 안되는 땅이지만 미리 마련해두었네."

아직도 이야기를 계속하고 있는 폰개 성을 바라보며, 나는 또다시 그가 무슨 거인처럼 여겨지는 것이었다. 그가 추념수 운운한 탓일까, 그 거인은 이번에는 내 키만을 넘어서는 것이 아니라, 내가 익히 알고 있는, 이 사회에서 기왕에 이름을 떨친 내로라 하는 모든 사람들 위에 우뚝 솟은 채, 마치 커다란 거목이라도 되듯이 그들마저 한아름에 모두 껴안는 자세였다.

나는 어쩔 수 없이 자신이 폰개 성 가문의 한사람이라는 것이 처음으로 자랑스러웠다. 그러자 어느 순간 내가 바라보고 있는 그의 모습에 자칫 부옇게 무슨 이내 같은 것이라도 끼는 듯한 느낌이어서 나는 황급히 그에게서 얼굴을 돌렸다. 나의 눈길은 무심코 거실의 커다란 통유리창에 머물렀다. 이미 캄캄한 어둠이 가득히 들어찬 통유리창 속에는 일망무제로 펼쳐진 김포벌판 멀리 자연 마을의 불빛들이 점점이 붙박여 있었다.

내가 무심코 통유리창의 밤풍경을 바라보고 있자, 이번에는 밤풍경 속의 캄캄한 어둠을 배경으로 앉아 있는 나 자신의 모습이 뿌옇게 이내가 긴 채 비쳐왔다. 그리고 그런 자신의 모습에 겹쳐, 문득 저 까마득한 어린시절 의부에게 피투성이가 되면서도 결코 뒤로 물러서지 않던 어머니의 모습이 어른거리는 것이었다.

"오냐, 때레쥑에라. 나가 이녁 손에 죽으먼 죽었제, 한나밖에 없는 내 새끼를 근본도 모르는 장갓 쌍것으로 맨들 수는 없어야."

―『창작과비평』 2000년 가을호

양순이 누님

내가 기억하는 한, 먹거나 입는 일에 양순이 누님이
단 한번도 사치하는 것을 본 적이 없었다.
누님네가 영등포에서 세탁소로 자리를 잡은 것이 언제였던가.
1960년대 초였으니까 30년이 훨씬 넘은 셈이다.
황해도 피난민 출신인 이모부가 세탁소로
먼저 자리를 잡은 영등포에 바로 그 알음으로 매부가 올라와
세탁일을 배운 다음에, 당시 첫아이를 출산하고 잠시 친정살이를
하던 누님이 합솔하여 세탁소를 시작한 것이었다.
물론 매부나 누님 둘 다 젊은 몸뚱어리 하나만이 가진
재산의 전부였다. 누님네는 영등포 문래동의 영단에 있는
미군부대 앞에 가게를 세내어 세탁소를 차려, 주로 양색시들을
상대로 매부는 다림질을 하고 누이는 헌옷을 수선하며
그렇게 30년을 훌쩍 넘긴 것이었다.

양순이 누님

"삼촌, 저 정룡인데요. 병원에 갔더니 이번에는 암이 간으로 전이되었대요. 위 쪽하고는 달리 희망이 없어서 그냥 두기로 했어요."

정룡이는 내 외조카이다. 그가 가라앉은 목소리로 전화기 속에서 제법 전문적인 용어까지 써가며 그의 어머니의 병에 대해 설명을 했고, 나는 그의 말이 끝나기가 무섭게 큰소리를 냈다.

"아니, 무슨 말이냐? 얼마 전에 영등포 갔을 때만 해도 많이 좋아져 보였는데……"

나는 자칫 양순이 누님의 암이 위에서 간으로 전이된 것이 정룡이의 탓이라도 된다는 듯 그를 향해 자신도 모르게 소리를 높인 것이었다. 그러자 정룡이는 나의 말에는 아랑곳없이,

"삼촌이 다녀간 지가 얼마나 되었는데요?"

엉뚱한 것을 물어왔다.

"그러니까······."

나는 말끝을 흐린 채 날짜를 헤아리다 말고 문득 입을 다물어버렸다. 그리고 나는 비로소 정룡이가 왜 그런 질문을 했는지 속마음을 헤아릴 수 있었다. 흔히 평소에 무심하던 주변의 사람들이 정작 무슨 일이 터지면 당사자보다도 생색이나 큰소리는 먼저 내려 들지 않으랴. 그로서는 환자 곁에서 고생을 하는 조카를 위로하지는 못할망정 대뜸 큰소리나 치려 드는 삼촌이 딱하게 여겨졌을지도 몰랐다. 나는 수화기 저 너머에서 나를 향해 사람좋은 얼굴로 싱겁게 웃고 있을 것 같은 그를 향해 혼잣말처럼 말꼬리를 흐렸다.

"한 달 전인가? 아니 두 달 전인가본데······."

불과 엊그제의 일처럼 그리 오래되지 않게 여겼는데, 대충 헤아려도 양순이 누님에게 병문안을 간 지 두 달이 넘어 있었다.

"그때만 해도 다들 어머니가 한고비 넘기신 줄 알았지요. 간 쪽은 생각도 못했으니까요."

정룡이가 부연해서 설명을 했고,

"그랬었구나."

내가 전화기를 든 채 고개를 끄덕였다.

"삼촌, 달리 생각하지 마세요. 요즘은 나도 인천 일에 바빠서 어머니를 자주 뵙지는 못해요. 워낙에 사람이 달려서 처는 물론이고 나도 일손을 돕지 않으면 물량을 못 대는걸요."

정룡이가 나의 어색한 입장에 비로소 생각이 미쳤는지 곰살맞은 소리를 했다. 원래 무슨 전자회사에서 수출입 업무를 맡고 있던 그는 허구한 날 혀짧은 영어로 바이어들을 상대해서 술대접하랴, 객고 풀 수청 들랴, 젊은 나이에 그 길로 이골이 나서 자칫 사람 다 버리겠다며 스스로 고갯짓을 해대더니 끝내 직장을 그만두고 인천에서 작은 가내공을 시작한 것이었다. 그는 주유소 납품용 기름헝겊을 만들어 팔고 수금하는 일까지 혼자서 일인 몇역을 하느라 정신이 없는 가운데서도 그것이 무엇보다 남의 일이 아닌 제 일이라는 것에 은근히 자부심을 느끼는 모양이었다. 어쩌다 나를 만나기만 하면 그저 죽는 시늉을 하면서도 한편으로는 싱글벙글 웃음을 감추지 않았다.

"참, 희망이 없어서 그냥 두기로 했다니 그게 무슨 말이냐?"

문득 정룡이의 앞말에 생각이 미친 나는 어쩔 수 없이 다시 큰소리를 냈다.

"말 그대로예요. 간 쪽은 너무 많이 퍼져서 수술하기가 곤란하대요."

"그러면 그대로 두고만 본단 말이냐?"

내가 여전히 큰소리를 냈고,

"그럼 어떻게 해요?"

이번에는 정룡이가 덩달아 큰소리를 냈다.

"어떻게 하긴? 왜 처음 수술할 때 경험도 있잖냐?"

양순이 누님이 위암으로 판명나서 수술을 하기 전에, 병원 의사들 가운데서는 누님을 두고 상당히 논란이 있었던 모양이다. 엑스레이에 나타난 바로는 누님은 위 쪽뿐만 아니라 대장 쪽에도 종양 비슷한 것이 있어서, 의사들 중에서 위에서 암이 대장까지 전이된 것이라면 수술해보나마나라면서 차라리 환자가 사는 날까지 먹고 싶은 것이나 제대로 먹게 그냥 놔두는 편이 환자를 위하는 일이라고 주장하는 이도 있었던 것이다.

병원에서 그렇게 나오니 집안식구들도 어떻게 하는 것이 좋을지 갈

피를 못 잡고 의견이 분분하였다. 집안식구들이라고 해봐야 나 외에는 매부를 위시해서 큰 외조카 정룡이, 그의 처, 둘째 정봉이, 셋째 정윤이…… 이렇게 6남매가 전부였는데, 나는 대부분의 식구들하고는 달리 수술을 않고 그냥 놔두는 쪽으로 의견을 내세웠다.

내가 그렇게 의견을 정한 데에는 나름대로 고심이 없지 않았다. 수술 여부는 자칫 생사가 달린 문제여서 여간만 조심스럽지 않았는데, 나라도 나서서 핵심을 건드리지 않으면 안된다고 여겼던 것이다. 수술을 하는 데 들어갈 돈도 돈이지만 초기도 아니어서 이미 대장까지 전이된 지경이라면 도저히 가망이 없는데도, 주변의 눈이나 도리에 얽매여 구태여 수술을 한다는 것이 나로서는 오히려 누님에게 죄를 짓는 듯한 느낌이었다.

그런데 뜻밖에도 정룡이의 처가 문제를 해결하였다. 정룡이의 처는 결혼하기 전에는 간호사 생활을 하였던 터라 누님의 엑스레이 사진을 가지고 옛날에 근무하던 병원을 찾아가서 도움을 청하자 그 병원의 원장이 '내 어머니라면' 하는 단서를 달기는 했지만 수술을 권했다는 것이다. 그 말을 들은 누님마저도 '그렇다면 식구들 원이라도 없게' 하고 수술을 찬성하고 나서서 마침내 수술에 들어가게 되었다.

그런데 식구들 모두 어떠한 기대도 걸지 않았던 것이 정작 수술을 하자 뜻밖에도 엑스레이 사진과는 달리 위암은 비교적 깨끗한 편이었고, 대장 쪽은 일종의 지방이 뭉쳐 있는 지방종양이어서 위암과는 아예 상관이 없었다. 수술 결과는 매우 좋아서 누님은 입원한 지 한달이 채 못 되어 퇴원할 수가 있었다. 그렇게 되자 수술을 안하는 쪽으로 의견을 내세웠던 나는 자신으로 인해 자칫 누님의 목숨을 빼앗을 수도 있었으리라는 생각 때문에, 그때의 일만 떠올리면 어쩔 수 없이 등에 식은땀을 흘리고는 하였다.

"저번하고는 달리 이번에는 병원에서 모두 반대예요. 그리고 병원
도 그렇지만 어머니도 절대로 두번 다시 수술은 안한다고 그러시고
요. 제가 먼저 일을 들어가며 어머님께 몇번 권했지만 막무가내예요.
더이상 욕심부리다가는 사람만 흉해진다면서요."

정룡이가 수화기 저쪽에서 끝내 안타까운 목소리를 냈다.

"그래도……"

나는 못내 어떤 아쉬움을 버리지 못한 채 정룡이의 말꼬리를 물고
늘어졌다.

"삼촌 마음은 알지만, 어떻게 해요? 대신에 어머니 살아 계실 동안
이나마 자주 들러줘요. 어떤 때 보면 어머니는 은근히 삼촌을 기다리
는 눈치예요. 이번에 병원에 다녀오고서부터는 부쩍 심약해지신 것
같아요."

정룡이가 비로소 제가 하고 싶었던 말을 보내왔고, 나는 수화기 너
머로 고개를 끄덕거렸다.

"그래, 알았다."

수화기를 내려놓은 다음에 나는 새삼스럽게 양순이 누님의 얼굴을
떠올렸다. 누님은 병을 앓기 전까지만 해도 그토록 고생을 하며 살아
온 터수에는 비교적 곱게 늙은 얼굴이어서 달걀처럼 갸름한 윤곽 속
에는 아직도 처녀적의 태깔이 어딘지 모르게 남아 있었다. 그런데 병
을 앓자마자 갸름한 윤곽 속에 남아 있던 처녀적의 태깔은 흔적도 없
이 사라진 채 흡사 알맹이가 빠져나가버린 깍지처럼 얼이 빠진 얼굴
에 혼곤한 빛만 역력하였다.

그렇듯 양순이 누님의 얼굴을 떠올리자, 바로 얼굴 전체에 어린 그

혼곤한 빛처럼 끊일 듯 말 듯, 있는 듯 없는 듯 실낱 같은 무슨 울음소리가 들려오는 것이었다. 물론 환청이었겠지만, 가늘게 이어지는 울음소리가 정확하게 누구의 것인지, 그리고 한사람의 것인지, 아니면 많은 사람들의 것인지 쉽게 헤아려지지는 않았다. 그러나 기이한 것은 그 울음소리가 전혀 나에게 생경하지 않고 오랫동안 들어 귀에 익숙한 것처럼 친근하게 여겨진다는 점이었다. 어쩌면 그 울음소리는 바로 누님의 것일 수도 있었다. 아니면 비단 누님만이 아닌, 내가 알았던 저 모든 이들의 것인지도 몰랐다. 내가 울음소리에 귀를 기울이자 울음소리는 좀더 뚜렷하게 들려왔고, 어느 사이에 내 귀청을 가득 채우며 다른 소리들을 다 지운 채 종내는 그 울음소리만이 남아 우웅, 우웅, 에코로 울리는 것이었다.

"결국 누님마저도……"

나는 예의 울음소리를 들으며 자신도 모르게 소리를 내어 중얼거렸다. 그러자 가슴 한편에서 시작되어 어떤 서늘한 바람이 전신을 휩쓸며 불어오는 것이었다. 나는 갑자기 느끼는 오한으로 몸을 떨었다. 만일 양순이 누님마저도 죽는다면 저 어린시절부터 나를 얽매고 있던, 그리하여 내 인생에 어떤 범주가 되었던 사람들은 모두 나를 떠나는 셈이었다. 어머니, 생부, 생부의 부인인 호적상의 어머니, 의부, 큰아버지, 큰어머니, 외삼촌, 외숙모, 이모, 이모부…… 우연인지 모르지만 그들은 저마다 제대로 온전한 죽음을 맞이한 이가 한사람도 없었다.

모두 한결같이 비명횡사 아니면 병사로 소위 천수(天壽)와는 거리가 먼 죽음이었다. 살아생전에 얼굴 한번 정면으로 마주친 적이 없던 생부는 술에 취해 철도를 베개 삼아 자다가 그대로 기차에 깔려 시신조차 제대로 추리지 못할 정도였고, 어머니는 자식의 옥살이가 한스러운 나머지 대문고리에 목을 매단 채 자진하였고, 아직 초등학생 시절 장날이면 항상 내 저금통 노릇을 하여주던 신기료 큰아버지는 섣달 그믐날 저녁에 술에 취해 집에 돌아가다가 마을 앞 저수지 둑 밑에서 잠이 들어버렸고, 의부는 의부대로 몹시 외로운 말년을 맞아 죽기 전에 단 한번만이라도 자신이 길러준 의붓자식인 나를 만나보기를 소원하면서 간경화로 배에 복수가 가득 찬 채 눈을 감았고, 호적상의 어머니는 바람을 맞아 쓰러진 채 말 한마디 못하다가 사람들이 나를 인사시키며 누군지 아느냐고 묻자 벌떡 일어나 '내 자식인데 내가 모랄?' 한마디 끝에 다시 쓰러졌고…… 그런 식으로 모두가 한결같이 심상치 않은 죽음을 맞이했다.

　돌이켜보면 그들의 심상치 않은 죽음을 대할 때마다 나는 자신의 핍박한 인생과 결부하여 어쩔 수 없이 상처를 받고는 했다. 흔히 사람과 사람 사이의 어떤 얽힘을 쉽게 애증이라고 표현하지만, 그들과 나 사이의 애증은 죽음에도 불구하고 결코 사라지지는 않았을 터이다. 오히려 생전의 남달리 깊고 끈적하게 얽힌 애증답게, 죽음은 그들과 나 사이의 애증에 무언가 새로운 것을 덧칠하는 데 지나지 않았을 터이다.

　결국 그들의 남다른 죽음은 언제부터인가 모르게 나에게 운명이니 팔자니 하는 것에 심약하게 만들어버렸다. 아마도 그들의 모질다면 모질었던 삶과 또한 그 삶 못지않게 모질었던 죽음을 나는 그런 방식이 아니고는 더이상 어떻게도 달리 받아들일 수가 없었는지 몰랐다. 그리하여 저 어린시절에서 벗어나 세상을 살아가면서 이제 그들과는 무관하게 나 스스로 만든 어떤 얽힘과 그 애증에서도, 나는 가까운 이들이 불행을 당하면 그 불행마저도 자신의 핍박한 인생과 연결시켜 내 탓으로 여기며 괴로워하고는 하였다.

　내가 저 어린시절부터 내 인생의 어떤 범주가 되었던 이들의 죽음이나 거기서 더 나아가 새롭게 얽히게 된 다른 이들의 불행을 더이상 나의 인생과 결부시키지 않고 비교적 거리를 두고 대하게 된 것은 불과 얼마 전부터의 일이다. 어쩌면 그 거리란 것도 내 인생의 어느 부분인가를 방기하고, 그렇게 한편으로는 운명론 따위의 일종의 허무에 빠지면서부터 갖게 된 역설적인 것인지도 몰랐다. 그런데 그렇듯 어렵사리 만들어낸 그들과 나 사이의 어떤 거리를 마치 비웃기라도 하듯이 이번에는 양순이 누님이 끼여든 것이었다. 그렇다. 아직도 모자란 무엇이 있어서 이번에는 드디어 누님까지인가?

　어떻게 보면 나의 인생이란 어린시절 그들이 정해준 범주 그 이상도 그 이하도 아닐 것이었다. 또한 그 범주란 나로서는 좋고 싫은 선택의 여지가 없이 그대로 받아들일 수밖에 없는 어떤 것이었다. 그런데 그 범주로 내 인생을 한정지었던 이들은 마침내 양순이 누님을 마지막으로 하여 모두 내게서 떠나가는 셈이었다. 어쩌면 누님이야말로 남달리 모질었던 삶과 그에 못지않은 모진 죽음으로 나에게 누구보다 더 깊이 상처를 남길 터였다. 내가 오한에 몸을 떠는 것은 너무도 당연하였다. 누님이라는 마지막 범주마저 머지않아 떠나가면 나는 저 범주들이 남긴 상처만 껴안은 채 드디어 혼자 남지 않으면 안되리라.

　며칠 후에 병문안을 가자 양순이 누님은 나의 염려와는 달리 활달한 모습으로 나를 맞았다.

　"어서 와라. 그렇지 않아도 네가 온다기에 밥도 안 먹고 기다렸지.

너 복요리 좋아하니?"

"난데없이 복은 무슨 복타령이우?"

내가 퉁을 주자,

"응, 복이 해독제로 간에 좋대잖니? 그래서 얼마 전부터 먹기 시작했는데 담백한 게 입맛에 여간 맞아야지. 좀 비싼 게 흠이지만 약 먹는 셈치고 사흘거리로 먹는다. 누구는 보신탕도 권하더라만 차마 거기까지는 못하겠더라. 제아무리 몸에 좋다지만, 보신탕은 생각만 해도 속이 느글거리며 헛구역이 먼저 치미는걸."

누님은 변명 겸해서 복요리를 먹게 된 사연을 늘어놓았다. 그리고 복덕방 가게를 열고 있는 매부에게 전화를 걸어 어떤 복집에서 만나기로 한 후에 나를 앞장세워 현관을 나섰다. 아파트의 엘리베이터에는 때마침 누님과 나뿐이어서 나는 그동안 못내 입을 근질근질하게 만들던 한마디를 농담 겸하여 뱉어냈다.

"아니, 복요리를 먹고도 입이 안 부르텄어?"

"부르트긴, 맛있기만 하던데."

누님이 미처 내 말귀를 못 알아듣는 눈치여서 나는 끝내 마지막 말까지 뱉어내야 했다.

"내 말은, 돈이 아까워서 어떻게 복요리를 먹냐고."

"응, 돈? 인제 나 그렇게 살지 않기로 했다. 그렇지 않아도 요즘 곰곰이 생각해보니깐 암이란 게 딴 게 아냐. 내가 못 입고 못 먹으면서 세상일을 너무 애면글면하다보니 생긴 병인 게야. 지금부터는 아직 움직일 힘이라도 남아 있을 때, 하고 싶은 것 죄다 하고 먹고 싶은 것 다 먹고 구경하고 싶은 것 다 구경하려고 한다. 까짓 것, 앞으로 내가 살면 얼마나 살겠니?"

말하는 품이 매우 시원시원하여서, 나는 그런 누님을 옆에서 지켜보며 이 여자가 정말 내 누님인가 싶을 지경이었다.

"어이구, 왜 진작에 그런 궁리가 없었을까? 병도 한번 나볼 일이네. 인제야 비로소 문리가 트이는 걸 보니."

"그래, 병이 드니깐 좋은 점도 있더라. 죽을 병만 아니면 누구나 한번씩 앓아볼 만해. 정말이지 내가 생각해도 어떻게 그렇게 답답하게 살아왔을까 싶어질 때가 많은걸. 어떤 때는 그런 나하고 같이 산 니 매부까지 불쌍해지는 거 있지?"

내가 기억하는 한, 먹거나 입는 일에 양순이 누님이 단 한번도 사치하는 것을 본 적이 없었다. 누님네가 영등포에서 세탁소로 자리를 잡은 것이 언제였던가. 1960년대 초였으니까 30년이 훨씬 넘은 셈이다. 황해도 피난민 출신인 이모부가 세탁소로 먼저 자리를 잡은 영등포에 바로 그 알음으로 매부가 올라와 세탁일을 배운 다음에, 당시 첫아이를 출산하고 잠시 친정살이를 하던 누님이 합솔하여 세탁소를 시작한 것이었다. 물론 매부나 누님 둘 다 젊은 몸뚱어리 하나만이 가진 재산의 전부였다.

누님네는 영등포 문래동의 영단에 있는 미군부대 앞에 가게를 세내어 세탁소를 차려, 주로 양색시들을 상대로 매부는 다림질을 하고 누이는 헌옷을 수선하며 그렇게 30년을 훌쩍 넘긴 것이었다. 단 한번도 한눈을 파는 법이 없이 30년을 애오라지 세탁소 일에만 매달린 채 살아오던 누님이 '그 지긋지긋한 연탄냄새'를 더이상 맡을 수가 없어서 세탁소를 그만둔 것이 불과 세 해 전이었다. 하기는 매부와 누님 둘 다 육십이 넘거나 가까운 나이여서 더이상 세탁이나 헌옷 수선 따위 진일을 계속하기에는 무리였는지도 몰랐다. 둘은 세탁소 다음에는 복덕방을 차렸다.

세탁소 일로 단 하루도 손에서 물기가 마를 날이 없으면서도 양순이 누님은 틈틈이 아들 셋, 딸 셋 6남매를 낳아 길렀다. 물론 누님이 피임이나 유산 같은 방법을 몰랐을 리가 없어서, 생전의 어머니의 이야기에 따르면, 누님이 남들처럼 별로 건강하지도 못한 몸으로 그렇게 6남매를 낳아 기른 것은 순전히 누님의 욕심 때문이라는 것이었다. 어머니는 곧잘 고개를 설레설레 흔들며 '곰단지같이 지독한 년'이라고 흉을 보았다. 그런 욕심에 대해 누님 스스로 언젠가 나에게,

"나라고 왜 힘든 줄 몰랐겠니? 허지만 우리 남매가 너무 외로워서 그게 워낙에 한이 되었어야. 그래서 자식이라면 낳을 수 있는 한껏 모두 낳아 기르려고 작정을 했던 거야."

변명 삼아 밝힌 적이 있었다.

모르기는 해도 누님은 자신을 위해서는 단 한푼도 돈을 허투루 쓴 일이 없었을 터이다. 세탁소 일이라는 것이 그렇듯 재봉에서 나오는 먼지와 다림질하는 연탄가스, 헌옷 나부랭이 악취에다가 사시사철 물빨래를 하다보니 다른 어떤 직업보다도 갖가지 질병에 걸리기 쉬웠는데, 누님도 언제부터인가 끊임없이 소화불량과 편두통, 기관지염, 신경통 따위 잔병에 시달렸다. 그리고 누님은 그 많은 잔병들을 결코 병원 한번 찾는 일 없이 마이신이니 명랑이니 활명수니 하는 약물로만 견뎌냈을 터이다. 어쩌다 딸네 집에 나들이라도 오면 어머니는 누님이 하는 양을 보며 못내 가슴 아파하였다.

"에구, 지 몸뗑이 절딴나는 줄 모르구."

양순이 누님이 자신이 아닌 남에게까지 그렇게 인색한 것은 결코 아니었다. 누님네에는 6남매 외에도 항상 군식구가 끊이지 않았는데,

대학시절에는 나 또한 그런 누님네의 다락방에서 일년 남짓 군식구 노릇을 단단히 하였다. 시골의 가난한 미역장수인 어머니가 무리하여 나를 서울까지 유학시킨 배경에는, 설마 지 동생 뒷수발 안해주랴 하고, 얼마쯤은 누님네를 믿는 구석이 없지 않았을 터이다.

그러나 군식구라면 역시 매부 쪽의 일가붙이들이었다. 고향이 전라도에서도 남해안의 섬지방 출신인 매부 집안은 형제들이 여간만 많지 않아서 모두 8남매인가 9남매였는데, 매부는 그중에 일곱째였다. 재미있는 것은 겨울이면 의부와 함께 해마다 단골이다시피 매부의 고향을 위시한 섬지방으로 김이며 미역, 멸치 따위 해산물을 사러 다니던 어머니가, 바로 매부네의 그렇듯 벌족한 집안을 마음에 들어한 나머지 결국 혼인을 맺은 점이었다. 갑작스런 혼사에 절반쯤 혼이 나간 누님에게 어머니는 '당사자야 그만하면 처자식 굶겨죽이지는 않겠더라' 하는 한마디로 입을 다물어버렸다. 당시 뭍에서는 사람 살 곳으로 여기지도 않아 혼인은커녕 섬놈이니 어쩌니 하면서 드러내놓고 비하하던 풍조였는데, 어머니는 그것마저도 무시한 채 하나밖에 없는 딸을 끝내 섬으로 시집보낸 것이었다.

그렇듯 벌족한 매부의 시골 집안에, 그나마 서울에서 기반을 굳힌 사람은 매부밖에 없었다. 매부네는 당연히 시골과 서울 사이에 일종의 교두보 구실을 하였다. 그리하여 내가 대학시절부터 어쩌다 매부네를 가보면 시골에서 갓 올라온 매부의 조카뻘 되는 이들이 두어 명씩 끊이지 않고 군식구 노릇을 하고 있었는데, 그런 군식구들은 짧게는 서너 달에서 길게는 일년 남짓 지내다가 인근의 방직공장이며 혹은 신발공장으로 취직되어 가고는 하였다. 군식구들은 시골에서 갓 올라온 이들답게 순진하여서 곧잘 내 외조카들을 흉내내어 나에게도 삼춘, 삼춘, 하며 따랐는데, 그중에 지금은 중년의 아주머니나 아저씨가 된 정자라거나 만석이 등을 추석이나 설 같은 명절 때면 아직도 매부네서 우연찮게 만나기도 하였다.

그렇게 군식구들까지 들끓는 누님네의 먹성은 자연스레 싸면서도 양이 많은 것을 찾게 마련이어서 쇠고기 같은 비싼 육고기야 구경하기 힘들었지만 대신에 밥이나 반찬의 양이 부족한 적은 없었다. 그러한 먹성은 대체로 매부와 누님이 비슷하여서 매부는 누가 시키지 않아도 걸핏하면 가까운 영등포시장에 가서 여기저기를 기웃거리다가 떨이나 싸구려가 있으면 어깨에 짊어질 수 있는 한껏 사와서 식구대로 질릴 때까지 포식하게 하고는 하였는데, 계절에 따라서 꽁치나 정어리, 갈치, 동태 등 생선에서부터 소내장이나 돼지머리, 족발 따위 육류, 혹은 참외나 수박, 복숭아, 포도 같은 과일에 이르기까지 참으로 다양하였다. 하루 한끼는 으레 생국수를 끓여먹었는데, 방금 국숫집의 기계에서 빼낸 생국수를 굵은 멸치 한주먹 집어넣고 한솥 가득히 끓인 다음에 누구든지 먹고 싶은 양껏 퍼서 먹게 하는 식이었다.

그렇다고 양순이 누님의 음식솜씨가 조악한 것은 결코 아니었다. 바쁜 재봉일 틈틈이 얼렁뚱땅 만들어낸 음식들도 어디 하나 간이 제대로 맞지 않은 음식은 없었다. 그것은 어쩌면 누님이 당시 고향에서는 알아주던 어머니의 음식솜씨를 손맛으로 그대로 내림을 받은 덕분인지도 몰랐다. 처녓적의 누님은 역시 단출한 식구여서 음식 또한 여간만 깔끔하지 않았는데, 어찌나 보리쌀을 돌절구에 깨끗이 갈아냈는지, 얼핏 보아서는 사람들이 대개는 보리밥을 쌀밥으로 착각할 지경이었다. 지금도 기억이 나는 것은 우리 옆집에 살던 사진관집 아이로 나하고 한학년이던 옥희라는 여자애가 우연히 우리집 밥상을 보고는 부러운 탄성을 지르던 일이다.

"대운이 너는 하얀 쌀밥만 묵는구나!"

그런 양순이 누님이 이제 사흘거리로 복요리를 먹는다니 내가 놀라워하는 것도 무리는 아닐 터였다. 정말이지 누님으로서는 복어 따위 고급 어류는 아예 구경조차 한 적이 없어서, 아마도 난생 처음으로 복요리를 먹어보는 셈일 것이었다. 누님과 내가 복집에 가서 복요리를 시킨 지 얼마 지나지 않아 곧이어 매부도 득달로 왔다. 이윽고 복어에다가 콩나물과 미나리를 넣고 맑게 끓여낸 복지리가 나왔고, 누님이 나에게 권했다.

"자, 어서 먹으렴. 부족하면 또 시키고."

누님의 말에 나는 매부를 건너다보았다.

"자, 매부, 누님 덕에 오늘 우리나 속 좀 풉시다. 참, 그러고 보니 소주도 한잔 안할 수 없겠지요?"

매부는 가벼운 당뇨기가 있었는데도 워낙에 술을 좋아하는 편이어서 누님을 힐끗거리는 한편으로 나를 향해 힘차게 고개를 끄덕거렸다.

"좋지야아."

그런 매부를 누님이 가볍게 나무랐다.

"이 양반이 마냥 죽네 사네 하면서도 아직까지 술이라면 정신을 못차려."

"그래도 오랜만에 처남이 권하는데 안할 수가 있어?"

매부가 내 잔을 받으며 변명을 했다.

"아이구, 불쌍한 우리 매부. 인자 술 한잔만 하려고 해도 마누라 눈치를 살피다니, 천하에 매부가 어쩌다가 이 지경이 되었소?"

내가 맞장구를 치자,

"글쎄 말이다, 누가 아니라니? 나도 어쩌다가 이 꼴이 되었는지 모르겠어야."

매부가 벌쭉 웃으며 다시 누님을 힐끔거렸다. 그러자 누님이 나를 향해 과장된 몸짓으로 손사래를 쳐 보였다.

"얘, 눈치는 누가 누구 눈치를 살핀다고 그러니? 몸에 번연히 안 좋은 줄 알면서도 너무 술을 드니깐 그것만 잔소리 좀 하는 거지, 내 다른 건 돌아보지도 않는다. 좋으니 싫으니 해도 나 죽으면 저이가 늙은 홀아비가 되어 젤로 힘들 텐테 그것이 눈에 밟혀서 오히려 내가 저이 눈치 보느라고 정신이 없다."

"걱정도 팔자네. 누님 죽으면 내가 매부 새장가 보내주지 뭐."

"아이구, 저런 답답한 이하고 또 누가 살아? 나나 되니깐 애면글면 살았지."

내가 매부와 술잔을 주고받으면서 이따금씩 눈길을 주면, 누님은 주로 국물만을 한숟갈 한숟갈마다 마치 깊은 맛이라도 음미하듯이 진지한 표정으로 입에 흘려넣고는 하는 것이었다. 나는 누님의 그런 진지한 표정이 어쩐지 안타까워서 차라리 더욱 빠른 속도로 술잔을 비웠는지도 몰랐다. 매부와 내가 소주 두 병을 비우고 그렇게 식사가 끝났을 때는 나는 얼굴은 물론 눈시울까지 벌겋게 달아오른 느낌이었다.

식사 후에 매부는 다시 가게로 가고 나는 누님과 함께 누님네 아파트로 돌아왔다. 누님은 현관문을 들어서자 지금까지와는 달리 몹시 힘든 기색을 드러냈다.

"음식을 조금만 먹어도 쉽게 피곤해져야. 얘, 미안하지만 나 좀 누웠다 일어나야겠다."

누님이 안방에 마련된 병상에 눕고, 누님의 옆에 앉아 내가 물었다.

"뭐, 내가 도와줄 거 없어?"

누님은 눈자위가 움푹 꺼진 눈으로 웃으며 가만히 고개를 저었다.

"별스런 소릴 다 한다. 너두 힘든 줄 번연히 알면서 아프단 핑계로 신세만 지는데…… 건 그렇구, 미안하구나. 차도 한잔 못 타주고…… 조금만 누워 있으면 곧 괜찮아질 거야."

"그런 말 하지 말고, 이리 내. 팔이나 주물러줄게."

내가 누님의 뼈만 앙상하게 만져지는 팔을 잡고 가만가만 주물러주자 누님은 기쁜 기색을 숨기지 않았다.

"별일이다? 네 손이 닿기만 하면 그렇게 시원할 수가 없구나, 얘."

누님은 내가 주무르는 대로 몸을 맡기고 있더니 이윽고 나를 올려다보았다.

"아무리 생각해도 왜 내가 이런 일을 당해야 하는지 알 수가 없어야. 남한테 그렇게 모진 일을 한 것도 없는데……"

"병이 사람 봐서 생기나? 누님 말마따나 너무 힘들게 살다보니까 그런 병이 생긴 거지."

"그래도……"

누님은 무언가 미심쩍은 표정이더니 이내 말머리를 돌렸다.

"점쟁이들도 못 믿겠더라. 나한테 엄니가 붙어서 아프다는데, 얘, 생각해봐라. 아무리 억울한 죽음을 했다지만 죽어서까지 자식에게 해코지하는 부모가 어딨니?"

"그러니깐 굿을 해야 된다고 했겠지?"

내 물음이 뜻밖이었는지 누님이 가볍게 놀란 표정을 지었다.

"어떻게 아니?"

"뻔하지. 그래야 점쟁이들도 먹고살 테니까. 허지만 나쁜 점쟁이들이네. 하필이면 죄없는 엄니를 갖다댈까? 또 설사 엄니가 억울해서 붙어도 당사자인 나한테 붙지 왜 누님한테 붙겠어? 그런 말 믿지 마."

"그, 그렇지?"

나는 대답 대신에 누님을 내려다보며 몇번이고 고개를 끄덕거려 보였다. 누님은 적이 안심하는 눈치였다.

"그래도 점쟁이 말을 아주 안 믿지는 못하겠더라. 내가 살아오면서 엄니를 오죽이나 원망했는데? 점쟁이 말을 듣고 첨에는 내가 하도 엄니를 많이 원망해서 결국 엄니가 벌을 준 거라고 생각하기도 했거든. 그렇지만 곰곰이 다시 생각해보니깐 아무리 서운한들 자식한테 죽을 병까지 줄 엄니가 아니잖니?"

누님은 말끝에 스스로에게 다짐이라도 하듯이 혼자서 고개까지 끄덕이는 것이었다.

"도대체 뭘 그렇게 원망했는데?"

내가 속으로 놀라면서도 겉으로는 무심하게 물었고,

"아이구, 말도 말아. 원망이야 하나부터 열까지 안한 게 없지. 우선 시집만 해도 그렇지, 하나밖에 없는 딸을 어떻게 섬으로 보낼 생각을 하니? 돌이켜보면 내가 엄니를 탓하는 것도 모두 틀린 건 아니다. 결국 엄니가 나를 이렇게 만든 셈이니깐."

누님은 갑자기 눈빛을 세웠다.

"그 이야기는 나도 들어서 알아. 뭐, 매부 집안이 워낙에 벌족해서 섬인 것도 불구하고 보냈다며?"

"그것만이라면 뭣 땜에 엄니를 그렇게 원망하니? 엄니가 사주쟁이한테 내 팔자를 보니깐 자칫 결혼을 잘못 했다간 명줄이 짧아서 얼마 못 살고 죽는다고 나왔다는 거야. 그래서 그걸 벌충하려면 뭐, 하혼인가 뭣인가를 해서 좀 낮은 집안하고 혼인을 해야 한다나. 엄니는 고작 사주쟁이 말만 믿고 날 섬으로 시집보낸 거야. 아무리 목숨이 달린 사주쟁이 말이라지만 믿을 게 있고 안 믿을 게 있지, 어떻게 말 한마디에 자식을 지옥 같은 섬으로 시집을 보내니? 나도 자식을 키웠지만 아무리 돌려 생각해도 자식에게 그딴 짓은 못 시키겠더라. 목숨도 목숨이지만 여자한테는 결혼도 그에 못지않게 중요한 건데 그럴 수는 없어야. 지금 생각해도 엄니가 독하게만 여겨지는걸."

나는 누님의 이야기를 들으면서 새삼스럽게 고개를 끄덕였다. 누님의 결혼과 관련하여 오래 전부터 가지고 있던 어떤 의문이 비로소 풀리는 기분이었다.

"그랬었구면. 나도 하필이면 왜 누님이 섬으로 시집을 갔는지 그게 이해가 안되었거든."

"너도 그랬었니?"

"응."

그러나 기실 그게 전부는 아니었다. 나는 누님에게 쉽게 대답하면서도 한편으로는 아직도 풀리지 않은 의문 하나가 내부에서 뾰쪽하게 머리를 드는 것을 느꼈다.

"하지만 사주쟁이 말이 아니더라도 엄니는 누님을 결코 좋은 데로 시집보내지 않았을걸."

"아니, 건 또 무슨 말이니?"

누님이 내 말에 놀란 기색을 보였다. 나는 그러나 누님의 물음에 구체적으로 무엇이라고 대답해줄 수가 없었다. 나는 나의 내부에서 머리를 든 의문이나 거기에 대한 해답이 맞는 것인지 어쩐지 스스로 자신이 서지 않았던 것이다. 나는 누님에게 실없이 웃어 보였다.

"나도 잘 몰라. 허지만 어쩐지 엄니 맘을 알 것 같아서 그래. 나라도 그때 엄니였다면 그랬을 것 같으니까."

"얘가 점점 이상한 소리를 하네? 애, 사주쟁이 말이 아니라면 엄니가 무슨 억하심정으로 나를 좋은 데로는 시집을 안 보낸다는 거니?"

누님이 자칫 말싸움이라도 하는 양 언성을 높였고,

"엄니가 워낙에 팔자가 드세잖아?"

내가 스스로도 확신을 못 갖는 해답을 그렇게 반문하는 식으로 꺼냈다.

"그야 팔자가 드센들 엄니처럼 드센 사람이 또 있을라구?"

"어쩌면 엄니는 무서웠을 거야. 자식에 대해서 조금치라도 욕심을 부렸다가는 자칫 당신 팔자 때문에 자식들에게까지 화가 미칠까봐서. 그러다보니 누님한테도 그렇게 하혼 비슷하게 결혼을 시킨 거구."

"무서웠단 말이지?"

누님이 무언가 애매모호한 표정인 채 고개를 갸우뚱거렸다.

"내가 한번은 이혼을 하려고 우선 처하고 헤어져서 아이들을 데리고 엄니한테 간 적이 있었어. 엄니가 그때는 고향에서 화성 월문리로 막 올라왔을 때였지. 둘째는 아직 돌도 안 지난 핏덩이였다구. 그때 엄니가 울면서 나한테 뭐라고 한 줄 알아? 네 하란 데로 다 하마. 아이들도 맡아 길러주마. 허지만 내 눈에 흙이 들어가기 전에는 이혼만은 안된다. 니 엠씨가 산 꼴이 니는 징그럽지도 않냐, 그러더라구. 엄니의 그 말이 너무 아파서 그 길로 집을 나가 한동안 엄니를 안 봤지."

"………."

"인제 내 말뜻 알겠어?"

아직도 모호한 표정인 누님에게 내가 못을 박자, 누님은 이윽고 고개를 끄덕거렸다.

"그래, 나도 니 매부랑 살면서 몇번인가 헤어지려구 맘먹은 적도 있었다. 하지만 그때마다 엄니 생각함서 이를 악물고 참곤 했어야."

누님이 끝내 눈꼬리에 물기를 비쳤고, 나는 얼른 말머리를 돌렸다.

"건 그렇구, 시집갈 때, 누님, 참 많이 울었지? 사람들도 누님 따라 덩달아 울었구. 누님 동무들은 숫제 누님을 둘러싸고 눈물바다였으니까. 그나저나 누님이 장선포에서 배 타고 떠날 때라니. 그때 울음소리가 시방도 들리는 것 같네."

겨울이었다. 가마에 오른 양순이 누님은 집에서 십리 남짓 떨어진 장선포 수문에 있는 선착장에서 난생 처음 배를 타고 역시 난생 처음 섬이란 곳을 향해 떠났는데, 어찌나 파도가 드세던지 조그만 발동선은 아예 무슨 낙엽처럼 금방이라도 뒤집힐 듯이 너울거리는 것이었다. 그러나 그런 파도보다 더 거센 것은 바로 누님의 울부짖음이었다.

발동선에 태워진 양순이 누님은 연신 어머니와 내 이름을 부르며 금방이라도 까무러칠 듯이 울부짖었는데, 그런 누님의 울부짖음이 너무 처절하여 매부를 위시해서 상객으로 동행했던 매부의 일가들도 누구 하나 달랠 엄두조차 못 낸 채 누님에게서 고개를 돌리는 것이었다. 설마 죽으러 가는 길인들 울부짖음이 누님처럼 처절하였으랴. 발동선은 그런 누님을 실은 채 거센 파도 속을 너울너울 흔들리며 뱃길을 따라 멀어져갔다.

"그래, 아마 내 평생에 그렇게 많이 울어본 게 그후로는 별로 없지 싶다. 그때는 정말이지 그렇게 울다가 그만 죽어버렸으면 하고 바랬으니깐."

양순이 누님이 입으로는 애매하게 웃어 보였는데, 눈꼬리에는 아직도 축축한 물기가 고여 있었다. 그리고 어느 순간에 누님은 나에게서 고개를 돌리며 살며시 눈을 감았다. 누님에게 그 막막한 뱃길이라도 또다시 펼쳐지는 것일까.

나는 잠자코 양순이 누님의 얼굴을 들여다보았다. 눈자위에 시퍼렇게 어두운 빛이 어리고 얇은 살가죽 위로 광대뼈 따위만 울툭불툭 솟아오른 채 그렇게 병마에 시달린 누님의 얼굴에서, 나는 어쩔 수 없이 죽음의 그림자가 어른거리는 것을 보았다. 그러자 내 시야에는 그렇듯 죽음의 그림자가 어른거리는 얼굴에 겹쳐 언젠가 누님의 또다른 얼굴이 살아오는 것이었다. 그것은 한장의 사진 속에서 웃고 있는 처녀시절 누님의 얼굴이었다. 사진 속의 얼굴이 뚜렷해지자 불현듯 나는 가슴 저 밑에서부터 치밀어오르는 어떤 그리움 때문에 거의 숨이 막힐 것 같은 기분이었다.

양순이 누님과 나는 열한살 터울이었는데, 내가 갓난아이 때부터 누님은 어머니 대신에 나를 도맡아 기른 셈이었다. 어머니는 의부와 함께 한번 출행하면 두세 달이 좋이 걸리는 윗녘 장사에 나서기 일쑤여서 일년이면 절반 이상을 집을 비운 채 객지를 떠돌며 살았다. 누님은 그렇게 어머니가 없는 집에서 어머니 노릇까지 대신하며 나를 키워냈는데, 그러다보니 나는 다른 집의 오누이 관계처럼 누님과 앙숙이 되거나 다툼을 해본 적이 없었다. 일테면 누님이라기보다는 차라리 어머니에 더 가까운 감정이어서 나로서는 매사에 어머니보다는 누님 쪽을 더 의존하고 살갑게 여겼던 것이다.

양순이 누님의 처녀시절에는 어려운 이웃이 없는 우리집은 동네 처녀들의 마실방 노릇을 톡톡히 하여 매일같이 처녀들의 웃음소리가 끊이지 않았다. 누님과 동무들은 그렇게 모여 긴 겨울밤을 주로 수를 놓으며 유행가를 부르거나 이야기꽃을 피웠다. 처녀들이 부르는 노래를 나는 옆에서 콧노래로 흥얼흥얼 따라 배웠는데, 아직 전쟁의 여파가 가시지 않은 1950년대의 소위 쌍팔년도 시절이라, 주로 울며 헤어진 부산항, 호남선 편지, 울고 싶은 인생선, 카츄샤, 무너진 사랑탑, 꽃 파는 아가씨, 인도의 등불 같은 애조 띤 노래였다. 처녀들 중에서 비교적 새침데기였던 누님은 차례가 되면 눈을 내리깔고, 성당 앞 계단마다 발자욱 남기며 눈송이 맞으면서 헤매던 그날 밤…… 어쩌고 하는, 어린 내가 들어도 다른 처녀들에 비하여 더없이 심심한 노래를 부르고는 하였다.

그러다가 정작 양순이 누님이 시집을 가버리자 초등학교 5학년의 아직은 어린 나로서는 하루아침에 몰려온 어떤 고적(孤寂)을 견딜 수가 없었다. 더군다나 겨울이 깊어져서 어머니마저도 의부와 함께 윗녘 장사를 떠나버리자 나는 매일같이 해만 지면 눈물바람일 수밖에 없었다. 어머니는 혼자 남은 나를 위해 가겟방을 세주어 그 사람들에게 끼니며 빨래 등 뒷바라지를 부탁했지만 그렇다고 가겟방 사람들이 나의 외로움이나 쓸쓸함까지 없애주지는 못했다.

나는 그런 외로움과 쓸쓸함 속에서 비로소 양순이 누님이 그때까지 나에게 얼마나 포근하고 풍성한 요람 같은 것이었는지를 온몸이 시리게 깨달았을 터이다. 겨울밤이 깊어지면 기다렸다는 듯이 한실 골짜기에서부터 밀어닥친 칼바람이 소리도 요란스럽게 장터의 빈 가게들을 우웅, 우웅, 울리는 것이었는데, 그러면 나는 어쩔 수 없이 그 바람 소리를 따라 히잉, 히잉, 울고는 하였다. 그렇게 울면서 나는 어머니보다는 누님을 더 소리쳐 불렀을 것이다. 그런 나의 두 손에는 누님의 사진이 쥐어 있었다. 일테면 당시의 나로서는 누님이 떠나버리자 찾아온 난데없는 외로움과 쓸쓸함에 대항하여 싸울 무기가 애오라지 누님의 사진밖에는 없었던 셈이다.

"누님을 욕심내던 총각들도 그리 많았는데……"

내가 혼잣말처럼 중얼거리자 누님이 가만히 눈을 뜨고 나를 흘겼다.

"얘는?"

"왜, 부끄러워?"

내가 짓궂게 웃으며 누님의 시선을 맞받자,

"못써, 사람을 놀리면."

누님이 손을 들어 나를 때리는 시늉을 했다. 나는 그런 누님에게 이번에는 정색을 했다.

"나, 고백 하나 할까?"

"………?"

"누님 처녀 때 말이야, 내가 가끔씩 누님 사진 훔쳐다가 장터 총각들한테 팔아먹었던 거 모르지?"

"그럼, 그게 다 네 짓이었구나?"

누님은 아픈 사람답지 않게 벌떡 몸을 일으켰다.

"응, 누님 사진을 주면 총각들이 돈을 줬거든. 거기엔 초등학교 미술선생도 있었어. 또 면사무소 직원이랑 새재여관집 큰아들도 있었고."

"그랬구나. 총각들이 내 사진을 갖고 다니서 나한테서 받았다고 소문들을 내서 이상하다, 이상하다 했더니만. 나중에는 그 소문이 결국 엄니한테까지 알려져가지고 억울하게 나만 얼마나 혼난 줄 아니? 아니 땐 굴뚝에 연기가 나냐면서, 아이구, 그때 맞은 매라니, 엄니가 아예 너 죽고 나 죽자면서 얼마나 모지락스럽게 때렸는지 며칠을 두고 운신을 못했어야. 아마 태어나서 처음으로 그렇게 맞았을 거이다. 지금도 끔찍하다, 얘. 그러구 보니 결국 난 너 때문에 섬으로 시집간 셈이야. 엄니는 그 소문들이 사실인 줄 알고 자칫하면 큰일난다 싶어 그 길로 서둘러 날 시집보낸 거야."

양순이 누님은 평소에 별로 쓰지 않던 사투리까지 섞어가며, 벌써 30년이 훨씬 지나 40년 가까운 세월이 지난 이야기인데도 뭔가 억울한 기색을 감추지 않았다.

"아이구, 미안해서 어쩌나. 거기까지는 모르고 공연히 긁어부스럼냈네. 잘못하면 인제 나가 엄니 대신에 원망 다 뒤집어쓰겠구먼. 사실은 그때 나도 누님이 매맞는 것이 사진 때문인지는 알았지만, 선뜻 내가 그랬다고 나서지 못하겠드라고. 엄니가 어떤 엄닌디 그런 나를 가만히 놔두겠어? 이번에는 나가 반죽음 되었겠지."

나는 두 손을 맞비벼 비는 시늉을 하였다. 그리고 누이가 내 말에 뭐라고 퉁을 주기 전에 얼른 딴청을 부렸다.

"실은 나 지금도 그때 누님 사진을 갖고 있어."

"아니, 어떻게?"

"그때 총각들한테 다 팔아먹은 게 아니고 한장은 남겨놓았거든."

눈물로 얼룩지고 손아귀 안에서 구겨진 채 빛바랜 그 사진은 내 책상서랍의 어딘가에서 아직까지도 스무살 무렵의 꿈꾸는 표정으로 곱게 웃고 있을 터였다.

"얘는, 곰살맞게 별짓을 다 한다. 그깐 사진을 지금까지 남겨놓을 건

뭐람."

양순이 누님은 뭔가 간지러운 표정으로 나에게 눈을 흘겼다. 그런 누님에게 나는 누님의 사진이 어린 내가 감당하기에는 너무 벅찬 외로움과 쓸쓸함과의 싸움에서 나에게 어떤 식으로 무기가 되었는지에 대해서는 차마 말하지 못했다.

"총각들이 그래싸니까 나도 덩달아 누님이 예뻐 보였거든."

대신에 나는 그런 말로 얼버무렸다.

"허긴 막 산 나도 처녓적 사진은 간직한 게 없는데, 신통하다, 얘."

누님은 또다시 나에게 눈을 흘겨 보였는데, 생각 탓이었을까, 그런 누님의 야윈 볼에는 뜻밖에도 무슨 노을 같은 붉은 기운이 있는 듯 없는 듯 희미하게 서리는 것이었다. 그러자 내 입에서 불쑥 생각지도 않은 말이 튀어나왔다.

"새재나 한번 다녀오지 그래?"

새재는 바로 누님과 내가 나고 자란 고향이었다.

"새재?"

누님은 내 말에 그 큰 눈을 더욱 커다랗게 만들어 나를 바라보았다.

"서울로 올라온 후에는 한번도 못 가봤지?"

"그렇네. 참말로 한번도 못 가봤어야."

"그러니까 한번 가봐. 아직도 누님 동무들이 몇명 살고 있을 텐데? 광순이 누님도 있고, 영옥이 누님도 있고, 정례 누님도 있고……"

내가 누님의 동무들을 헤아리자 누님이 설레설레 고개를 저었다.

"아니, 왜?"

"이렇게 다 죽게 되어가지고 아는 사람들을 만나면 뭐 하니? 공연히 흉한 꼴만 보이고, 사람들 눈짓물이 노릇이나 할 텐데."

누님이 쓸쓸하게 웃었다. 나는 그런 누님을 지켜보며, 어쩐지 공연한 말을 꺼냈다 싶은 자책을 떼칠 수가 없었다.

"그렇지만 동무들이 보고 싶구나. 다들 어떻게 사는지."

누님이 아직도 쓸쓸함이 지워지지 않은 표정으로 한숨처럼 말했다.

"누가 제일 보고 싶은데?"

나는 누님의 눈치를 살피며 조심스럽게 물었다.

"응, 사진관집 옥자도 보고 싶고, 광순이, 영옥이, 참, 필순이도 보고 싶고……"

누님은 예의 눈자위가 움푹 꺼진 눈을 들어 잠시 먼 곳을 바라보는 눈빛이 되었다.

"필순이라면?"

"응, 거 왜 사법서산가 뭔가 하는 인사 소실로 간 필순이 있잖니? 그 가시내 복도 지지리 없지, 글쎄, 그 인사 큰마누라가 딸만 여섯을 낳아서 아들 하나 얻으려고 씨받이 비슷하게 소실로 들였는데 필순이 그 가시내가 또 내리 딸만 둘을 낳았댔잖았어? 그래가지고 결국 거기서도 소박맞고 보성 읍내에 가서 술집을 차렸다는 소문까지는 들었는데, 어떻게 살아는 있는지 몰라."

누님의 야윈 볼에는 여전히 무슨 노을 같은 붉은 기운이 연짓빛으로 가볍게 서려 있었다.

"참, 누님, 막순이 누님 알지? 왜, 첫날밤에 하룻밤 풋사랑이란 노래를 불러가지고 결혼한 당장에 쫓겨났던 그 막순이 누님 말이야."

"알지, 그 유명짜한 막순이를 왜 모르겠니? 근데 하룻밤 풋사랑이란 노래 가사가 어떻게 되더라? 노래를 안 부른 지 하두 오래되니깐 가사도 모르겠다, 애."

"하룻밤 풋사랑에 이 밤을 새우고 사랑에 못이 박혀 흐르는 눈물, 손수건 적시며 이별만 남기고, 어쩌구 하는 가살걸."

"세상에 첫날밤에 그런 노래를 부른 막순이도 막순이지만 그렇다고 노래 가사를 트집잡아서 소박까지 놓는 신랑이 어딨니? 바보라도 막순이보다 더 꽉 막힌 바보지."

"막순이 누님 다시 시집가서 얼마나 잘사는데? 몇년간 악착같이 생선장사를 하더니 논도 몇마지기나 샀다던데. 머슴 출신인 남편이 막순이 누님을 좋아서 죽는다더라구. 그 막순이 누님은 어쩌다 내가 새재 내려갈 때마다 잊지 않고 반드시 누님 안부를 묻던데."

"그러니? 처녀 때는 막순이가 너무 맹하다고 따돌리며 동무도 안해줬는데."

양순이 누님과 나는 생각이 나는 대로 누님의 동무들 이름을 대며 그때마다 서로 처녓적의 그네들 모습을 떠올리고는 했다. 누님은 적잖이 감회가 깊은 표정으로, 보고 싶구나, 참말로 죽기 전에 다들 한번만이라도 만나고 싶구나, 하면서 연신 먼 곳을 바라보는 눈빛이 되었다. 누님이 그렇게 기꺼워하기 때문일까, 방심한 나의 입에서 불쑥 엉뚱한 질문이 튀어나왔다.

"아버지는 안 보고 싶어?"

나는 그렇게 묻는 순간 아차, 했지만 늦은 다음이었다. 누님은 이미 그 큰 눈을 더욱 크게 만들고 있었다.

"아버지라면…… 네 아버지…… 말이니?"

양순이 누님은 그렇게 큰 눈을 한 채, 마치 누님과 나 사이에 얇은 유리그릇이라도 두고 서로 어루만지듯 조심스러운 말투였다. 나는 짧은 순간 깊이 숨을 들이마셨다. 그리고 정면으로 누님을 바라보았다.

나로서는 어차피 내친김이었고, 이 기회에 누님과 나 사이에 얽힌 무엇인가를 풀어내지 않으면 안되었다.

"아니, 누님 아버지 말이야."

비록 한 어머니의 살과 피를 나누어 가진 오누이지만, 지금까지 살아오면서 나로서는 양순이 누님에게 단 하나 금기로 지켜왔던 것이 바로 누님의 아버지에 대한 부분이었다. 나는 적잖은 궁금증에도 불구하고 누님은 고사하고 어머니에게마저 누님의 아버지에 대해서는 제대로 운조차 떼본 적이 없었다. 무언가 본능적인 느낌이 나에게 그런 금기를 만들었을 터이다. 어쩌면 누님에게는 아버지에 대한 물음 자체만으로도 그대로 상처가 되었을지도 몰랐다. 적어도 누님이 한 지아비의 지어미가 되고 그렇게 아이들을 낳고, 그리하여 그 아이들에게 아버지가 어떤 의미가 되는가를 스스로 깨닫기 전까지는.

"인제 돌아가셨겠지."

누님은 내 물음에는 가타부타 대답이 없이 딴청을 피우듯 말했다.

"연세가 어떻게 되시는데?"

내가 물었고,

"엄니보다 네살이 많으니깐…… 살았으면 여든둘인가부다."

누님은 일부러인 듯 억양이 없는 목소리였다. 그러더니 누님은 이윽고 깊이 한숨을 쉬었다.

"다 부질없구나. 난 그래도 언젠가 한번은 만날 줄 알았는데……"

누님의 한숨이 너무 침중해 보여 나로서는 무어라고 끼여들 틈이 없어서 잠자코 침묵을 지켰다. 그러자 누님이 다시 입을 열었다.

"적어도 엄니가 돌아가시기 전까지는 나는 아버지를 한번은 만날 것이라고 생각했어야. 왜냐하면 그때까지만 해도 호적에는 둘이 부부로 되어 있는 것으로 믿었으니까."

"아니, 어떻게 그때까지 두 분이 호적에 부부로 있으리라고 믿었어?"

내가 어쩔 수 없이 놀란 눈을 했다.

"그래, 내가 시집갈 때까지도 엄니하고 아버지는 호적상 부부였거든. 그래서 틈날 때마다 엄니한테 절대로 내 허락이 없이는 호적을 떼주지 말라고 신신당부를 했다. 그런데 엄니가 돌아가시고 나서 알아보니까 벌써 십년도 전에 호적을 떼줘버렸더구나."

누님은 새삼스럽게 분한 눈빛을 했다. 나는 그런 누님을 차마 정면으로 볼 수가 없어서 슬그머니 눈길을 돌려버렸다.

양순이 누님의 아버지는 어머니의 첫남편이었다. 어머니 생전에 이따금씩 흘려들은 이야기에 의하면, 인근에 알려진 한학자이자 서당 훈장인 외할아버지가 평소부터 시회(詩會)로 교분이 있던 이와 서로 사돈을 맺은 것이었다. 빈한한 서당 훈장인 외할아버지와는 달리, 한 고을을 이웃한 고흥 읍내에서 누님의 아버지 집안은 일제시대에 벌써 정미소까지 지닌 토호였다.

그런 토호 집안으로 어머니는 빈한한 서당 훈장 딸답게 제대로 된 혼숫감 하나 없이 몸뚱이만 달랑 가는 식으로 시집을 갔는데, 너무 기운 혼인에 못마땅해하던 시어머니의 시집살이가 처음부터 다짜고짜 혹독하였다. 어머니는 첫아이인 누님을 낳고 얼마 지나지 않아 더이상 시집살이를 참아내지 못하고 친정으로 돌아와버렸다.

"엄니한테 얼핏 들은 얘기로는 시집살이가 너무 고달파서 끝내 못살고 헤어졌다고 그러던데……"

내가 다시 누님을 정면으로 바라보며 드디어 핵심부분을 건드리자

248

누님은 이번에는 눈꼬리를 빳빳하게 올려세웠다.

"흥, 엄니가 그랬다고? 모르는 소리 말어."

"뭘? 엄니는 시어머니 되는 이가 심지어는 엄니가 새색시 시절부터 머리 빗는 것은커녕 세수하는 꼴도 못 보아넘기고, 이년아, 얼굴 잠 반반하다고 그르코롬 낯바닥 간수해갖고 난중에 기생 나갈래, 하면서 구박했다고 흉보던걸."

"그깟 건 아무것도 아니야. 정작 엄니하고 아버지가 헤어지게 된 것은 순전히 외할머니 때문이야."

"외할머니?"

"아이구, 말도 마. 그런 억척이 어디 또 있는 줄 아니? 새재에서 누구도 외할머니를 당해내는 사람이 없었으니까. 오죽하면 외할머니 별명이 아라사 병정이었겠니?"

"아라사 병정?"

"그때는 무서운 사람을 보면 무조건 아라사 병정, 아라사 병정, 그랬으니까."

나의 염려와는 달리, 누님은 전혀 언짢아하거나 달리 마음에 두는 기색 없이 누님의 아버지에 대하여 쉽게 이야기를 털어놓았다.

양순이 누님에 의하면, 고부간의 관계와는 달리 부부간의 금슬은 좋은 편이어서, 어머니가 그렇게 친정으로 돌아와버려도 누님의 아버지는 인연을 끊지 않고 자주 처가를 왕래한 모양이었다. 그러자 이번에는 외할머니가 그런 사위를 못마땅해했다. 평소에 서당 훈장답게 생활에는 전혀 무능한 외할아버지와는 반대로 외할머니는 가까운 장선포에서 생선을 받아다가 인근을 돌아다니며 쌀이나 보리 같은 곡식을 교환하여 집안 살림을 꾸려간 억척이었다. 그런 억척답게 외할머

니는 어쩌다 시비가 붙으면 웬만한 남정네는 적잖은 망신 끝에 혀를
내두르며 돌아서게 만들고는 하였다.

"한번은 외할아버지가 여름에 큰비가 오는 것도 모른 채 마루방에
서 책을 읽고 계셨단다. 그러다보니 마당에 널어놓았던 멍석의 곡식
이 비에 다 떠내려가는 줄도 몰랐지. 나중에 집에 온 외할머니가 그
꼴을 보고 그만 외할아버지한테 달려들어 수염을 죄다 뽑았다지 않
니?"

"이제 보니 엄니 성미가 드센 건 외할머니를 닮았구나."

내가 누님의 말에 관심을 보이며 어머니까지 끌어들이자,

"누가 아니래니? 그러잖아도 그 어미에 그 딸이라고 흉들을 많이
보았지. 사람들 흉이 아니라도 어머니가 여간만 드세니? 성미가 그러
니깐 팔자도 그 모양이지. 남들 같으면 시집살이도 웬만하면 참고 견
뎠으련만."

누님은 살아 있지도 않은 어머니를 향하여 입술을 삐쭉해 보였다.

"그 외할머니가 어떻게 했길래 두 분이 헤어졌어?"

나는 자칫 무언가 언저리에서 빙빙 맴도는 이야기를 좀더 핵심에
가까이 끌어당겼다.

"한번은 아버지가 찾아와서 어머니와 서로 티격태격 말다툼을 벌인
모양이더라. 집으로 돌아가자는 둥, 못 간다는 둥. 그러자 외할머니가
느닷없이 아버지한테 달려들어 마구 뺨을 때렸다잖니? 아버지는 그
길로 돌아가서는 그만이었지."

"………"

"생각해봐라. 세상에 어느 사위가 장모한테 매를 맞고 참겠니? 아
버지도 이번에는 단단히 마음 다잡고 단념한 거지. 나중에 들린 소문

250

에 의하면 아버지는 인천에 있는 숙부 되는 이의 공장에서 지낸 모양
이더라."

양순이 누님은 단호한 표정이 되어 드러내놓고 누님 아버지의 역성
을 들었다. 내가 누님의 눈치를 살피며 잠자코 있자 누님이 다시 말을
이었다.

"얼마 안 있다가 엄니도 이내 새재를 떴어야. 양복기술자하고 만주
로 가서 동업으로 양복점을 했대요."

아마도 일인들의 수탈에 더이상 견뎌내지 못한 남도 일대의 소작농
들이, 때마침 불어온 만주개발의 바람을 타고 유맹(流氓)이 되어 너나
없이 처자식들을 거느린 채 북쪽으로 떠나던 무렵이었을 터이다.

"그럼 누님은?"

내가 묻자,

"나?"

누님이 되물었다. 그리고 어느 사이에 눈물이 그렁해진 눈길로 흘
기듯 나를 바라보았다.

"난 그대로 천덕꾸러기가 되어 외갓집에 남겨졌지. 그때 난 네살이
었다."

양순이 누님은 그렇게 천덕꾸러기가 되어 외갓집에서 살았다. 외할
아버지 내외와 큰외삼촌 내외가 함께 기거한 외갓집은 가메뚝이라고
불리는 냇가 마을이었는데, 하구가 멀지 않은 곳으로, 원래 한적한 바
닷가 마을이었다가 누님이 태어나기 얼마 전에 끝난 간척사업 덕분으
로 이제는 드넓은 간척지 가운데 자리하고 있었다. 누님은 거기에서
누님 말대로 어미 아비의 얼굴도 잘 기억하지 못한 채 어린 천덕꾸러
기로 자랐을 터이다. 누님의 이야기를 듣고 있자 나의 시야에는 문득

무명저고리 치맛바람의 네살짜리 계집아이가 해질녘의 바다를 바라보며 훌쩍이고 있는 모습이 무슨 낡은 사진처럼 펼쳐지는 것이었다. 그런 누님의 모습은 흡사 송곳으로라도 찌르듯 나의 동공에 아프게 박혀왔다.

해방이 되어 어머니가 만주에서 돌아올 때 양순이 누님은 이미 아홉살로 초등학교 3학년에 다니고 있었다.

"엄니는 만주에서 얼마나 돈을 많이 벌었는지 아니? 엄니가 두고두고 하는 말이, 그 돈이면 외갓집 일대 논을 죄다 사고도 남았대요. 어머니는 그 돈을 혹시 중간에 잃을까 몰라 모두 이불 속에 낱낱이 누벼 넣어서 외갓집으로 보내곤 했다는 거야. 그렇게 많은 돈을 보냈더니, 글쎄, 외삼촌이 몽땅 노름으로 날려버렸지 뭐냐? 해방이 되어 엄니가 돌아와보니 그 잘난 외삼촌은 이미 한푼도 없는 알거지 신세인걸. 외할아버지는 벌써 돌아가셨고."

"그럼, 누님은 아버지 얼굴도 전혀 기억하지 못하겠네?"

내가 다시 누님의 아버지를 들먹였고,

"아니."

누님은 고개를 저었다.

"누님 이야기에 따르면 네살 무렵에 아버지와 헤어졌다며? 그런데 어떻게 아버지 얼굴을 기억한다는 거야?"

"그 뒤로도 한번 봤어."

누님은 나를 향해 웃어 보이려는 듯 얼핏 입꼬리를 비틀더니 이내 고개를 숙여버렸다.

"언제?"

다시 고개를 든 누님의 두 눈에는 가득히 눈물이 고였다가 끝내 방울이 되어 떨어졌다. 누님이 그렇게 눈물을 떨구더니 이번에는 흑, 하고 느끼는 소리를 냈다.

"해방이 되자 아버지도 고흥 집으로 돌아온 모양이더라. 그래서 엄니를 만나러 왔지 뭐니. 다시 엄니를 데려가려고 말이야. 아버지는 그때까지도 아직 재혼을 않고 엄니를 기다렸던 거야. 그런데, 그런데……"

양순이 누님은 끝내 말을 잇지 못한 채 울음을 터뜨리고 말았다. 그렇게 한번 울음이 터지자 누님의 두 눈에서는 마치 봇물이라도 터져나오듯 거침없이 눈물이 쏟아져내리는 것이었다.

"그때 엄니 몸속에는 이미…… 니가…… 대운이 니가, 들어 있었지 뭐니."

아아, 움푹 꺼진 눈자위에는 시퍼렇게 어두운 빛이 깃들인 채 그렇게 이미 죽음의 그림자가 어른거리는 누님의 몸속 어디에 저렇듯 많은 눈물이 감추어져 있었던 것일까. 나는 망연하여 손끝 하나 까딱하지 못한 채 누님이 우는 대로 보고만 있었다. 한식경을 좋이 누님은 그렇게 흐느껴 울더니 이윽고 울음을 멈추었다.

"난 열한살이었다. 어렴풋하게 알 건 다 알 때였지. 물론 왜 엄니가 아버지를 못 따라가는지도 알았지. 허지만 아버지가 나만이라도 데려가려고 했을 때 엄니하고 함께 안 가면 나도 안 가겠다고 발버둥을 쳤다. 얼마나 내가 울며 소란을 부렸으면 아버지가 결국 혼자 갔겠니?"

어느 순간 나는 눈앞이 뿌옇게 흐려지며 시야에서 차츰 양순이 누님의 모습이 지워지는 것을 보았다. 그리고 그렇게 누님이 지워진 채 뿌연 나의 시야에 전혀 예상치 못했던 엉뚱한 모습이 떠오르는 것이었다. 한 태아가 뱃속에서 꿈틀거리고 있었다. 미처 눈도 뜨지 못한 태아는 굳게 움켜쥔 주먹과 앙상한 다리로 어딘가를 향해 필사적으로 휘젓는 것이었다. 그런 태아의 바로 앞에서는 아버지의 바짓가랑이를 움켜쥔 채 맨땅을 뒹굴며 누님이 울부짖고 있었다. 그러고 보면 태아는 어머니의 뱃속에서, 바로 누님의 동작을 그대로 흉냇짓하고 있었던 것이다. 물론 전혀 황당한 환시였지만, 나는 그런 태아의 모습에서 결코 고개를 돌릴 수가 없었다. 아아, 돌이켜보면 나는 결국 누님의 눈물을 자양분으로 자라난 게 아니냐.

"내가 많이 미웠겠네?"

이윽고 나의 시야에서 예의 태아의 모습이 사라졌을 때, 나는 어쩔 수 없이 코맹맹이 소리로 누님에게 물었다. 내 물음에 누님은 대뜸 고개를 저었다.

"한번도 너를 미워해본 적이 없어야. 대신에 니 아버지는 나가 참말로 미워했다. 당시 나 생각에는 모든 것이 다 니 아버지 때문이었응께. 니 아버지를 보기만 하면, 가시요, 가서 다시는 오지 마시요, 하고 볼 때마다 막 떠밀었어야. 나가 그라면 니 아버지는 빙긋이 웃음서, 왜 애기는 그렇게 이뻐함서 나는 그렇게 미워하냐고, 그 애가 누가 맹근 애긴 줄 알기나 하냐고 나보고 물었어야. 나는 나대로, 애기야 나 동상인께 이뻐하지라우, 그람서 대들고, 물론 나는 니 아버지보고 단 한번도 아버지 소리를 해본 적도 없었고. 아무리 어린애라지만 왜 그렇게 속이 좁았을끄나? 니 아버지한테는 시방도 미안하다야."

양순이 누님은 다시 사투리를 섞어가며 마치 엊그제의 일인 듯 내 아버지에 대해 실감있게 말했다. 누님의 말을 들으며 나는 잠자코 고개를 끄덕거렸다. 그러자 누님이 갑자기 눈빛을 반짝, 빛냈다.

"살다보니 이런 날도 있구나."

"………?"

"아버지 일만 생각하면 한이 맺혀서 나는 죽어서도 제대로 눈을 못 감을 것 같았어야. 그런데 이렇게 이야기를 하다보니 이제 가슴속에 맺혔던 것들이 죄다 풀린 기분이다. 참말로 가슴까지 다 시원해지는 걸."

누님은 말끝에 한손으로 앙상한 가슴께를 가리키며 나에게 빙긋이 웃어 보였다. 그리고 말을 이었다.

"고맙다. 이게 다 니가 나한테 살갑게 맘을 쓴 덕분이다. 니의 그런 맘이 없었으면 이런 일을 꿈엔들 생각했겠니? 그대로 가슴에 품은 채 무덤까지 갔겠지. 이제 죽어도 편하게 눈을 감을 것 같다."

누님은 또다시 나에게 빙긋이 웃어 보였다. 어딘지 한구석에 허탈한 느낌도 없지 않은 누님의 미소를 지켜보며 나는 불현듯 누님에게 죄라도 지은 기분이었다. 그런 나의 죄책감에는 아랑곳없이 누님이 마치 맛있는 음식이라도 양껏 먹고 난 것 같은 포만한 표정으로 크게 하품을 하더니 나에게 물었다.

"애, 나 좀 누워도 되겠지?"

내가 고개를 끄덕이자 누님은 자리에 눕더니 다시 나를 올려다보았다.

"엄니를 만나면 할말이 많겠지? 나 인제 엄니한테도 더이상 부끄러운 거 없다."

양순이 누님은 여전히 포만한 표정인 채 살며시 눈을 감았다. 나는 어떤 죄책감에 눌려 마치 훔쳐보듯 누님의 얼굴을 힐끔거렸다. 그러자 입가에 아직도 미소가 사라지지 않은 누님의 야윈 두 뺨에는 또다시 무슨 노을 같은 붉은 기운이 있는 듯 없는 듯 서리는 것이었다. 그런 얼굴을 보고 있자 나는 비로소 누님의 말이 어떤 실감을 지닌 채 다가오는 것이었다.

"엄니를 만나면 할말이 많겠지? 나 인제 엄니한테도 더이상 부끄러운 거 없다."

야윈 뺨에 아직도 붉은 기운이 가시지 않은 양순이 누님의 표정은 더없이 아늑하고 따스해 보였다. 그래서였을까, 짧은 순간 누님의 생애가 전혀 새로운 의미를 띤 채 무슨 슬라이드 화면처럼 떠올랐다 사라지고 다시 떠오르는 것이었다. 그렇게 떠올랐다 사라지고 다시 떠오르는 누님의 생애를 지켜보며, 나는 어쩌면 누님이야말로 세상에 누구보다도 가장 소중한 삶을 살아낸 사람인지도 모른다고 생각했다.

아아, 그러고 보면 나에게 양순이 누님이란 무엇이었던가. 상처. 그렇다. 언제부터인지 모르게 나는 누님이나 누님의 죽음을 내 핍박한 인생과 결부시켜 단지 상처로밖에 여기지 않았다. 마치 내 인생에 범주가 되어준 저 많은 이들의 남달리 모진 삶과 그리고 그런 삶 끝에 맞이한 죽음처럼. 나에게는 그렇듯 상처일 뿐이었던 누님이 세상에 누구보다도 더없이 소중한 사람처럼 느껴지는 그 변화를 나는 부끄러운 마음으로 인정했다.

돌이켜보면, 내가 부끄러워해야 할 이는 비단 양순이 누님만이 아닐지도 몰랐다. 저 많은 이들, 내가 단순히 상처로만 치부하여, 그 이상은 더 애증에 얽매이기를 단호히 거부했던 이들, 어머니, 생부, 의부, 호적상의 어머니, 큰아버지, 큰어머니, 이모, 이모부, 외삼촌…… 저 많은 이들을 어쩌면 나는 다시 만나야 할지도 몰랐다. 그리하여 그들 한사람 한사람에게서 전혀 새로운 의미를 발견해야 하는지도.

밤이 되어 정룡이를 위시한 외조카들이 돌아와서야 나는 양순이 누님의 아파트를 나왔다. 그리고 가까운 지하철역 입구에서 무심코 뒤를 돌아보았다. 무언가 향기가, 내가 지금까지 한번도 맡아보지 못했던 어떤 향기가 있는 듯 없는 듯 코끝을 스치고 지나가는 것이었다.

내가 뒤를 돌아보았을 때, 거기에는 아무도 없었다. 대신에 저 멀리 양순이 누님의 아파트가, 창문마다 마치 고단한 꿈이라도 꾸고 있는 듯한 불빛들을 어둠속에 쏟아내고 있을 뿐이었다. 어쩌면 그 향기는 저 불빛들 중의 한곳에서 스며나오고 있는지도 몰랐다. 아니, 어쩌면 저 불빛들 전체가 하나의 향기가 되어 나를 향해 스며나오는 것인지도.

―『창작과비평』1994년 가을호(수록 당시 원제 「사람의 향기」*)

＊「사람의 향기」는 소설집 『인도로 간 예수』에 수록된 적이 있으나 이번 연작의 일부로서 부분 수정하여 재수록하게 됨.

터진 언살이 아물기까지

한창훈

내가 선생의 이름자를 처음 들은 게 언제던가.

밥값 잠값 다 겁내면서도 신발값 하나만큼은 아까운 줄 모르고 세상 좁다고 돌아다니다가, 하릴없이 멀어지는 출생년도가 부담스러워 뭔가를 직업으로 얻기는 해야 할 텐데 하다가, 아무래도 소설가가 되는 게 취업에 약하고 돈벌이에 무능한 내 모습을 감추기에 가장 합당하지 않나, 이렇게 좀 싸가지 없는 생각으로 문학을 배워보고자 학교로 되돌아간 적이 있었다.

그 시절, 일찌감치 시인·소설가를 미래의 명함으로 점찍어놓았던 어린 선배 한명이 읽어보라며 건네준 게 시집 『그대 언살이 터져 시가 빛날 때』(실천문학사 1983)였다. 아마 내가 처음으로 읽은 시집이지 않았나 싶다. 시집 날개의 사진에는 그 멋진 제목과는 연관 없게 생긴 사내 하나가 약간 건들거리는 자세로 누군가를 빤히 바라보고 있었다. 그 시집을 한동안 지니고 다니면서 창작의 고통과 작가의 눈이 어디까지 가야 하는가를 막연하게 느꼈고, 이어 『월행』『마음속 붉은 꽃잎』을 찾아 읽으며 길고 험난한 작가의 길을 짐작하기에 이르렀다.

세월이 흘러 나도 작가가 됐으나 한동안 선생을 뵙지 못했다. 술좌석에서 풍문만 들었다. 감옥과 술 이야기가 주종이었다. 간혹 옌네와 순간 사라졌다가 나타났다고도 했고 조금 있자 모든 것 끊고 행공 수행중이라는 소문도 들렸다.

술좌석에서 전염되는 소문이라는 게 부풀려지기 십상이지만 어쨌든 어느날 선생의 정수리가 알밤의 그것처럼 뾰족 솟아나 있다고도 하고(사진을 보니 진짜 그랬다) 소주에 기를 불어넣어 물로 만들었다고도 하고(솔직히 말하자면 이 술법에는 좀 신경질이 났다. 멀쩡한 술을 왜 물로 만든단 말인가. 나는 최소한 맹물을 술로 만들어야 도력을 인정할 수 있다고 대꾸했다) 그러더니 맙소사, 어느날은 공중부양을 했다는 것이다. 아아, 작가의 길은 이렇게 멀고도 험난하구나, 작가가 갈고 닦아야 할 것들이 이렇게 첩첩산중 무궁하고 무진하구나, 싶어 초년작가 지레 겁먹었다.

그러니까 나에게 있어서 선생은 언살 터뜨려가며 가슴 아픈 글을 쓰는 시인이자 소설가로, 독재정권에 온몸을 바쳐 항거하다 감옥에 갇힌 투사로, 그리고 술과 충동의 세상을 사랑하는 낭인이자 깨달음을 구하는 수행자로, 이렇게 여러 모습으로 변신을 하면서 들려왔다.

선생을 처음 뵌 것은 몇년 전 선생이 천안 근방에 작업실을 구하고 나서였다. 차로 사십분 정도 거리에 떨어져 살던 나는 간혹 선생의 호출을 받았고 선생 또한 내 집 근방의 순대를 유일하게 먹는 육(陸)고기로 지정해놓았길래 방문도 없지 않았다.

나는 천성이 부족해 새로운 위인을 대할 때 크게 별날 거 없으면, 이 양반은 원래 그러는개비다, 하고 죽 맞춰 농담이나 실실 흘리는 스타일이라 별 무리 없이 선생과 대작하는 날들이 늘어갔다. 달거리 계원들처럼 잊을 만하면 식당 하나 꼭 찍어 만났는데 먹을 것에 대한 기대로 말문을 열고 새로 읽은 내 소설이나 서로의 추억담을 주고받다가 먹은 것에 대한 품평으로 중요한 일과를 마치곤 했다. 늦게 만난 젊은 과부한테 새로이 정 익어가는 호젓한 모습에서 크게 다르지는 않았다. 선생은 비교적 조용했고 그리고 늘 부드러운 얼굴이었다. 계속 그랬으면 싶었다.

언젠가 우리는 대천바다로 향하고 있었다. 이문구 선생께서 사모님과 함께 잠시 고향에 내려와 계셨는데 한번들 다녀가라고 기별을 보내오신 것이다. 한잔 사시겠다는 거였다.

공부하자고 부르면 무탈한 이장집을 초상집으로 만들어서라도 고개를 돌리던 우리는 술을, 그것도 명천 선생께서 한잔 내시겠다는 말씀에 서방 죽고 처음이라고 몸 떠는 과부처럼 달아올라 몇몇 급히 불러모은 다음 호명하여 출석 부르고 서쪽으로 차를 몰았다. 선생이나 나나 저 먼 바닷가 출신으로(나는 가막만이 있는 여수 출신이고 선생은 이웃의 등량만과 접한 보성 출신이다) 물기 부족한 내륙에서 해를 더해갔으니 비린 것에 대해 소증(素症)을 지병으로 가지고 있었다. 알다시피 바닷것이라는 게 쉽게 먹어지는 것이 아니지 않는가. 전업작가 벌이라는 게 뻔한데다 선생 또한 내 지갑 두께와 비슷한 것을 주머니에 차고 있는 관계로 우리는 그 소증과 헤어지지 못하고 살아왔던 것이다. 대천항에서 한잔 사시겠다면 안주가 무엇이겠는가. 우리는 차 안에서 하나씩 점지해갔다.

도다리가 간택을 호소하며 절하고 물러간 자리에 자연산 광어가 책받침처럼 펄럭이며 나타나 이런 경우는 없다며 협박을 했다. 우럭은 일선에 끼이지도 못하고 저 멀리에서 이쪽 눈치만 살피고 노래미는 완벽한 자연산이라는 것 하나 내세우며 좀 경박스럽게 꼬리춤을 췄다. 농어가 점잖은 목소리로 자신의 살이 왜 좋은가를 타이르듯 일일이 브리핑하고 참돔, 감성돔이 등장해서 이 시합은 해보나 마나라며 느긋해했다.

장소를 대천해수욕장의 용화장횟집(명천 선생과 송기원 선생을 흠모하는, 예의 바르고 아주 건장한 사내가 주인이다)으로 아예 못박아놓고 명월이 추월이 점고하듯 그날 잡아잡술 것들을 한창 고르던 중에 전화가 왔다. 전화는 명천 선생 제자인 안학수 시인이 받았다. 안 시인은 순식간에 죄지은 자 얼굴을 했다.

"저, 이문구 선생님이 술자리를 토종닭집으루다가 정해놨다는디유?"

우리는 매복 걸린 병사들처럼 일제히 반응했다.

"뭐, 닭?"

"아니, 지금 닭이라고 했어?"

사연인즉슨 토종닭집을 하는 친구분이 있는데 그동안 통 팔아주지 못한 게 걸리던 차, 사람들 부른 김에 아예 단단히 예약을 하셨다는 거였다. 우리는 탄식을 했다. 하고많은 짐승 중에 닭이라니. 푸른 바닷속으로 헤엄쳐보자고 꿈꾸던 자들에게 날개 달린 것이 안기다니. 허탈한 눈앞에는 회접시 가지런히 놓인 탁자 위에 갑자기 토종닭 한 마리가 꼬꼬댁 울며 자발스럽게 파닥거리는 그림만 자꾸 그려졌다.

비록 명천 선생의 말씀이라고 하나 우리의 충격은 의외로 강해 차 세워놓고 '타임' 불러 속닥거렸다. 금지를 당할수록 비린 것의 유혹이 더욱 강렬해졌던 것이다. 그리고 오래지 않아 차의 방향을 틀었다. 한번 '개기기'로 작정을 한 거였다.

우리는 대천 못 미쳐 오천 바닷가로 갔다. 밑반찬은 가득하게 나오되 손님 농담에 웃기를 거절하는 안주인이 하는 횟집이었다. 닭 푹 삶아지게 좀 느루 가자,고 마음먹은 우리는 그곳에서 길이 바뀌는 바람에 졸지에 화(禍)를 입은 생선들을 모셔두고 부어라 마셔라 했다. 시간은 급히 갔다. 한바탕 먹고 나자 약속시간이 30분이나 지나 이제 걱정해야 할 때가 되어버렸다. 선생께 야단맞겠다, 얼른 가자, 배불러도 참고 닭다리 하나씩은 꼭 먹자구, 서로 격려해가며 길을 당겼는데, 아뿔싸, 안시인은 또 한번의 전화에 얼굴이 아예 사색이 되고 말았다.

"저 선생님, 일났슈."

"왜 그래? 문구 형 화났대?"

(송기원 선생과 명천 선생은 서로 호형호제하는 사이였다.)

"그게 아니구, 닭집 쥔 양반이 돌아가셨대유."

"에잉, 그게 무슨 소리여?"

"우리 먹을 닭 잡다가 갑자기 돌아가셨대유. 졸지에 초상난규. 그래, 저기 시내 갈빗집으루다가 사람들 데리구 오라구 그러시네유."

우리는 할말을 잃었다. 살다 보니 이런 일도 있었다. 어떻게 닭집 예약했다는 소리 듣고 횟집엘 갔다고 주인이 그 사이에 세상을 버린다는 말인가. 아, 비록 다리품 팔아 한 가지라도 익히고 배우고자 힘써왔지만 세상이란 여전히 알 수 없는 거였다.

명천 선생의 친구분이 돌아가신 게 마치 우리 때문인 듯해 마음 또한 무거웠는데, 어쨌든 우리는 닭집을 예약하고 횟집을 가면 닭집 주인이 화를 입는다는 명제를 가슴속에 깊이 담아놓고 시내로 향했다.

송기원 선생의 이면을 본 게 그날 밤 깊어서였다. 선생은 횟집에서의 초벌 술에 갈빗집에서의 재벌 술까지 (고기를 가까이하지 않는 품성대로 푸성귀 안주에 술을 많이 드셨다) 겹쳐 노래방에서는 아주 불쾌한 얼굴로 변해 있었다. 오늘 마시고 말아버리자는 심정으로 맥주병 쓰러지는, 지치고 무거운 짐 진 자들 모이라고 우주볼 돌아가는 산동네 가난한 스탠드바 풍경이 한동안 지속되나 싶었는데, 갑자기 유용주 시인이 고개를 절레절레 흔들며 내 앞으로 다가왔다.

"와, 설마, 혀까지 들어올 줄은 몰랐어."

보아하니 선생께서 주변의 여러 여인네들은 보기를 돌같이 하고 노가다 간조 타서 놀러오게끔 생긴 주변의 사내들에게 슬슬 접근해서는 그냥 번개 같은 속도로 날카로운 동성의 키스를 감행한 것인데, 졸지에 책임지지 못할 일을 당한 유시인은 소스라쳐 놀라 뒷걸음질로 물러나면서 입을 빼앗긴 것에 대한 충격보다는 혀가 쑥 들어왔다는 것에 혀를 내두르고 있었다.

첫키스의 날카로움이야 누구에게나 큰 사건이겠지만 유시인은 잠시 동안 공황상태에 빠져 저쪽을 노려보며 이제 집에 가서 어떻게 이실직고를 할 것인가 고민하는 모습을 했다. 그러거나 말거나 선생은 그 다음 상대를 고르고는 실눈 뜬 문어처럼 슬슬 이동을 하는 중이었다.

아닌게아니라 안시인, 이정록 시인, 김종광 소설가, 또 얼른 이름이 생각 안 나는 사내 두엇이 차례대로, 충격에 휩싸인 얼굴로 뒷걸음질 쳐왔다. 다들 한순간의 실수로 가문의 명예를 실추시킨 종손(宗孫)의 모습, 딱 그거였다. 이제 남은 사내는 하나. 바로 나였다.

여러 번의 교접에도 아직 만족 못하고 선생은 눈 붉게 뜨며 흐느적 거리며 다가왔다. 아무래도 선생은 질보다는 양으로 승부를 걸 속셈 이었나보다. 나는 술기운을 누르며 혼자만이라도 이 침탈을 견뎌내고 자 마음먹었다. 목숨 걸고 무언가를 지키는 이 하나쯤은 있다는 것으 로 훗날의 지표가 되고자 했던 것이다. 아무리 상식 초월이라 해도 방 어 튼튼하면 공격 순조롭지 못한 법. 어중간한 자세로 껴안은 채 춤이 랍시고 몸 흔들며 손동작 눈초리 돌아가는 것 하나하나 심지 돋워 지 켜보던 내 앞에서 선생은 사십오도, 뜻밖의 각도에서 입술을 덮쳐왔다.

저 사내들이 한순간에 제압당했던 그 초식이었다. 나는 반대방향으 로 고개를 잔뜩 틀었고 결국 선생의 입술은 허공을 날카롭게 찍었다. 그러나 역시 고수는 고수. 아무 일 없었다는 것처럼 (마치 지나가던 귀신에게 키스해서 다독여 보냈다는 투로) 아주 자연스럽게 내 양 어 깨를 그러안고 다시 춤을 추기 시작했다. 나는 졸지에 사장님한테 붙 들린, 갓 입사한 여직원처럼 긴장하며 이 괴상한 성추행을 거듭 대비 하고 있었다. 그리고 머잖아 접속은 다시 시작되었다. 아주 다양한 각 도에서 젖은 물건이 다가왔고 그때마다 수절(守節)이란 게 이렇게 힘 이 드는 것이구나, 장탄식을 해가며 얼굴을 피했다. 선생은 몇번의 시 도가 빗나가자 마음이 급해져서 급기야 내 목을 힘으로 잡아당기기 시작했다.

선생, 비록 토굴 수행에 인도와 티베트에서의 도보까지 행한 내공 단련자였지만 아무래도 나이는 속일 수 없는 것이라 힘으로 날 어쩌지 못했다. 머잖아 선생은 가쁜 숨을 몰아쉬며 내 귀에 한마디 속삭였다.

"잠깐이면 돼. 조금만 참아."

대천은 그런 곳이었지만 또한 눈물의 장소이기도 했다.

지난번 명천 선생의 장례식이 끝나고 우리는 벽제 화장터에서 대천으로 내려왔다. 명천 선생께서 관촌마을의 흙으로 돌아가시자 우리는 사막 한복판에 홀로 선 것처럼 허무하고 쓸쓸했다.

술은 파도 부서지는 대천해수욕장 용화장횟집에서부터 시작되었다. 명천 선생의 부음을 이미 전해듣고 마음앓이를 하고 있던 주인장은 우리에게 술을 권하기만 했다. 비가 왔다. 이제 살던 곳을 관촌 소나무숲으로 옮긴 명천 선생은 추워하실까, 시원해하실까, 그걸 알 수 없었다. 명천 선생 떠난 빈자리가 더없이 큰데다가 여러 날 장례 치르느라 지치기도 했던 일행은 독약을 들이켜듯 마시고 쓰러졌다. 비는 밤새 내렸다. 이정록 시인은 불 꺼진 여관방에서 노래를 불렀고 김준태 선생은 눈감고 누워 노래를 들었다.

술은 다음날 식당에서도 이어졌다. 「춘향가」 중 '사철가'부터 해서 온갖 잡노래가 나오고 그럴 때마다 빈 술병은 늘어갔다. 우리는 아무래도 명천 선생을 보낼 수 없었던 것이다. 술은 다시 서산의 한 냉면집으로 이어지고 마침내 파손된 몸을 이끌고 몇몇이 집으로 떠나자 선생은 남아 버티는 것들에게 또 한군데의 장소를 지시하기에 이르렀다.

지난 여름 선생과 유시인과 내가 장하게 장맛비 쏟아지던 사이에서 헤엄을 치던 바닷가로 가자는 거였다. 모항리 바람은 거셌다. 방파제 끝에서는 파도가 흰 포말을 만들며 제멋대로 휘날리고 있었다. 우리는 가버린 이의 이름을 부르며 더이상 나아갈 수 없는 곳까지 걸어나갔다.

꽃 피는 봄 사월 돌아오면 이 마음 푸른 산 저 너머. 선생은 방파제 끝에 서서 바다를 바라보며 노래를 불렀다. 철따라 핀 진달래 산을 덮고 먼 부엉이 울음 끊이잖는…… 그리고 옆에서 위태롭게 흔들리고 있던 이경철 형을 끌어안고 순간 통곡을 터뜨렸다. 며칠동안 예전의 기세를 회복한 듯 폭음을 하던 선생은 사실 울 곳을 찾고 있던 거였다. 혼자 울고 싶던 거였다.

머잖아 울음을 그치고

"그래 그래, 그만 할게. 우리 가자. 가서 술 마시자."

하셨지만 오래도록 참아왔던 그 울음은 동풍을 타고 소지(燒紙) 올리듯 서녘 하늘로 흘러갔다. 노련(老鍊)도 실정(失情)을 견디기 힘들던가. 수행도 이별을 이겨내기에는 역부족이었던가. 박정희정권 때부터 지금까지 야만과 폭력을 몸과 글로 대항해왔던, 그래서 몸 일찍 상한 대신 정신 더욱 꼿꼿해졌던 대선배들의 시대를, 애틋한 정과 동지애를 보는 듯해 나도 자꾸 눈이 흐려왔다.

그대가 있길래 봄도 있고 아득한 고향도 정들 것일래라. 선생은 노래를 이으며 술집으로 향했는데 어깨가 유난히 한쪽으로 꺼져 있었다. 나는 자꾸 쇠창살 속에 갇혀 있거나 토굴에서 명상하고 있는 선생의 모습과 밭 갈고 잡초 뽑거나 시골집 앉은뱅이밥상 위에 이별식 타자기를 두고 글을 쓰거나 병실에서 가쁜 숨을 몰아쉬는 명천 선생의 모습이 떠올랐다. 그대가 있길래 봄도 있고 아득한 고향도 정들 것일래라…… 선생은 그 대목을 몇번이고 더 불렀다. 그 노래는 울음의 또다른 모습이었다. 그랬다. 저 굵은 나무들은 저렇게 서로 아끼고 염려하는 애틋한 마음으로 혹독한 시대를 꼿꼿하게 통과해온 것이었다.

그리고 한명씩 스러져가면 마음속에 붉은 꽃잎 하나씩 뚝뚝 지는 거였다. 그게 선생 시대의 삶의 방식이었고 아름다움이자 슬픔이었다.

며칠 전 딱히 바쁜 일 없으면 점심이나 먹으러 오라는 기별이 있었다. 나는 갔다. 천안 외곽, 실개천 하나 흐르고 포도나무밭이 널려 있지만 전체적으로는 심심한 풍경에 속하는 곳에 선생의 작업실이 있었다.

선생은 몇년 전부터 아파트 담 너머에 채마밭을 가꾸고 있었다. 사람의 손이 시간과 만나면 어떤 능력을 보여주는가를 새삼 확인하는 때가 왕왕 있는데, 선생의 경우도 그랬다.

임대 아파트가 한채 들어서면 그곳에서 나오는 건축 부산물이 많은데, 이런 경우에는 허름한 벽 하나 세우고 남은 자갈 따위를 대충 뿌려놓기 일쑤여서 실개천과 담벼락이 만나는 몇뼘 땅은 수해 입은 강 하구 같았다. 그곳을 선생은 몇달에 거쳐 돌멩이를 골라내고 흙을 고르고 거름을 주었다. 그리고 계절별로 씨앗을 뿌려 재래시장 한쪽 할매들 몰려 있는 곳에 아담한 야채전 하나 벌여도 될 만큼 수확을 해왔다.

아직 찬바람이 불었으나 겨우내 얼어죽지 않고 용케 버틴 상추와 아욱, 머위 따위를 가지고 선생은 한 상 가득하게 보아놓았다.

"야, 이것 한번 먹어봐라."

그러고는 어디어디에 대구뽈찜을 잘하는 식당 하나 봐두었는데 오늘은 이걸로 충분하니 다음에 한둘 불러 먹으러 가자며 씨익 웃으셨다.

그럴 때의 선생 얼굴은 천생 어린아이 얼굴이다. 신산의 산맥을 넘고 고초의 광야를 지나온 자들에게서 풍기는 순수함으로의 회귀가 그

곳에 있었다. 산중에서 저잣거리로 돌아온 것을 진심으로 환영한다는 이경철 형 말이 있었지만, 속세에서는 승려에 가깝고 산중에서는 속인에 가까운, 성과 속의 경계에 다리 펴고 앉아 있는 선생을 딱히 외형 하나로 정의할 수 있겠는가.

선생이면서 친구 같고 친구 같다가도 개구쟁이 어린이 같고 그러면서도 이미 먼곳을 보아버린 이들의 언어를 사용하는 선생으로 돌아와 있곤 했다. 경험 많은 순박한 어린이 같은 모습. 이 이율배반이 선생에게서는 아주 자연스럽다.

짐작이지만, 선생이 죽음을 떠올리며 살던 저 젊음과 방랑의 시절(어머니와 관련된 한 깊은 이야기는 알 만한 사람은 다 알 것이다)을 거치면서, 늘 파괴의 세상으로 가버리고자 하는 충동의 고통을 거쳐오면서 이제는 모두 수용하는 존재가 되어버린 듯하다.

굵은 것 가는 것 모난 것 휘어진 것 부푼 것 짜그라진 것들이 등장해서 이건 이렇게 되어야 하는데 저것이 저렇게 해서 저렇게 되어버리고 만 관계로 원래는 저랬던 내가 이 모양으로 이렇게 되고 말았다고 씩씩대면 선생은 귀담아들으며 오호라, 그렇지, 아뿔싸, 일일이 맞장구를 쳐준다. 그러면 중뿔나게 고시랑대던 그 어떤 것도 종내는 아주 사근사근한 것으로 변해 옆에 얌전히 앉아 있기 마련이었다. 그렇다고 굳이 답을 알려주지 않는다. 들어주고 반응해주는 것만으로도 충분히 치유가 된다는 것을 선생은 이미 알고 있었던 것이다.

선생께서 수행을 하고 아예 지구를 길 삼아 고행의 길을 돌았던 것도 그것을 얻고자 했던 건 아니었을까 모르겠다.

"그리고 이것도 한번 먹어봐라. 맛이 있을랑가 모르겠다."

시장에서 사서 조렸다는 갈치찜을 새로 내오면서 선생은 다시 어린

아이처럼 웃었다. 그리고 어디에서 들어왔다는, 기생첩이 숟가락 댔다가 뺨 맞았다는, 토하젓을 좀 가져가라며 한그릇 싸기 시작했다. 소설가도 시인도 아닌, 팔자 사나운 조카 때문에 늘 마음 걸려하는 친정붙이 모습이었다.

이 잔잔한 모습 하나 만들기 위해 얼마나 많은 길을 걸어야 했던가를 나는 생각했다. 하산하여 다시 저잣거리로 내려온 자가 행할 일이 무엇인가, 작가의 길을 어디까지 가야 하는가를 저 옛날 그랬듯이 자꾸 짐작 해보고 있었다.

韓昌勳 / 소설가

작가의 말

여기에 묶은 단편들은 주로 어린시절이 그 시대적 배경을 이룬다. 거기에는 이따금씩 무슨 고명처럼 현재의 내가 등장하기도 하지만, 내 역할이란 고작해야 어린시절로 들어가기 위한 일종의 '문열이'에 지나지 않는다. 소설 속에 나오는 어린시절의 나 역시, 주인공을 따라다니며 그가 하는 말이며 몸짓을 독자들에게 전달하는 화자의 역할에서 크게 벗어나지 않는다. 그런 식으로 나온 일련의 소설들이 「사촌아부지」「정애 이야기」「폰개 성」「울보 유생이」「바보 막둥이」「혜조갈래」「끝순이 누님」 등이다.

돌이켜보면 나는 지금까지 30년 가까이 소설을 써오면서, 이런 식으로 내 주변의 인물들을 주인공으로 내세워본 적이 없다. 언제 어느 장소에서나 소설 속의 주인공은 나 자신이었으며, 주변의 인물들은 애오라지 나 자신의 이야기를 전개하기 위해 필요한 조연 내지는 엑스트라에 불과했다.

그동안 어쩌면 나는 자신의 이야기를 하는 데 급급하여 미처 주변을 돌아볼 여유가 없었는지 모른다. 아마도 그럴 것이다. 그러나 쓰고자 하는 자신의 이야기가 너무 많아서 주변을 돌아볼 여유가 없던 것은 전혀 아니다. 나는 과작 중에서도 과작에 속하는 편이다. 결국 나는 자신에 대해서도 별로 쓸거리가 많지 않았던 것이다. 그런데 어쩌자고 나는 줄곧 자신의 이야기에만 매달려왔던 것일까.

소설에 있어서, 자신의 이야기에서 시작하여 이웃으로 나아가고 그리하여 시대나 역사로 그 지평이 넓어지는 것이 작가적 발전의 길이라면, 그동안 자신의 이야기에서 한치도 벗어나지 못하던 나는 결국 발전은커녕 제자리에서 답보만 거듭한 셈이다.

흔히 유능하고 발빠른 작가라면 자신의 이야기쯤은 이미 이십대의 데뷔시절에 흔쾌히 마무리짓고 걸음도 당당히 시대며 역사로 나아갈 터이다. 그런데도 나는 소위 작가라는 허울을 둘러쓰고 30년 가까이 글을 써오면서도 제자리걸음만 계속하고 있었던 것이다.

나이가 마흔이 넘어 쉰이 가까워지면서 나는 문득 자신의 삶에 대한 회의를 떼칠 수가 없었다. 돌아보면 살아온 인생의 어느 굽이 하나 부끄럽거나 후회스럽지 않은 곳이 없었다. 거기에 더해 더욱 고약한 것은, 소위 운동권에 그야말로 어설프게 몸담게 되면서부터 나 자신도 모르는 사이에 어느덧 허위의식을 배우고, 그 허위의식을 적당히 얼버무리며, 게다가 남들 앞에서는 그럴듯하게 위선도 떨게 되었다는 것이다.

그렇듯 나 자신에게서 허위의식이며 거짓과 위선까지 발견하자 자신의 삶에 대한 부끄러움이나 후회는 마침내 자괴와 혐오로 변하고, 도저히 멀쩡한 정신으로는 자신이 살아낸 삶이며 또한 죽을 때까지 살아가야 할 삶을 그대로 견뎌낼 수가 없었다. 적어도 마흔이 되기 전까지는 나는 스스로에게 몇번이고 다짐했었다. 뭐든지 다 봐주마. 어떻게 살든지 네 맘대로 살아라. 오늘 당장 죽어도 좋고, 그렇게 또 누구를 죽여도 좋다. 어떤 나쁜 짓을 해도 좋고, 그러다가 사람들에게 버림받고 참아낼 수 없는 모욕을 당해도 좋다. 그러나 스스로 약속하자. 거짓말만은 하지 말아라. 위선만은 부리지 말아라.

결국 나는 자신에 대한 마지막 다짐마저도 지켜내지 못한 것이었다. 그런 자가 더이상 누구에게 어떻게 무슨 글을 쓰랴. 나는 글쓰는 일을 포기하였다. 그리고 곧장 지리산이며 계룡산 골짜기의 암자를 떠돌고, 때로는 히말라야 골짜기의 힌두 수도원이며 미얀마의 명상사원을 기웃거렸다. 그러면서 나는 틈만 있으면 자신을 어딘가에 버려버리고 싶어 안달을 했을 것이었다. 눈 덮인 히말라야 골짜기에서는 바로 그 골짜기에 영원히 자신을 버려버리고 싶었고, 갠지스 강에서는 황톳빛 흙탕물 속에 자신을 버려버리고 싶었고, 힌두 수도원에, 명상사원에, 심지어는 지리산 어느 절간의 깊은 똥통에마저 자신을 버리고 싶었다. 그렇게 틈만 있으면 자신을 버리려고 안달을 하는 한편으로, 나는 자신의 삶이 언제부터 무엇 때문에 잘못된 것인지 스스로에게 묻고 또 물었을 것이다.

한 5년 남짓 그런 시간이 흘러갔다. 그리고 어느 순간 문득 나는 자신의 삶의 어떤 부분도 결코 잘못되어 있지 않다는 것을 알았다. 그렇듯이 어느 하나 부끄럽거나 후회할 부분은 없으며, 또한 어느 하나 버릴 것도 없다는 것을 알았다. 그랬다. 애초부터 나의 삶은 잘못된 부분이 없으며, 때묻지 않은 무구(無垢) 자체였다.

내가 자신의 무구를 알게 된 것은 어쩌면 일종의 깨달음일 수도 있다. 그러나 무슨 도니 명상이니 하는 식의 깨달음과는 다를 터이다. 5년 남짓 자신에 대해서 무엇 하나 시비 걸지 않고 그대로 방치한 채 일종의 방관 비슷하게 스스로에 대해서 편해지고, 그러다 보니 전혀 알지 못하던 자신의 문제점이 좀더 확연하게 드러난 것일 수도 있다.

문제는 다만 내가 스스로를 바라보는 시선이 잘못되었던 데 있었다. 아아, 언제부터 나는 자신을 바라보는 시선이 잘못되었던 것일까. 그리하여 자신은 물론 이웃이며 사회며 시대까지 잘못 바라보게 된 것일까.

돌이켜보면 나는 사생아라는, 남들과는 다른 자신의 삶의 조건 때문에 저 어린 사춘기 무렵부터 도덕이나 윤리 따위에 시달렸을 것이다. 나는 정상적인 가정에서 자란 다른 아이들과는 다르다. 나의 핏줄 속에는 더러운 것들이 흐르고 있다. 어차피 나는 어떤 식으로도 도덕과 윤리 편에는 설 수가 없다. 저 5월의 장미, 박하 향기, 아침이슬, 밝은 햇살, 축복받은 미래…… 저런 순수한 것들은 절대로 나의 것이 될 수가 없다.

그런 식으로 사생아라는 조건은 나도 모르는 사이에 일종의 자의식이 되어버렸고 자의식이 커지면서부터 그대로 자신과 세상을 바라보는 시선이 된 것이었다. 결국 이 자의식이 나에게 반도덕·반윤리를 강요했고, 좀더 성장해서는 퇴폐주의며 탐미주의를 강요했고, 마침내 황폐한 연애와 걷잡을 수 없는 허무를 강요한 것이었다. 그리하여 나의 자의식은 마침내 나이 마흔이 넘자 허위의식으로까지 발전해 있었다. 결국 나는 자신뿐만 아니라 세상의 모든 사물을 타고난 본래의 시선이 아니라 자의식의 시선으로만 바라보게 된 것이었다.

자의식은 세상의 모든 사물에 대하여 단색(單色)만을 강요한다. 그 자의식에 붙들리면 어떠한 사물도 제 본래의 빛깔을 잃어버린 채 자의식이 강요하는 단색으로 물들기 마련이다. 때로는 허무의 회색, 때로는 퇴폐의 검정, 때로는 악마적인 핏빛. 그런 식으로 모든 사물의 빛깔은 자의식의 강요에 의해 변질되기 마련이다.

아니, 그렇듯 내 삶의 모든 부정적인 요소들을 애오라지 자의식 탓으로만 몰아세우는 것도 어떻게 생각하면 더없이 무책임하고 무지한 노릇일 터이다. 기실 자의식 또한 내 삶이 빚어낸 또 하나의 내 모습이 아니랴. 그렇다. 자의식에서 자유로워지는 순간, 어쩌면 나는 바로 그 자의식이야말로 눈물겨운 자기표현이며, 더없이 소중한 생명의 에너지라는 것을 깨달았을 터이다. 어디 자의식뿐이랴. 퇴폐니 탐미니 하는 내 삶의 모든 부정적인 요소들 또한 자기표현이며 생명의 소중한 에너지일 터이다. 그렇듯 자의식에서 자유로워지다 보면, 아아, 내 삶의 어느 하나 눈부신 보석 아닌 것이 있으랴.

어쩌면 이번 작품집에 묶인 일련의 단편들은 가까스로 자의식에서 자유로워진 내가 비로소 사물들 본래의 빛깔을 되찾으려는 몹시 조심스러운 시도인지도 모른다. 저 무성한 자의식 아래서 한때 나의 어린시절 또한 부끄럽거나 숨기고 싶은 기억으로만 일관되었을 것은 뻔한 일이다. 그 어린시절이 이제야 비로소 자의식의 단색에서 벗어나 저마다 고유의 제 빛깔들을 내보이려 하고 있다. 「울보 유생이」「혜조갈래」「바보 막둥이」「끝순이 누님」「폰개 성」…… 아아, 나의 자의식에서 자유로워진 순간, 저 모든 사람들은 나와는 전혀 무관하게 저마다 제 고유의 빛깔을 빛내며, 더욱 진하게 사람냄새를 풍기고 있다.

여기까지 쓰다 보니 문득 나 자신이 우스꽝스럽게 보일지도 모르겠다는 생각이 든다. 다른 작가들은 이미 데뷔하는 순간부터 아예 문제 삼지도 않았을 자의식 따위에 쉰이 넘도록 매달려 있다가 고작 이제야 자유로워진 주제에, 그것도 무슨 자랑거리라고 주절대고 있다니! 그러나 어쩌랴. 나는 내 안에 저렇듯 선명한 빛깔로 내 이웃사람들의 삶이 살아 있다는 사실이 신비하게까지 여겨지는 것을. 그래, 나는 어쩌면 이제야 비로소 나 자신의 이야기에서 벗어나 이웃으로, 그리하여 저 시대와 역사로까지 나아갈 것이라고, 아주 조심스럽게 말할 수 있을지도 모른다. ('집필실에서 띄우는 편지'『실천문학』 2003년 봄호에서 재수록.)

송기원